혼자이고 싶어서, 북유럽

혼자이고 싶어서, 북유럽

핀란드, 노르웨이, 페로제도, 아이슬란드 여행기

송경화 지음

와이겔리

2019년 여름 덴마크와 페로제도, 아이슬란드를 40여 일간 다녀온 후, 늘 하던 습관대로 여행 중에 기록한 수첩에 더 자세한 내용을 추가하여 펜으로 깨알같이 기록만 해두었다. 그러다가 코비드19로 여행은커녕 정상적인 일상 생활도 힘들어진 어느 날 이 글을 쓰기 시작했다. 2020년 3월 23일 월요일 밤 11시 54분에 이 글을 쓰기 시작했지만 지지부진하다가 2021년 봄이 되자 갑자기 더는 미룰 수 없다는 생각이 들어 속도를 높였고 여름이 시작될 즈음 드디어 글을 완성하게 되었다.

사실 여행기를 좋아하기는 하지만 내가 책을 낼 생각은 꿈에도 없었다. 다만 페로제도를 여행하기 직전에 국내에서 유일하게 출간되어 있던 페로제도 여행 관련 책을 사서 읽은 후 내용의 빈약함에 실망하여, 내가 직접 책을 쓰기로 마음먹은 적은 있었다. 그 결심의 내용을 여행을 다녀온 후 집의 아이에게 말한 적이 있었는데, 2020년 코비드19로 여행도 못 가고 무료해하는 모친께 그날의 의연한 결의를 잊었느냐며 하루에 몇 쪽이라도 써보라고 하는 아이의 말에 말려들어 이 글을 쓰기 시작했다. 시작이 반이라고 일단 머리말만 시작하고 다음 날부터 본격적으로 쓰기로 결심했다. 책을 쓰는 건 생전 처음이지만 쓸 수 있겠다는 자신감은 있었는데, 그건 그동안 독서를 하거나 여행을 하며 여행 노트에 메모해둔 내용이 넘치게 쌓여 있었기 때문이다.

어느 날 외출에서 돌아오는 길에 이웃 주민 두 명이 아파트 1층에서 이야기를 나누고 있기에 함께 수다를 떨었다. 나보다 연장자인 그들은 나를 향해 웃으면서 이렇게 말했다. "우리도 좋은 때가 있었어." 그래서 내가 쓰고자 하는 책의 제목을 쉽게 정할 수 있었다. 그들이 보기에는 내가 젊어 보이지만 나도 쉰이 넘은 나이에 처음으로 배낭을 메고 텐트에서 자며 아이슬란드에서 빙하를 넘는 트레킹을 혼자서 했다. 젊은 날들만 좋은 시절이 아니고 인생의 어느 시기가 되든지 원하는 것을 두려움 없이 해 본다면 그때가 바로 좋은 시절이 아닌가 싶어 책 제목을 "우리도 좋은 날들이 있었다"로 일단 정했다. 현지인들과 마음껏 떠들고 웃고 하는 여행이 가능했던 시기는 2019년이 거의 마지막이라고 볼 수 있으니 돌아보면 그때는 정말 좋은 나날들이었다.

이렇게 제목을 정하고 보니 고민이 되었다. 취지는 좋으나 마치 임종을 앞둔 사람이 인생을 돌아보며 쓴 것 같은 노쇠한 분위기를 풍기는 것이었다. 그래서 "혼자이고 싶어서, 북유럽"으로 다시 제목을 바꾸었다. 자연이, 또 그곳에 사는 사람들이 내 상처를 따뜻하게 어루만져주고 치유해주었기 때문이다.

이 글을 쓰는 도중에 내가 어떤 동기 때문에 특별한 장소로 여행하게 되었나를 생각해보았다. 세상의 많은 나라 중에서 말이다. 영화가 여행의 동기가 된 적도 있지만, 주로 책을 읽다가 어떤 장소를 여행해야겠다고 결심한 경우가 많았다. 2018년 아이슬란드를 여행하게 된 이유가 특히 그래서, 책에 '2018년 아이슬란드 여행, 모든 길은 책을 통해 열렸다'라는 소제목으로 그 경험을 두서없이 써보기도 했다.

나는 특히 귀가 얇은 편이다. 누가 좋다고 하면 귀가 솔깃하여 그걸 꼭 하고야 마는 편이다. 소설 『카모메 식당』을 읽다가 알게 된 영화 〈카모메 식당〉이 너무 좋아서 몇 번이나 보다가 영화의 배경이 된 핀란드를 두 번이나 여행한 것이 그 예다. 조금 하다가 마는 게 아니고 끝까지 가본다. 별로 계획적이지 못한 성격이라 무슨 일이든 좌충우돌 덤벼드는데 그 과정에서 수많은 좌절과 뒤끝을 경험하지만 알게 모르게 건지는 것도 많다. 페로제도에 관한 이 책도 2018년 아이슬란드 여행 중 일일 투어로 함께 여행하던 한국인 여자 분이 "페로제도가 그렇게 좋대요. 작지만 아이슬란드보다 풍광이 더 아름답고 드라마틱하대요." 하는 말을 듣고 '그래, 내년에는 무조건 페로제도다'라고 결심한 결과물이다.

2019년 여름철 40일간 혼자서 여행하면서 그중 12일을 페로제도라는, 제주도보다 작은 섬에서 보내고 이 책도 쓰게 되었으니 무모한 행동이 꼭 나쁜 것만은 아닌 것 같다. 히말라야 트레킹도 언젠가는 꼭 할 예정이고, 주변에 이야기하면 나의 정신 상태를 의심받곤 하지만 몽골에 가서 렌터카를 빌려 늑대가 우글거리는 들판에서 숙식하고 싶은 간절한 소망도 있다. 그리고 이번 여행 중, 라우가베구르에서의 5일간의 트레킹을 마치고 레이캬비크로 돌아오는 버스에서 우연히 만난 동양인 처녀가 "하나도 위험하지 않아요." 하고 추천해준 여행지인 이란과 멕시코도 언젠가는 꼭 갈 예정이다. 이 책을 읽게 되는 분들도 부디 나처럼 귀가 얇아서, 이 책 속 멋진 풍광들을 이른 시일 안에 만날 수 있기를 빌어본다.

차례

Ⅱ 2019년 페로제도

Ⅲ 2019년 페로제도를 떠나 다시 아이슬란드로

I

혼자 여행을 떠나는 나만의 이유

— 5년간 여름마다 북유럽

2014년, 2016년
핀란드 여행과 카모메 식당

핀란드는 내가 처음으로 여행한 북유럽 국가다. 그곳을 꼭 가야겠다고 마음먹은 것은 영화 〈카모메 식당〉을 보고 나서였다. 제목은 잘 기억나지 않지만, 방송작가 출신의 저자가 쓴 수필집을 우연히 읽다가 그 영화를 알게 되었는데 너무 좋아서 몇 번을 보았는지 모를 정도로 여러 번 보았다.

핀란드에서 카모메 식당이라는 이름의 자그마한 식당을 하는 주인공 사치에는 자신이 만난 상처 있는 사람들에게 특별한 위로를 건네지 않는다. 그저 미소를 머금고 이야기를 들어주고 맛난 음식을 해서 같이 먹는 것이 전부다. 그런데도 상처를 안고 헬싱키로 온 주변 인물들은 거기서 큰 위안을 얻는다. 전혀 말이 통하지 않는 현지인도 사치에와 그 주변 사람을 만남으로써 마음의 상처를 치유한 후 모두 친구가 된다.

마음이 복잡할 때마다 이 영화를 다시 보고 나면 비누로 영혼을 씻은 듯 마음이 맑아지고 볼 때마다 위로받은 것 같아 마음이 울컥해지고는 했다. 슬픈 내용이 특별하게 나오는 것도 아닌데. 이 영화를 촬영한 곳이 핀란드의 수도 헬싱키라서 내게는 영화에 나오는 곳들을 가보는 것이 여행의 가장 중요한 일정이었다.

여행을 준비하다 보니 유럽에서 핀란드처럼 가기 쉬운 나라도 없었다. 핀란드 국적기인 핀에어만 타면 러시아 상공을 거쳐 최단 거리의 직항으로 갈 수 있기 때문이다.

카모메 식당의 '카모메(カモメ)'는 일본어로 갈매기라는 뜻이다. 실제로 헬싱키는 바다에 접해 있고 시내가 그리 크지 않아서인지 어디서나 쉽게 갈매기를 볼 수 있었다. 영화에서 사치에는 사람들을 핀란드 갈매기처럼 잘 먹여 통통하게 만드는 것이 목적이라는 의미에서 식당 이름을 카모메라고 짓는다. 그 때문에 나는 핀란드 갈매기들이 실제로도 통통한지 유심히 보게 되었다. 헬싱키 주변 섬으로 떠나는 작은 페리들을 탈 수 있는 항구 시장 카우파토리의 방파제에 앉아 있는 갈매기들은 정말 영화 속 갈매기같이 통통했다.

〈카모메 식당〉에 나오는 또 다른 장소인 아카데미아 서점 안의 카페 알토도 갔다. 핀란드의 유명한 건축가이자 디자이너인 '알바 알토'의 이름을 딴 이곳은 사치에가 미도리라는 인물을 처음 만나는 곳이기도 하다. 미도리는 상처가 있는 여자로 나오는데, 세계 지도를 펴서 아무 곳이나 찍었더니 그곳이 헬싱키였다는 이유로 헬싱키를 찾아온 독특한 사람이다. 카모메 식당의 단골손님이자 애니메이션 마니아인 핀란드 청년 토미는 어떤 애니메이션 주제가의 제목을 찾고 있었는데, 미도리를 통해 그 노래가 〈갓챠맨〉의 주제가인 것을 알게 된다.

카페 알토에서 미도리처럼 커피와 케이크를 시켜 먹으니 너무 행복해서 가슴이 다 콩닥거렸다. 피자처럼 두툼해 보이는 케이크를 시켰더니 세상에나, 큰 접시에 케이크와 함께 토마토, 양상추, 오이가 들어 있는 먹음직스러운 샐러드까지 담겨 나와 행복해질 수밖에 없었다.

〈카모메 식당〉의 주인공이 자전거를 타고 시장을 보러 다니는 곳은 하카니에미(Hakaniemi) 재래시장으로 붉은 벽돌 안에는 상설 가게들이 있다. 시

영화 〈카모메 식당〉의 한 장면   카페 알토. 커피와 빵을 주문했더니 샐러드도 나왔다

장 앞 광장에서는 당근, 완두콩, 양파, 감자 등의 식자재를 파는 노천 시장이 열리고, 시장에서 빠질 수 없는 먹거리를 파는 천막 가게와 길거리 공연도 열린다. 건물 안으로 들어가면 1층은 식자재 가게와 자그마한 식당 몇 개가 있고 2층은 잡화점이다.

　　1층 식자재 가게를 돌아보는데 멸치처럼 생긴 생선을 몇 마리 올려서 구운 파이가 인상적이었다. 동그란 도우 위에 생선을 덮고 소스를 뿌려 구운 것인데 이제껏 안 먹어본 것이 후회될 만큼 독특한 빵이었다. 1층에는 유명한 수프 가게도 있는데 고구마와 코코넛을 넣은 죽을 시키니 빛깔이 노란 수프를 빵과 함께 주는데 맛있었다. 이곳은 줄 서서 먹는 유명한 맛집이라고 하는데 자그마하여 가게 안에는 테이블이 몇 개 없다. 11시에 문을 여는데, 일찍 갔는데도 자리가 없어 기다렸다가 가게 바깥의 통로에 만든 카운터처럼 생긴 곳에서 먹었다.

　　영화에서 사키에가 운영하는 카모메 식당의 실제 촬영 장소는 당연히 찾아가 보아야 하는 곳이다. 중고품을 판매하는 세컨드 숍에서 가위를 산 후

영화와는 다른 카모메 식당 내부　　　　　　하카니에미 재래시장 앞 노천 시장

　카운터를 보던 아가씨에게 식당 위치를 물어보았더니 여행객들이 많이 물어보는 곳인지 정성껏 지도를 그려준다. 헬싱키 도심에서 한참이나 외곽으로 걸어가야 했지만 그려준 지도대로 찾아갔다.

　한산한 주택가를 한참 걷다 보니 멀리 보이는 곳에 카모메 식당이 있다. 대부분은 일본인이나 한국인일 것으로 짐작되는 동양인들이 그 앞에서 사진을 찍거나 서성이고 있는데 '카빌라 수오미(Kahvila Suomi)'라고 가게 이름이 쓰여 있었다. 워낙 방문객이 많아서인지 〈카모메 식당〉의 촬영 장소라는 것을 알려주는 영화 속 장면을 가게 밖에 크게 붙여 두었다.

　영화에서는 가정식 전문 식당이지만 지금은 핀란드 대중 음식을 취급하는 평범한 식당이고 영화에 나온 가게 모습과 완전히 다르다. 영화에서는 정면에서 문을 열고 들어가면 주방에서 요리하던 주인공들이 바로 보였는데 지금은 옆쪽의 현관문을 통해 가게로 들어가게 되어 있다. 주방이 있던 안쪽 벽에는 소스라든지 식사에 필요한 용기들이 늘어서 있고 주방은 따로 있어 식당 안에서 보이지 않는다.

　영화 속 분위기를 내기 위해서는 시나몬 롤과 커피를 시키는 게 맞겠지만

△ 카이보프이스트 공원에서 본 카페 우르슬라　◁ 카페 우르슬라에서　▷ 영화 속 카페 우르슬라

점심시간이라 식사류를 시켰는데 메뉴를 잘못 골랐다. 돼지 간 비슷한 식감
이 나는 퍽퍽한 고기와 감자튀김이 뜬금없이 베리 잼과 곁들여 나왔는데, 고
기와 함께 먹을 소스를 잘못 가져와 그걸 끼얹었더니 세상에 없는 최악의 맛
이 되어 결국 거의 남기고 나왔다. 하지만 영화 속의 여주인공 3명과 핀란드

청년, 집 나간 남편 때문에 마음고생을 하는 핀란드 여성을 생각하면서 그곳을 다녀온 것이 나에게는 소중한 추억으로 남아 있다.

카페 우르슬라(Cafe Ursula)는 〈카모메 식당〉의 제일 끝부분에 나오는 카페다. 영화에서는 친구가 된 동양인 여자 3명과 핀란드 여성이 한껏 멋을 낸 옷차림에 모자와 선글라스까지 끼고 이 카페의 의자에 편안하게 누워 있는데, 그 모습이 너무 멋져 보였었다. 항구에 있는 카우파토리(Kaupatori) 노천마켓을 좌측으로 보면서 계속 걸어가면 엄청나게 큰 카이보프이스트 공원(Kaivopuisto Park)의 시작 부분에 이 카페가 있다. 중심가인 에스플라나디(Esplanadi) 거리에서 골목으로 들어가도 카이보프이스트 공원에 갈 수 있는데 이 경우에는 천문대처럼 생긴 돔 모양의 노란 건물을 지나 언덕을 넘어야 한다. 바다가 있는 곳까지 가서 좌측을 보면 삼각형 천막이 하늘을 가린 카페 건물이 꽤 크게 보이고 주변에 다른 상가나 집은 없다. 그 어느 곳으로 가든 이곳은 도심에서 접근하기에는 상당히 많이 걸어야 하는 곳인데, 나는 두 가지 길을 모두 걸어서 2014년과 2016년 두 번이나 방문했었다.

오픈샌드위치와 도넛, 커피를 사서 노천카페에 앉아 먹으면서, 앞에 보이는 바다와 사람들의 모습을 스케치하기도 했다. 카페 바로 앞으로 섬과 바다가 보여 눈이 시원하고 번지점프장도 보인다. 여름철에만 임시로 설치된 번지점프장에서 울려 퍼지는 즐거운 비명이 카페에서도 들리는 듯하다. 멀리서 볼 때의 고급스러워 보이는 외관과는 달리, 공원 옆에 있는 카페여서인지 음식을 고르면 계산하고 바로 담아주는 서민적인 카페다. 걸어오느라 더워서 냉커피를 마셨더니 7월 말이어서 가장 더운 날씨일 텐데도 해가 기울면서 한기가 느껴져, 더 앉아 있기가 어려워 자리를 떴다. 넘어가는 햇빛에 반짝이는 금발 머리가 정말 아름답게 느껴지는 사람들이 삼삼오오 모여 앉아, 테라스 카페에서 차를 마시며 수다를 떠는 모습이 홀로 여행하는 나로서는 부러워지는 시간이기도 했다.

〈카모메 식당〉과 눅시오 국립공원

영화 〈카모메 식당〉과 관련된 여행 장소로 가장 기억에 남는 곳은 눅시오(Nuuksio) 국립공원이다. 2014년에 핀란드를 여행한 나는 2016년 스웨덴에 가는 길에 핀란드를 다시 방문했다. 핀란드를 두 번이나 간 유일한 이유는 바로 〈카모메 식당〉에 나왔던 장소 중 한 곳을 가보지 못했기 때문이다. 영화에 마사코라는 여자가 나오는데, 나이가 좀 들었고 안경을 썼으며 약간 괴기스러운 분위기도 풍기는 인물이다. 마사코는 들어오지도 않고 카모메 식당 앞에 매일 서 있다가, 어느 날 드디어 가게 안에 들어와 커피만 마시고 간다. 이후 똑같은 행동을 반복하던 마사코는 핀란드인이 여유 있고 행복하게 사는 비결은 숲에 있다는 토미의 이야기를 듣고 숲으로 간다. 마사코는 거기서 황금빛 버섯을 따서 가방에 넣어오는데, 그곳이 바로 눅시오 국립공원이다.

출발하기 전 눅시오로 가는 방법을 검색해 봐도 교통편이 기차와 버스밖에 없었지만, 국립공원처럼 유명한 곳이면 그곳으로 운행되는 버스나 투어 상품 같은 게 있을 것 같아 걱정은 하지 않았다. 헬싱키에 도착해서 호텔 로비에 근무하는 직원에게 투어 상품이 있는지 물어보았더니 별 이상한 걸 다 묻는다는 표정을 짓는다. 결국 그곳으로 가는 유일한 방법은 헬싱키 중앙역에서 기차를 타고 간 후, 다시 버스를 갈아타고 내려서 걸어가는 방법밖에 없다는 걸 알게 되었다. 자신은 없었지만 눅시오 국립공원을 가기 위해 헬싱

눅시오 국립공원 산장에서 바라본 등반객들의 모습

키에 다시 왔으니 안 갈 수는 없었다. 호텔 직원이 대략 가는 방법과 내려야
할 버스 정류장 이름까지 알려주어 일단 중앙역으로 갔다.

　기차역에 직원이 표를 끊어주는 매표소가 보이지 않아 지나가던 아가씨
에게 부탁하여 목적지를 말하니 판매기에서 표를 사 주었다. 표를 사고도 난
감한 것이 전광판에는 핀란드어밖에 없어 어디에서 타는지 알 수가 없는 것
이다. 표를 사서 건물 밖으로 나가면 선로가 건물을 따라 죽 늘어서 있는데
지나가는 사람들에게 물어보았으나 모두 모른다고 하고, 역 안의 안내소는
아직 문을 열지 않아 물어볼 수가 없었다.

　나도 무슨 근거로 결정했는지는 모르지만, 저 기차일 거라고 짐작한 기차

에 올라타서 의자에 앉았다. 그때 좌석을 찾던 할머니가 내가 앉은 자리가 자기 지정석이라며 어쩔 줄 몰라 하고 있을 때, 다행히 기차표 확인차 가까이 온 직원이 안내소에 가보라 하여 얼른 내렸다. 이 기차는 무정차로 먼 곳까지 운행되는 기차라고 말한 듯한데, 손님도 거의 없는 기차에서 마침 내가 앉은 곳으로 할머니가 자기 자리를 찾아왔기에 낯선 곳으로 멀리멀리 갈 뻔한 위기를 넘길 수 있었다.

안내소에 다시 가니 이제 직원이 있다. 영어로 내 상황을 설명하니 "한국어로 말하세요." 하고 상냥하게 말하는 게 아닌가. 안내해준 직원은 경희대 교환학생으로 한국에 1년간 살았고 얼마 후 이화여대 교환학생으로 한국을 다시 간다고 한다. 이 아가씨의 도움으로 겨우 14번 플랫폼에서 기차를 제대로 타고 에스푸(Espoo) 역에 도착했다.

에스푸 역 주변에 있는 버스 정류장에서 호텔 직원이 메모해준 대로 85A 버스를 타고 눅시오 국립공원으로 출발했다. 눅시오 가는 방법에 대해 사전에 블로그를 많이 찾아보았지만, 현지 유학생들이 쓴 글에서는 승용차를 타고 간 것만 나와 있었다. 그 외에 여행을 다녀온 사람들이 쓴 글에서 눅시오 국립공원을 가보았다는 내용은 나와 있지 않았는데, 딱 하나 주변까지 간 사람이 있었다. 버스는 맞게 탔는데 한 정거장 더 가서 내려서, 공원으로 가지 못하고 주변의 호수만 보고 왔다는 내용으로 눅시오 국립공원으로 가는 방법을 알려주는 부분이 있었다. 버스 기사에게 "Entrance of Nuuksio national park"라고 말하면 된다는 것이다. 호텔 직원이 85A 버스를 타고 가서 내려야 할 정류장까지 써서 줬건만, 나는 블로그 내용대로 미리 적어간 "Entrance of Nuuksio national park"라고 쓴 쪽지를 기사에게 보여주며 내가 이곳을 가야 하니 내려달라고 미리 부탁해두었다.

드디어 운전기사가 내리라고 해서 내렸더니 나와 아가씨 1명만 내렸다.

　　　　Ⅰ | 혼자 여행을 떠나는 나만의 이유

소풍을 가는지 음료수와 간식이 잔뜩 들어 있는 비닐 가방을 들고 있는 그 아가씨에게 공원 입구로 가려면 어느 방향인지 물어봤더니 내가 잘못 내렸다는 것이다. 여섯 정거장 정도 더 가야 하고 버스 배차 간격도 1시간이니 여기서 기다려야 한다고 했다. 내가 잘못 내린 곳은 큰길 옆 버스 정류장으로, 시야에 인가라고는 보이지 않으니 이 아가씨를 놓치면 큰일이다 싶어 매달렸다. 왜냐하면 전화기는 가지고 있지만, 로밍도 안 한 상태이고 마냥 혼자서 1시간을 기다릴 수는 없었기 때문이다. 남자친구가 차를 가지고 와서 기다리고 있는데도 그 아가씨는 내 부탁대로 콜택시 회사에 전화해주었고, 내가 있는 버스 정류장의 번호도 알려주는 것 같았다. 카드로 계산할 건지 현금으로 할 건지까지 물어서 콜택시 회사에 알려준 후 그 아가씨는 기다리고 있던 남자친구와 함께 떠났다.

택시를 기다리면서 그 버스 기사는 왜 나를 이곳에 내려줬을까 생각을 해보았다. 그리고 한참 후에 깨달았다. 그분은 'Entrance'를 눅시오 국립공원으로 가기 위한 길 입구로 생각해서, 고속도로처럼 큰 도로에서 눅시오로 가기 위해 작은 길로 우회전하기 직전에 있는 이 버스 정류장에 나를 내려준 것이다.

아무도 없는 버스 정류장에서 목이 빠지게 기다려도 택시가 오지 않아 너무 불안했다. 택시 회사에 정보가 잘못 전달된 것은 아닐까 하는 생각도 하며 초조하게 기다리고 있으니 드디어 택시가 왔다. 흔히 생각하는 택시는 아니고 승합차 비슷한 차로 택시 표시도 없는 걸 보니 개인이 영업하는 차인 것 같았다. 갑자기 억수 같은 비가 쏟아져 빗속에 한참을 달리니 원래 내려야 했던 버스 정류장이 보였다. 거기에서 택시는 경사진 산길로 접어들더니 흙길로 한참을 더 달려 드디어 등산로로 진입하는 곳에 도착했다. 바로 입구에 있는 승용차 주차장 앞에 공터가 있어 택시 기사는 그곳에 나를 내려줬다.

경사진 산길로 2㎞를 달려오는 동안 공원을 갔다가 걸어서 돌아오는 사람을 딱 1명 보았다. 동양인 여자로 내가 탄 택시를 피해 길 가장자리로 비켜서는 걸 보니 우산도 없이 겉옷을 뒤집어쓰고, 물에 빠진 생쥐 꼴을 하고 있었다. 그걸 보고 사실 택시 안에서 이런 생각을 했다. '돌아가 버릴까. 내가 (영화를 보고 오긴 했지만) 무슨 영화를 누리겠다고 산까지 올라가야 하나. 다행히 우산은 가지고 왔지만. 눅시오 공원 입구까지 와 본 것만 해도 어디야. 오는 길에 걸어서 돌아가는 사람은 여자 1명뿐이었잖아. 버스를 타러 가려면 택시 타고 왔던 산길 2㎞를 혼자서 걸어가야 하는데 길을 잃으면 어떡하지. 갈림길도 여러 곳 있던데.' 내리지 말고 타고 있는 택시로 그냥 기차역으로 돌아갈까 하고 몇 번이나 생각했지만, 마음을 정말 굳게 먹고 목적지에서 내렸다.

다행히 등산객은 많았다. 비옷을 입은 학생들로 보이는 단체 등산객도 있고 중국인도 많았다. 등산로 입구에 산장이 있고 한참을 올라가면 또 하나의 산장이 나오는데 들어가지 않고 계속 올라갔다. 많이 올라가지 않았는데도 아름다운 호수가 나온다. 호수 옆에는 누구나 바비큐를 해 먹을 수 있게 장작까지 준비해둔 지붕만 있는 곳도 있다. 그래서인지 올라오는 사람들은 손에 무언가를 잔뜩 들고 있었다. 단체로 온 핀란드 학생들이 리더의 지시에 따라 큰 덩어리의 연어를 포일에 싸고 당근과 파프리카, 두껍게 썬 고구마도 포일에 싸서 불 위에 올린다. 약간의 비가 내리지만, 산장 밖 야외에 설치된 바비큐 시설에도 준비된 채소를 부지런히 올리고 있다.

내려와서 다른 산책로도 가보았다. 내가 걸어 다닌 곳은 아직 등산로 입구에서 먼 곳이 아니라서 영화에서 본, 황금빛 나는 버섯은 볼 수 없었다. 금빛 버섯을 헬싱키 도심 길가 가판대에서 판매하는 건 많이 봤지만. 대신 작은

Ⅰ | 혼자 여행을 떠나는 나만의 이유

△ 눅시오 국립공원 바비큐장 옆의 호수
△△ 눅시오 국립공원의 장애인용 산책로

버섯은 어디에나 돋아 있었다. 비가 자주 내리는지 숲에는 아름드리 삼나무
가 우거져 있어 연두색 이끼가 땅을 덮고 있는 곳이 많았다. 뿌리째 뽑혀 쓰
러진 나무들을 그냥 내버려두었는데 이끼를 이불 삼아 다시 자연으로 돌아

녹시오 국립공원에서 돌아올 때 이용했던 버스 정류장

가고 있었고 거기에는 당연히 버섯도 곳곳에 돋아 있었다.

걸어가다가 표지판이 있어 읽어보니 휠체어를 타고도 산을 돌아볼 수 있는 장애인용 산책로가 별도로 조성되어 있음을 알리는 내용이었다. 장애인용 주차 시설이나 화장실은 봤지만, 장애인용 산책로가 설치된 건 처음 보아서 놀라웠다. 산에서 내려와 산장에서 차를 마시면서 밖을 보니 이제 비가 그쳐서인지 더 많은 사람이 국립공원으로 들어오고 있었다. 확실히 이곳이 핀란드에서 인기 있는 피크닉 장소이기는 한 것 같다.

입구에 있는 산장에서 커피를 한 잔 마시고 버스 정류장까지 흙길을 걸어가기 시작했다. 들어올 때도 봤지만 2㎞의 산길을 걸어서 가는 사람들은 전혀 없었다. 예상은 했지만 정말 끝까지 나 혼자 걸어갔다. 겁은 났지만, 노래를 부르며 두려움을 달랬다. 국립공원으로 가기 위해 지나가는 자동차가 어쩌다 보이면 그 차가 나를 지켜주는 수호천사처럼 느껴졌다. 나무에 가방을 걸어두고 선크림을 얼굴과 팔다리에 바르기도 했다. 어차피 주변엔 아무도 없으니 남의 이목에 신경 쓸 필요가 없는 건 좋았다. 가는 길에 인가는 딱 한 채 보았다.

우리나라에서는 설악산처럼 유명한 산이 있다면 성수기에는 버스 정류장에서부터 많은 사람이 무리 지어 걸어가는 것이 당연한 풍경이다. 노점상이 길옆에 있기도 하고…. 그래서 눅시오 국립공원도 버스 정류장에서 내리면 국립공원 입구까지 많은 사람이 걸어가는 모습을 예상했었다. 북유럽에서 7월 말이면 피크닉 가기 가장 좋은 때인데 이렇게 모든 사람이 승용차로 오리라고 상상이나 했겠는가. 도착 지점이 가까워지니 오르막길이 나오고 드디어 버스 정류장이 보였다. 그런데 85A 표시가 없어 다른 곳인가 하고 한참을 가다가 다시 돌아와, 기다리고 있는 한 커플에게 물으니 여기가 맞는다며 자신들도 왜 85A 표시가 없는지 의아하다고 말했다. 그러던 차에 드디어 85A 버스가 도착하여 기차역으로 가는 중에 잘못 내린 버스 정류장을 지나며 아찔했던 그 순간이 떠올랐다. 헬싱키로 돌아오는 기차 안에서는 마음 한쪽이 뿌듯해 왔다. 이렇게 하여 2년간에 걸친 '영화 〈카모메 식당〉에 나온 장소 찾아가기'라는 나의 집요한 대장정은 끝이 났다. 이제 내가 방문했던 곳들은 다시 간다면 눈 감고도 찾아갈 수 있을 것 같고 그곳들은 내 추억 속에 소중한 장소로 영원히 남을 것이다.

✖ Norway ✖

2017년
노르웨이 여행과 질투는 나의 힘

노르웨이에서 가장 유명한 트레킹 코스인 쉐락볼튼을 여행하게 된 계기는 단순히 질투심 때문이었다. 북유럽은 추운 날씨 때문에 여행 성수기가 주로 여름에 한정되는 관계로 숙소를 뒤늦게 예약하게 되면 마음에 드는 곳을 선택할 수가 없다. 그래서 보통은 여름에 떠나게 되면 늦어도 그해 1월 초까지는 숙소를 모두 예약하고 비행기표까지 사 두는 편이다. 노르웨이도 마찬가지였다.

핀란드와 스웨덴을 다녀온 나는 자연스럽게 그다음 해 여름 여행지를 노르웨이로 정했다. 오슬로, 베르겐 등 도시뿐 아니라 아름다운 피오르도 내 맘을 끌었다. 평소 여행 떠나기 최소 7개월 전에 항공편, 숙소 등 모든 것을 마무리하는 편인 나는 겨울에 여행 준비로 여념이 없었다. 그러던 어느 날 갑자기 왼쪽 어깨가 아파지기 시작했다. 평소 운동을 열심히 해서 나에게만은 오지 않으리라고 생각했던 오십견을 나도 피해갈 수는 없었던 것이다.

통증으로 팔도 올라가지 않고 잠도 설치고 출근하는 날이 계속되자 '이번 여행은 포기해야 하나'하고 고민하던 어느 날 갑자기 이런 생각이 들었다. 지금은 팔만 아프지만 언젠가는 다리도 아파 여행을 아예 못 하게 될 수도 있으니 평소에 가지 못했던 곳을 이번에 다녀와야겠다고…. 그래서 여행을 취소하기는커녕 오히려 스타방에르에 가서 플레이케스톨렌을 트레킹하는 일정을 추가했다.

그러던 어느 날 장례식장에서 나이가 동갑인 시누이를 만나게 되었다. 함께 밥을 먹는 도중에 여행 이야기가 나왔는데 시누이 부부가 딸과 예테보리에서 스톡홀름까지 스웨덴을 여행한다고 했다. 그리고 트레킹이 여행의 주목적이라서 노르웨이를 들러 유명한 곳 몇 군데를 트레킹한다고도 말했다. 물론 나도 트레킹을 하기는 할 생각이었다. 스타방에르에 있는, 일명 연설대 모양 바위라고 하는 플레이케스톨렌에 갈 생각으로 오슬로에서 며칠 묵은 후 스타방에르로 노르웨이 국내선 비행기를 타고 가서 2박 3일간 머무는 여정으로 계획을 세워 이미 모든 예약까지 끝낸 상태였다.

그런데 그들의 이야기를 듣는 순간 괜히 질투심이 일었다. 아니 나도 안 가는 곳을, 딸이 모든 걸 계획해서 편하게 간단 말이지. 하필 나랑 여행 일정이 겹칠 게 뭐람 하고 짜증도 살짝 났다. 집으로 돌아온 나는 그제야 노르웨이의 트레킹 코스로 유명한 곳을 자세히 찾아보았다. 그랬더니 트롤룽가(트롤의 허라는 뜻) 바위로 가는 코스는 나의 여행 일정에서 변경하기에 무리가 있고, 쉐락볼튼은 스타방에르에서 하룻밤을 더 묵으면 갈 수가 있는 거리에 있었다.

플레이케스톨렌은 스타방에르 시내에서 페리만 타면 갈 수 있는 곳으로, 페리를 타고 가서 버스로 갈아탄 후 종점에서 내려 걸어 올라가면 해발 600m에 바위가 있다. 블로그에 소개된 사진을 봐도 운동화만 신으면 평상복 차림으로도 누구나 어렵지 않게 트레킹할 수 있는 곳으로 보여 이미 가기로 한 곳이다.

하지만 높이 1,000m의 절벽 위에 있는 쉐락볼튼은 그렇지 않았다. 그곳에 다녀온 사람들은 하나같이 자신이 얼마나 힘들게 그곳을 다녀왔는지, 눈물겨운 내용의 글을 적어 올려놓았다. 쉐락볼튼을 대중교통을 이용하여 가는 방법을 알아보니 스타방에르에서 하루 단 1회, 버스가 왕복으로 운행되는데 만약 제시간에 돌아오지 못하면 산 아래에서 기다리고 있던 버스는 기다려주지 않고 가버린다고 한다. 그러면 돌아올 방법이 없어 부근의 숙소를 알아보고 하루 묵고 다음 날 돌아와야 한다고 쓰여 있었다.

앞뒤 잴 것도 없이 질투심에 눈이 멀어 쉐락볼튼에 가기 위해 예약을 바꿨다. 예약 취소가 되지 않는 오슬로의 호텔 예약을 하루치 숙박비를 손해 보고 변경하고, 스타방에르에 예약한 호텔은 하루 더 연장했다. 오슬로에서 스타방에르 가는 비행기 날짜도 바꾸고 마지막으로 스타방에르 버스 터미널에서 쉐락볼튼으로 아침 일찍 출발했다가, 오후 5시경에 돌아오는 버스를 예약했다. 이렇게 하고 나니 모든 준비가 끝났다.

하지만 마음의 준비가 안 되어 있었다. 등반 후기를 보니 하나같이 어마어마했다. 쉐락볼튼까지 가는 바위산이 어찌나 가파른지 거의 밧줄을 잡고 기어 올라가야 한다든지, 다 올라가도 1,000m 높이의 두 절벽 사이에 낀 계란 모양 바위인 쉐락볼튼을 올라가려면 강심장이 아니면 할 수 없다는 내용 때문에 여행을 앞두고 두려움에 잠을 이루지 못했다. 20일이 넘는 여행 일정에는 스웨덴의 아름다운 섬 고틀란드도 있고 오슬로, 베르겐, 피오르 여행 등 낭만적인 여행 일정이 대부분인데, 질투심에서 갑작스럽게 가기로 한 쉐락볼튼이 내 여행의 성격을 완전히 바꾸어버렸다.

노르웨이에 가기 전까지는 주로 도시를 여행했다. 때에 따라 페리를 타거나 기차를 타고 가야 할 때도 있었지만, 치마나 원피스를 입고 약간의 굽이

△ 구시가 다리 건너 언덕에서 바라본 스웨덴 스톡홀름
△△ 노르웨이 가는 길에 들른 스웨덴 고틀란드 섬
△△△ 송네, 하르당게르 피오르 여행의 시작 노르웨이 베르겐

노르웨이 3대 트레킹 코스   △ 트롤룽가(Image by Trond Giæver Myhre from Pixabay)
△ 플레이케스톨렌(Image by MARIE SCHNEIDER from Pixabay)   △△ 쉐락볼튼(Image by Jonathan Reichel from Pixabay)

있는 샌들을 신고도 여행할 수 있었다. 그러니 평소에 해발 50m밖에 안 되는 동네 뒷산도 오르지 않던 내가 쉐락볼튼을 가기 위해서는 평소와 다른 많은 것들을 준비해야 했다. 일단 암벽 등반용 등산화를 샀다. 비가 와서 바위산을 오르다가 수도 없이 미끄러졌다는 내용을 읽으니 두려워서 그냥 등산화도 아니고 암벽 등반용 신발을 샀는데 국내 유명 브랜드 등산화 코너에도 한 종류밖에 나오지 않는 것이었다.

등산용 양말, 등산 모자 등도 생전 처음 샀다. 지금까지는 여행할 때는 밀짚모자나 페도라 등 사진도 잘 나오고 햇빛도 가려주는, 최대한 예쁜 모자를 사서 쓰고 다녔었다. 그뿐 아니라 등반용 장갑, 비옷 등 많은 준비물을 쉐락볼튼 등반에 맞춰 준비했다. 그러나 평소에 산을 전혀 오르지 않기 때문이기도 하고, 아웃도어 패션을 싫어했기 때문에 트레킹용 옷에 대한 상식과 준비는 부족했다. 그래서 트레킹에 가서 입기 위해 찢어진 긴 청바지와 야구잠바 따위를 새로 장만했다.

그러다 보니 짐이 무척 많아져 기존의 여행 가방에 다 넣을 수 없어, 여행 가방도 큰 거로 새로 샀다. 짐이 많긴 했지만, 여름이어서 지금까지처럼 꽃무늬 반소매 원피스 차림으로 공항을 출발하였다. 북유럽은 여름이라도 낮 온도가 20도 아래에 머무는 경우가 많아 공항에 내리면 옷을 갈아입을 생각을 하면서 기내에서는 치마가 편하다는 평소의 나의 지론대로 원피스를 입고 간 것이다.

여행은 처음부터 꼬여버렸다. 작년에 다녀온 스톡홀름과 고틀란드를 다시 한번 방문하고 노르웨이로 가는 순서로 여행 일정을 짰는데 스톡홀름에 도착하니 캐리어가 오지 않은 것이다. 비행기는 비싼 걸 타지 않는다는 평소 지론대로, 나는 북경과 암스테르담을 거쳐 스톡홀름으로 가는 중국 남방항공 비행기표를 싼 맛에 구매했었다. 그리고 지인에게 물어보니 남방항공은 수하물 분실로 악명이 높은 항공사였다. 그 탓에 나는 출발 전부터 무척 불안했었다. 공항에서 스톡홀름에서 내가 묵을 숙소 주소와 전화번호를 꼼꼼하게 기록하여 캐리어에 묶어두고도 불안했었는데 스톡홀름 공항 수하물 찾는 곳에서 기다리고 있던 사람들이 모두 자기 짐을 찾아 그곳을 떠나갈 때까지도, 내 캐리어는 나오지 않고 마침내 컨베이어벨트가 멈췄다.

안내소에 가서 신고 서류를 작성했다. 분실신고서에 3박 4일간 머무를 스톡홀름 주소뿐 아니라 고틀란드 섬의 숙소, 오슬로의 숙소까지 기록하라고 직원이 말했다. 로빈슨 크루소가 무인도에 착륙했을 때 이런 기분이었을까. 나는 반팔 원피스 차림에 천 가방 하나만 달랑 들고 2016년에 이어 두 번째로 스톡홀름으로 입성했다. 다른 물건들도 중요하지만 야심 차게 준비한 트레킹을 위한 내 물건들은 어떡하나. 물론 돈 주고 다시 구매할 수도 있다. 하지만 여기는 물가가 장난 아니게 비싼 북유럽 아닌가.

숙소에 도착해서는 여행이고 뭐고 다 제쳐두고 로비에 붙어 있다시피 하면서 직원에게 공항에 계속 전화를 넣어 달라고 부탁했다. 전화를 자주 하면 올 확률이 높아진다는 검색 내용처럼 여러 차례 통화해서인지 며칠 후 호텔로 캐리어가 도착했다. 지옥에서 천국으로 오른 기분이랄까. 가방을 앞에 두고 너무 기뻐서 나는 직원을 얼싸안고 방방 뛰었다. 너무나 기뻐 밤에는 스톡홀름의 유명한 재즈 카페 슈탐펜(stampen)에 가서 평소에 잘 못 먹는 맥주도 마시고 춤도 추고 놀면서 기쁨을 만끽했다.

캐리어가 올 때까지의 마음고생을 자세히 말하지는 않겠다. 다만 여행에 대한 모든 의욕을 잃은 채, 20도도 되지 않는 싸늘한 날씨에 반팔 원피스를 입고 떨면서 공원 벤치에 우두커니 앉아 있거나 묘지를 방문하여 인생의 허무함 따위에 대해 생각하거나 했다. 캐리어가 아예 안 올 확률도 높다고 해서, 어깨 때문에 늘 복용하던 약을 구입하기 위한 처방전을 받으려고 로비에서 안내받은 대로 먼 곳에 있는 종합병원에 찾아가기도 했다. 의사와 잠깐 면담하고 처방전을 받아 약을 사는데 한나절을 허비하고 돈도 30만 원 이상을 썼다. 속옷, 화장품 등 기본적인 것들도 구매할 수밖에 없어, 돈도 돈이지만 오슬로로 떠날 때는 안 그래도 무거운 캐리어가 더욱 무거워졌다.

스타방에르와 두 번째 캐리어 분실

고틀란드 섬을 거쳐 오슬로에 도착하여 며칠을 보낸 후 스타방에르로 가는 노르웨지안 항공사 접수창구에서 탑승 수속을 밟았다. 자동화기기에 익숙하지 못하여 창구에 가서 수하물을 접수했더니, 늘어난 짐으로 인해 초과 비용도 많이 지불했다. 비행기 탑승을 기다리며 대구에서 왔다는 한국인 부부와 잠시 대화도 나누었는데 그분들은 유럽의 다른 지역을 여행하다가 트레킹을 위해 오슬로 공항에서 스타방에르로 갈아타는 중이었다. 드디어 비행기는 노르웨이 제3의 도시 스타방에르에 도착했다.

화장실이 급해 잠시 다녀오니 공항이 작아서인지 벌써 짐을 찾아 문을 나서는 사람들도 있다. 짐을 찾아서 떠나는 사람들이 점점 많아지고 아까 만난 한국인 부부도 인사를 하고 떠났다. 하지만 내 캐리어는 나오지 않아 불안한 생각이 들었다. 마침내 더는 가방이 나오지 않고 컨베이어벨트도 멈췄다. 상황을 파악한 나는 머리가 하얘지고 가슴에 통증을 느끼며 접수창구로 가서 내가 묵을 예정인 숙소를 기입하고 돌아서는데, 뒤를 돌아보니 내 뒤로 줄이 엄청나게 길다. 아마 노르웨이에서는 캐리어가 오지 않는 일이 일상인가 보다.

이번에도 나에게 남은 것이라곤 입고 왔던 청바지와 티셔츠뿐이다. 불행 중 다행인 것은 반소매 원피스 대신 긴 청바지를 입고 스타방에르에 왔고 등산화가 캐리어에 들어가지 않아서 따로 들고 왔기 때문에 등반을 위한 최소한의 옷차림은 된다는 점이다. 옆 가방에 넣은 핸드폰과 여권과 돈 이외에 모든 것은 또 한 번 날아가 버렸다. 스톡홀름처럼 며칠 후에 캐리어가 올 수도 있지만, 이번에는 경우가 좀 다르다.

나는 두 곳을 등반하기 위해 스타방에르에 3박 일정을 잡았고 도착한 다음 날부터 이틀간 매일 한 곳씩 트레킹하고 다른 곳으로 떠나야 한다. 플레이케스톨렌도 그렇지만 특히 쉐락볼튼에 가기 위해서는 내가 준비한 물품들이 꼭 있어야 한다. 캐리어가 안 왔을 때 신고하면 확인서를 떼어주는데 숙소에 들어와 사전을 찾아가며 정확하게 해석해보니 이런 문구가 적혀 있다. "이 서류가 너의 캐리어 분실에 대한 책임을 진다는 의미는 아니다"라는.

일단 숙소에 들어가야 한다. 공항버스를 타고 시내로 들어가는데 아무것도 눈에 들어오지 않았고, 세상에서 제일 불쌍한 사람이 나인 것 같았다. 나 자신이 마치 존재하지 않는 유령처럼 느껴졌다. 여권은 있지만, 캐리어를 분실했으니 내 정체성을 증명해줄 물건이 아무것도 없는 것이다. 등산화는 나의 정체성과는 거리가 멀다. 평소의 행동과 어울리지 않게 바위산을 타겠다는 '겁 많게' 저지른 행동의 결과일 뿐이니까.

스타방에르 시내 호숫가 주변에 자리 잡은 호텔에 도착하자마자 로비로 바로 달려갔다. 로비에는 머리에 히잡을 쓴 이슬람교도인 여직원이 있었다. 그 여직원에게 내가 왜 캐리어를 급하게 찾아야 하는지 자초지종을 설명하고 공항에 전화해주기를 부탁했다. 전화를 자주 하면 찾을 확률이 높다는 이야기와 실제로 그렇게 해서 찾은 적이 있다는 이야기도 하면서. 그녀에게 거의 울다시피 하면서 부탁을 하고 방에 들어갔다가 다시 내려와 부탁하고, 밤이 되어 다른 직원으로 바뀌었을 때도 로비를 들락거렸다.

늦은 오후가 되면서 문득 이성을 되찾았다. 캐리어가 빨리 온다고 해도 오늘 올 리가 없다. 내일 당장 아침 일찍 예약해둔 버스를 타고 쉐락볼튼에 가야 하는데 등산용품을 여기에서 구매해야겠다는 생각에 숙소를 나섰다. 등산용품점을 몇 곳을 들러봤는데 비싸도 너무 비싸 도저히 살 마음이 나지 않았다. 비옷만 예를 들어봐도 우리나라 편의점의 간편한 일회용 비옷이 아닌 엄청나게 무겁고 비싼 것뿐이었다. 밧줄을 잡고 올라갈 등산용 장갑도 너

△ 스타방에르 항구
△△ 스타방에르 구시가

무 비싸서 목장갑을 사서 아쉬운 대로 사용하기로 하고 그냥 가게를 나섰지
만, 편의점이나 마켓에서 목장갑을 팔지 않아 우습게도 때밀이 장갑을 샀다.
등산용 양말도 비싸서 평범한 면양말을 한 켤레 더 사서 신고 있는 양말 위에
그냥 겹쳐 신기로 했다. 비싸기도 했지만 사실 캐리어에 모두 들어 있는 것들

이라고 생각하니 살 수가 없었다. 스톡홀름에서도 꼭 필요한 물건들만 다시 샀지만, 그 모든 것들이 짐이 된 경험이 있기에 더더욱 그랬다.

호텔로 돌아가며 그사이 캐리어가 도착해 있기를 바랐으나 괜한 기대였다. 밤사이에도 몇 번 로비를 들락거렸지만 캐리어는 오지 않았다. 결국 나는 여분의 옷도 화장품도 없어서 오슬로에서 입고 온 옷 그대로 입고 잔 후, 그 전날 화장한 얼굴 그대로 아침에 일어났다. 예약한 버스를 타러 호텔을 나서기 전 나는 공항에 다시 연락해 줄 것을 호텔 직원에게 단단히 부탁하고 버스 터미널로 향했다. 버스 터미널로 가기 위해 호수 옆을 지나가던 중 어제 공항에서 만났던 한국인 부부와 마주쳤다. 내 상황을 설명하자 진심이 담긴 위로의 말을 건네며, 도움이 필요하면 연락하라고 전화번호가 적힌 명함을 건네주었는데 정말 가슴이 다 뭉클해졌다.

버스 정류장에 도착하자 차는 주차되어 있었지만 다행인지 불행인지 오늘 강한 돌풍이 불어 쉐락볼튼 등반이 불가능하여 버스를 운행하지 않는다고 하였다. 버스 운전기사는 예약한 사이트에 들어가 취소를 하라고 도착하는 승객들에게 일일이 알려주었다. 그래서 원래 일정에는 내일 가기로 했던 플레이케스톨렌을 먼저 가기로 했는데 나로서는 오히려 다행스러운 일이었다.

플레이케스톨렌과 돌풍

몸과 마음이 너무나 지쳐 있었기 때문에 택시를 이용하여 플레이케스톨렌으로 가는 페리가 출발하는 항구로 갔다. 날씨가 아무래도 비가 올 것처럼 흐려서 페리 앞에 있는 꽤 큰 편의점에 갔다. 세계적으로 유명한 트레킹 코스로 가는 페리가 출발하는 곳인데도 가게는 한 곳밖에 없었다. 그곳에서 어제 사지 못한 비옷이나 우산을 구매해 보려고 했으나 판매하지 않았다. 가방이라고는 오슬로에서 메고 온 천 가방밖에 없어 여권 등 중요한 것이 다 들어 있는 가방이 젖으면 안 되니까 큰 비닐봉지를 살 수 있느냐고 물으니 그냥 주었다.

플레이케스톨렌 올라가는 길

페리에서 버스로 갈아타고 플레이케스톨렌으로 올라가는 곳에 내렸는데 벌써 비가 내리기 시작하고 바람도 너무나 심하게 불었다. 이대로는 도저히 등반하기 힘들 것 같았다. 그런데 천만다행으로 화장실을 다녀오는 길에 마주친 사무실 입구에 "비옷이 없으십니까?"라는 내용으로 짐작되는 문구가 붙어 있었다. 들어가 보니 정말로 방수용 아웃도어 잠바를 대여하는 곳이어서 잠바를 빌렸다. 또 어제 화장한 얼굴 그대로 나왔으니 얼굴의 피부도 보호하기 위해 가져간 밀짚모자를 쓴 후 그 위로 스카프를 감쌌다. 나는 그렇게 공공 근로하는 아주머니들 같은 모습을 하고 어찌어찌하여 정상 부분까지 올라갔다.

정상에 가까운 데까지 가서 우측으로 모퉁이를 돌자, 절벽에 우뚝 선 플레이케스톨렌 바위가 바로 눈앞에 보였다. 내가 바위에 올라선 모습을 누군가가 찍어줘야 기념이 되기 때문에, 일행이 없는 나는 지나가는 사람들 중에 한국인처럼 보이는 이에게 부탁했다. 처음 부탁한 사람은 자신은 이미 찍었다며 그냥 가고 다음으로 부탁한 청년은 자신은 이미 찍었지만 찍어주겠다고 하여 기쁜 마음에 얼른 바위 위로 올라갔다.

사진이 예쁘게 나와야 하기에 모습이 이상한 모자와 스카프를 벗어 한 손에 쥐고 포즈를 취하려고 했으나 돌풍이 계속 불어 일어설 수가 없었다. 바위

대중적인 트레킹 장소인지 등반하는 길에 철책도 있는
플레이케스톨렌

플레이케스톨렌 바위 옆 언덕에 돌풍을 피해 대피한 사람들

위에 올라선 사람들은 엎드리는데, 나는 얼른 찍고 그 청년을 보내줘야 했기에 앉아서라도 포즈를 취해서 사진을 찍으려고 했다. 그런데 돌풍 때문에 도저히 몸을 가눌 수가 없었다. 바람이 닿는 면적을 최소화하기 위해 잠바까지 벗어들었지만 마찬가지였다. 마냥 기다릴 수는 없어 바람이 잦아든다 싶을 때 일어섰는데, 그 순간 나는 그냥 바람에 날아가 바위에 부딪히고 말았다. 모자와 스카프, 잠바는 당연히 모두 다 날아가 버리고.

그때 백인과 동양인인 두 남자가 "Can you walk?" 하며 나를 부축해서 바위 뒤 안전한 곳으로 옮겨주며 연거푸 "Are you OK?" 하고 물었다. 사진을 부탁했던 청년이 내가 있는 곳으로 와서 태블릿을 건네주고 간 후에도 돌풍은 계속 심하게 불었다. 모래가 눈과 입으로 들어와 주변 사람들도 모두 얼굴을 가리고 바위에 몸을 기대거나 앉아서 대피하고 있는데, 정신이 돌아온 나는 갑자기 내 가방이 생각났다.

여권이 가방 안에 들어 있다는 데 생각이 미친 내가 소스라치게 놀라서 말하니 동양인 아저씨가 내 가방이 날아가지 않게 큰 돌로 눌러두었다고 나를 안심시켰다. 한참 후 바람은 잠잠해지고 누군가가 바위로 날아가 떨어져 있

I | 혼자 여행을 떠나는 나만의 이유

돌풍에 날아간 플레이케스톨렌

는 내 잠바를 가져다주었다. 모든 일이 너무나 갑자기 일어난 일이라 다친 곳이 아프다든가 하는 생각은 전혀 들지 않았고, 아저씨에게 정말로 감사하다는 인사를 드리고 그곳을 내려왔다.

바람에 날아가 바위에 부딪히고 온몸이 젖은 나는, 아웃도어 잠바까지 입고 산에서 내려가는데도 이제 긴장이 풀려서인지 온몸이 부들부들 떨리고 추워서 잠바에 달린 모자까지 뒤집어써야 했다. 드디어 산을 다 내려와서 페리 승강장을 오가는 버스 정류장이 보이기 시작했다. 내가 산에서 내려온 시간이 오후 2시 정도인데 돌풍이 불어서인지 입산 금지 안내판이 산 입구에 세워져 있었다. 나는 안내센터에서 꾸물대다가 버스가 도착하자 재빨리 탑승했다.

플레이케스톨렌으로의 여행은 평탄하리라고 생각했는데 우여곡절도 많았고 생명과 맞바꿀 뻔한 트레킹이었다. 그날 찍은 사진들을 보면 하나같이 얼굴에는 근심 걱정이 가득하고 정신이 나간 모습뿐이다. 이렇게 몸도 마음도 만신창이가 되어 숙소인 호텔에 도착하니 믿을 수 없는 기적이 일어났다. 캐리어가 온 것이다. 너무나 기뻐서 캐리어를 껴안고 뽀뽀라도 하고 싶은 심정이었다.

로비 직원에게 고개 숙여 한국말로 "감사합니다." 인사를 하고 방으로 올라가서 일단 다친 곳은 없는지 상처를 확인해보았다. 팔다리가 긁힌 데가 여러 곳이고 온몸에 멍이 들어 있었다. 내 평생에 가슴도 멍이 든다는 건 그때 처음 알았다. 바위에 부딪힌 왼쪽 가슴이 통째로 퍼렇게 멍이 들어 있었다. 갈비뼈가 결려 누웠다가 일어서기도 힘들었지만 그래도 다행인 것은 얼굴은 멀쩡하다는 것이었다. 운 나쁘게 나보다 키가 큰 바위에 부딪혔으면 얼굴에 심한 상처를 입고 병원으로 직행해야 했을 수도 있고, 반대 방향으로 부는 바람에 날아갔다면 600m로 솟은 절벽을 날아가 뤼세 피오르에서 나의 생을 마감했을 수도 있었다.

그렇게 생각하니 나는 엄청나게 운이 좋은 사람 같아서, 온몸이 상처투성이지만 행복감마저 들었다. 그래서 누워서 몸조리하기는커녕 말끔하게 머리까지 감고 캐리어에서 화장품을 꺼내어 곱게 단장을 하고 따뜻한 잠바도 꺼내 입고 스타방에르 구시가로 갔다. 거기서 꽃과 아름다운 정원이 있는 집들 사이의 골목을 누비며 즐거움을 만끽했다. 노르웨이 제3의 도시로, 석유가 나면서 부유해진 도시답게 항구에 정박해 있는 호화로운 요트 곳곳에서는 파티가 벌어지고 있어 내 마음도 덩달아 더 즐거워졌다.

질투는 나의 힘, 쉐락볼튼 등반

아침에 일어나니 컨디션이 말이 아니었다. 다친 곳이 쑤시고 아파서 잠을 이루기 힘들었기 때문이었다. 어쨌든 아침 일찍, 어제 취소된 쉐락볼튼으로 가는 버스를 타기 위해 버스 정류장으로 나갔다. 천재지변으로 운행을 못 하므로 예약을 취소하라고 어제 버스 기사로부터 안내는 받았지만, 오늘 날짜로 새로 예약을 안 해서, 기사에게 사정해 보기로 했다. 숙소를 나서기 전, 캐리어에서 꺼낸 방수 가방에 중요한 소지품과 에너지바, 에너지 음료를 넣었다. 등반용 장갑과 양말도 캐리어에서 꺼내 신고 그 위에 잠바를 걸쳤다. 그런데 그 와중에 크나큰 실수를 했다. 가방에 준비해온 비옷을 넣지 않은 것이다. 나는 그것도 모른 채 옷을 갈아입고 하는 동안에 시간이 늦어져 얼른 숙소를 떠나 버스 정류장으로 뛰어갔다.

사정을 말하고 한국에서 출력해간 예약표를 버스 기사에게 보여주니 다행히 그냥 타라고 했다. 그래서 요금을 따로 내지 않고 무사히 탑승하여 쉐락볼튼으로 가는, 가슴 떨리는 트레킹 길에 올랐다. 빈자리를 찾아서 뒤쪽으로 가면서 보니 버스 탑승객은 대부분 젊은 사람들이었다. 워낙 힘든 곳으로 가는 여정이다 보니 모두 불안한지, 가는 내내 아무도 사진을 찍지 않았고 전쟁터로 떠나는 듯한 긴장감마저 감돌았다. 버스는 인가가 거의 없고 바위와 산만 보이는, 화성같이 삭막해 보이는 곳을 거의 3시간가량 쉴 새 없이 달려 목적지에 도착했다.

버스가 쉐락볼튼 주차장에 서고 모든 승객이 내렸다. 화장실을 다녀와서 주차장을 관리하는 직원에게 오늘 날씨를 물으니 지금은 맑은 날씨지만 어떻게 바뀔지 모르고 만약에 저체온이 되면 위험하다며, 저기에 있는 레스토랑에서 우비도 파니까 사 가라고 말했다. 레스토랑 건물로 가서 보니 홑겹으로 된 짧은 비옷 상의가 15만 원 가까이나 하여 비상용으로 사기에는 너무 비싸다는 생각이 들어 사지 않았다. 밖으로 나오니 그동안 버스에서 내린 사람들이 이미 다 올라가 버려 아무도 보이지 않고 나 혼자만 남았다. 그도 그럴 것이 주차장에는 우리가 타고 온 버스 1대 외에는 자가용 몇 대밖에 없으니 올라가는 사람들이 많지 않은 것이 당연했다.

함께 올라가면 끌어주고 뒤에서 밀어도 준다는데 나는 구간 대부분을 혼자 올라갔다. 올라가면서 상하이에서 갈아탈 비행기를 기다리며 대화를 나누었던 아가씨의 말이 생각났다. 그녀는 엄마랑 노르웨이 3대 트레킹 코스를 모두 가보았는데 그중에서 쉐락볼튼이 가장 힘들었다고 말했다. 비가 와서 운동화가 자꾸 미끄러지는 바람에 위험했는데 다행히 일행이 도와줘서 무사히 올라갔다는 말도 했다. 그런데 지금 나는 일행이 없이 혼자였다.

쉐락볼튼은 바위로 된 산으로 쇠사슬이 있는 구간이 많다. 하지만 쇠사슬이 있는 곳으로 가면 많은 사람이 다녀 매끈매끈해진 바위를 밟아야 해서, 암벽등반용 등산화를 신었음에도 미끄러지는 느낌이 들어 올라가기가 더 힘들었다. 그래서 쇠사슬이 없는 다른 길을 거의 네발로 기어 올라갔다. 이런 바위산을 3개를 넘어야 하는데 첫 번째 바위산을 올라가다가 만난, 이미 남자친구와 함께 하산하던 젊은 아가씨가 처음 바위산이 가장 힘든 고비라고 격려해주었다.

블로그를 보면 올라가면서 주변 풍광을 찍은 사진을 올린 것을 보기 힘든데 이유가 있었다. 너무 힘들어 죽을 것 같아서 카메라를 꺼낼 생각도 나지 않았다. 그리고 가끔 올라온 사진도 있는데 왜 그런지 몰라도, 실제로 등반할 때보다 경사가 매우 완만해 보인다. 정말 죽을힘을 다해 올라가면서 인생의 가장 힘들었던 때를 생각해보았다. 그러고는 그것보다는 지금이 낫다고 생각하며 힘든 등반의 위로로 삼았다.

하나의 바위로 된 산 한 개를 다 오르면 내리막은 없고 잠시 평지가 나온다. 그러면 저 멀리 나랑 같은 버스를 타고 온 사람들이 무리 지어 가고 있는 모습이 시야에 들어온다. 조금이라도 따라잡기 위해 평지만 나오면 뛰다시피 하며 따라갔지만, 역부족이어서 그 이후로도 나 혼자 등반할 수밖에 없었다. 올라가면서 영국에서 왔다는 아저씨를 만났다. 그 아저씨가 찍어준 게 올라가면서 찍은 유일한 사진이다. 성격이 좋아 보이는 아저씨였으나 워낙 느리게 걸어, 일행에게서 뒤처져서 따라가야 한다면서 먼저 갔다. 이렇게 마음이 여유가 없었던 것은 정해진 시간 내에 돌아오지 않으면 버스가 기다려 주지 않고 그냥 간다고 해서 두려운 마음이 있어서이다.

바위산을 3개를 넘자 거짓말처럼 평지가 나오고 쉐락볼튼 도착을 알리는 표지가 나왔다. 여기서부터는 내리막길인데 내려가던 중 딸과 여행 중인 한국인 부부도 만났다. 절벽 사이에 끼인 달걀 모양 바위인 쉐락볼튼에 올라갔느냐는 내 질문에, 절벽 아래를 봐버려서 겁이 나 못 올라갔다고, 여기까지 온 것으로도 만족한다고 했다. 거의 다 내려가자 뮈세 피오르 옆 해발 1,000m로 솟은 두 절벽 사이에 끼인 달걀 모양 바위인 쉐락볼튼이 드디어 눈앞에 나타났다. 내리막길 끝까지 가면 아래가 절벽이었는데, 사람들이 절벽 끝에 서서 쉐락볼튼에 올라간 사람들을 촬영해주고 있었다.

나는 늦게 도착했지만, 미리 온 사람들은 바위에 앉아 점심을 먹거나 이미 쉬고 있었다. 버스를 같이 타고 온 필리핀 아가씨에게 사진 촬영을 부탁하고 드디어 나는 왼쪽에 있는 절벽으로 갔다. 아래를 절대로 보지 않고 앞의 쉐락볼튼만 보면서, 나는 지금 우리 집 안방을 걷고 있다고 마인드컨트롤을 하면서 절벽 옆에 파인 평평한 부분에 발걸음을 디뎠다. 조금만 중심을 잃어버리면 1,000m 아래로 떨어질 수 있는 수직으로 솟아오른 절벽 옆구리에 한 사람이 걸어갈 만큼 나 있는 평평한 곳을 걸어 쉐락볼튼 위로 사뿐 뛰어

1,000m 절벽 사이 쉐락볼튼 등반

올라갔다.

이곳을 올라오면서 별의별 생각이 다 들었다. 캐리어를 두 번이나 분실했다가 다시 찾은 일, 돌풍으로 다친 것과 주변 사람들의 도움, 한국에서 내가 두려워할 때 나를 격려해준 사람들의 표정 등을 생각하며 꼭 올라가겠다고 다짐했다. '공중에 떠 있다는 점에서 비행기랑 같잖아. 비행기는 두려워하지 않잖아. 바위에 올라가기 전 아래를 절대 보지 말자.' 하고. 올라가 보면 생각보다 넓다는 상하이에서 만난 젊은 아가씨 말도 긍정적인 자기 암시에 많은 도움이 되었다. 사실 올라가기 전에 아래를 절대 내려다보지 말라는 말도 그 아가씨가 해준 말이다. 그래서인지 조금의 두려움과 떨림도 없이 즐거운 마음으로, 두려움에 불면의 밤을 지새우게 했던 그 쉐락볼튼에 올라갈 수 있었다. 그리고 사진을 찍어주는 필리핀 아가씨를 흥분되면서도 침착한 마음으로 바라보며, 내가 할 수 있는 최대한의 다양한 포즈로 감격스러운 마음을 표현했다.

내려올 때도 사뿐 뛰어서 안전한 곳으로 돌아왔다. 돌아와서 사진을 보니 인생 사진이라고 할 만한 것들이 많아 너무 기쁘고 고마워서 사진을 찍어준 필리핀 아가씨를 얼싸안아주었다. 그런데 이곳에서는 사진을 찍어주겠다는 사람들이 많았다. 하산할 때도 저 바위에서 사진 찍었느냐고 물어보면서, 안 찍었으면 찍어주겠다는 사람들도 있었다. 아마 힘들게 올라온 만큼 올라온 사람들 간에 끈끈한 정이 느껴지나 보다.

이제는 옆의 절벽 위에 앉아 느긋하게 뭐세 피오르도 내려다보고 쉐락볼튼에 올라가는 사람들도 구경했다. 대부분 젊은 사람들이라 무리 없이 올라갔다. 몇 번을 용기를 내어보다가 결국은 포기를 하고, 바위에 얼굴을 묻고 절망하는 어떤 젊은 남자도 보았다. 중년의 한국인 부부를 또 만났는데 손사래를 치면서 쉐락볼튼에 올라가는 것은 꿈도 꾸지 않는다고, 여기까지 온

뮈세 피오르가 보이는, 쉐락볼튼 바위를 내려와서

것도 너무 만족한다고, 아까 만난 그분들과 똑같은 이야기를 했다.

준비해 간 점심도 먹고 충분히 즐긴 다음 산에서 내려왔다. 그런데 맑았던 하늘이 갑자기 어두워지더니 장대비와 함께 우박까지 내리기 시작했다. 가방 안에 여권과 핸드폰, 태블릿뿐 아니라 현금 전부가 들어 있는데 비옷을 가져오지 않아, 젖으면 큰일이다. 약간의 방수가 되는 잠바 안에 방수 가방을 메고 가방 입구로 물이 들어가지 않게 팔을 겨드랑이에 딱 붙여서 걸었다. 등산용 모자가 방수가 완벽하여 얼굴은 젖지 않았지만, 신발은 물이 가득 차 대야가 되고 청바지는 속옷까지 완벽하게 젖어버렸다.

겨드랑이에 한쪽 팔을 딱 붙인 자세로, 우박이 섞인 장대비로 젖은 바위산 3개를 미끄러지지 않게 내려올 때의 고통은 오직 여권과 귀중품을 지켜야 한다는 절박감으로 인해 그다지 심하게 느끼지는 못했다. 하지만 정말 짐승

쉐락볼튼 바위산 하나를 올라간 후 본 주변 풍경

처럼 팔을 거의 땅까지 굽혀 네발로 기다시피 해서 조금씩 미끄러지지 않게, 거의 전 구간을 그런 자세로 내려왔다. 하산을 시작할 무렵부터 내린 비는 멈출 기미가 보이지 않고 잠바도 조금씩 물기가 스며들어, 아래쪽이 축 늘어져 무거워질 때쯤 멀리 주차장이 보이기 시작했다.

　출발할 시간이 약간 남아 다들 카페 겸 레스토랑에 가는데 나는 푹 젖은 축축한 상의와 하의, 잠바를 입고 그나마 따뜻한 버스에 앉아 오들오들 떨었다. 버스가 출발해서 스타방에르로 돌아오는 3시간 동안 버스 기사는 실내 온도가 15도인데도 습도 때문인지 계속 에어컨을 틀어놓았다. 나는 추위에 떨며 조금이라도 몸을 녹여보려고 두 다리를 접어 상체에 밀착시키고 두 팔로 힘껏 몸을 감싸 안았다. 그날 밤 숙소에 도착해서 무엇을 했는지는 지금 전혀 생각나지 않는다. 하지만 버스에서 떨었던 3시간만큼은 몇 년이 흐

△ 개를 데리고 쉘락볼튼에 올라온 청년
△△ 스타방에르에서 타고 온 버스, 주차장에 버스는 이것 한 대뿐

른 지금도 기억이 생생하니 엄청나게 고통스러웠나 보다.

　이렇게 질투심에서 비롯한 쉐락볼튼 여행은 그 후 내 여행의 성격도 취향도 엄청나게 바꾸어놓은 코페르니쿠스적 사건이었다. 그렇다고 지금 박물관이나 도심을 쏘다니는 여행을 싫어하는 건 아니지만, 그 뒤로는 뭔가 짜릿하고 스펙터클한 것을 찾아 여행을 떠나게 되었다. 그래서 그다음 해에는 아이슬란드로 떠나게 된다. 쉐락볼튼을 다녀온 후 베르겐으로 가서 1주일간 머물면서 송네 피오르와 하르당에르 피오르까지 가보았지만 부족한 그 무언가가 있었다.

　그게 무엇일까를 생각해보니 내가 주도적으로 여행을 할 수 있느냐 그렇지 않느냐의 차이인 듯했다. 피오르 여행도 관광안내센터에 가서 티켓을 구매하여 혼자서 기차와 버스, 페리를 갈아타며 힘들게 했으나 운전을 내가 하는 것도 아니고 매우 안전한 여행이어서 이미 짜릿한 뭔가를 경험한 나로서는 너무 밋밋했고 수동적으로 느껴졌다.

2018년 아이슬란드 여행,
모든 길은 책을 통해 열렸다

『세상의 모든 고독 아이슬란드』 ― 시규어로스와 레이혼주크르

    나는 캐스커 멤버인 가수 이준오가 쓴 여행 수필을 통해 아이슬란드의 매
력을 처음으로 알게 되었다. 2주에 한 번씩은 도서관에 책을 빌리러 가던 나
는 동네 도서관에서 그 당시 MBC 라디오 게스트로 활약하던 이준오가 쓴
수필을 한 권 빌렸다. 『세상의 모든 고독 아이슬란드』라는 여행 에세이인데
아이슬란드의 많은 곳을 소개하고 있지는 않지만, 작가의 평소 진지한 모습

52   I | 혼자 여행을 떠나는 나만의 이유

과 말투 그대로 깊은 사색과 섬세한 감
성이 곳곳에 묻어나는 책이었다. 책을
다 읽고 나서 아이슬란드의 자연이 어떠
하기에 여행을 마치고 돌아오면서 여행
을 했다는 기분이 아니라 숨 막히는 작
품이나 공연 한 편을 감상하고 오는 기

12Tonar 음반 가게

분이라고 말했을까 생각하니, 아이슬란
드가 궁금해지기 시작했다.

오로라를 볼 때의 감격을 묘사한 부분도 감동적이었지만 음악 작업을 하
면서 레이캬비크에서 머물면서 생활한 내용도 좋았다. 작가가 가장 인상 깊
은 장소로 꼽은 레코드 가게 '12Tonar'와 그곳에 매일 갔다는 이야기도 솔깃
했다. 12Tonar는 아이슬란드 레이캬비크의 오래된 레코드 가게로 음악을 고
르면 주인이 CD를 가져다준다. 그러면 마음껏 음악을 감상한 후에 마음에
들면 사면 된다는 것이다. 음악을 감상하는 동안 주인아저씨가 직접 내려 가
져다주는 에스프레소를 마실 수 있는데 음반 구매 여부와는 상관없이 누구
에게나 커피를 가져다준다고도 했다. 평소에 음반을 자주 사는 편은 아니지
만 이런 모습들이 너무나 여유가 있어 보이고 낭만적으로 느껴져 아이슬란드
를 가게 된다면 나도 이 음반 가게를 꼭 가보리라고 마음먹었다.

그리고 이 책을 통해 영미 위주의 팝만 듣던 나는 12Tonar에 자주 방문했
다던 비요크나 시규어로스, 올라퍼아르날즈와 거스거스 같은 아이슬란드의
가수들 이름을 처음으로 알게 되었다. 유튜브에서 시규어로스의 음악을 찾
아 처음 들은 음악이 〈올슨 올슨(Olsen Olsen)〉이다. 시규어로스 공연 영상
을 찾아 음악을 듣다 보니, 그동안은 나와 전혀 관련이 없는 외계 행성 정도
로만 생각되었던 아이슬란드의 자연이 눈에 확 들어왔다.

지금까지 내가 알던 공연은 밤에 환한 조명을 밝히고 공연장이나 아니면 넓은 공터에서 하는 것이었다. 하지만 백야의 아이슬란드에서는 아직 녹지 않은 잔설이 남아 있는 뾰족뾰족한 산들로 둘러싸인, 여기저기에 모닥불이 피워진 야외에서 공연하고 청중은 풀밭에 앉거나 언덕에 기대어 편안하게 음악을 감상하고 있었다. 그리고 가수가 노래를 부르는 동안 전자악기가 아닌 첼로나 바이올린을 연주하는 모습도 인상적이었다. 그 영상을 보면서 나도 저기 영상 속의 청중이 되고 싶다는 간절한 바람이 가슴 한편에 자리 잡았다. 하지만 염원은 염원일 뿐 아이슬란드를 직접 가겠다는 생각은 꿈도 꾸지 않았다.

그러나 노르웨이의 쉐락볼튼을 다녀오면서 자연의 위험과 함께 경이로움을 맛본 나는 그다음 해의 여행지를 망설임 없이 아이슬란드로 결정했다. 그리고 해가 가기 전인 12월에 일단 25일간의 계획으로 비행기표를 샀다. 7월이 오려면 아직 한참을 기다려야 하지만 비행기표를 사버리면 여행은 이미 돌이킬수 없으므로 앞으로 직진해야 할 일만 남는다. 질투심에 깊은 생각 없이 결정한 쉐락볼튼 산행이 그다음부터 내 여행의 성격을 완전히 바꾸어놓은 것이다.

아이슬란드는 차를 빌리지 않으면 구석구석 돌아보기 힘든 곳이다. 그래서 대부분의 사람은 차를 렌트할 수밖에 없고 나도 생전 처음 렌터카를 계약했다. 이번에도 일행 없이 혼자서 여행하니 레이캬비크에 머무르는 1주일을 뺀, 20일 가까운 장기간 운전을 계속해야 했다. 현지인들도 가장 험한 곳으로 생각하는 웨스트 피오르를 여자인 내가 혼자서 운전해서 간다고 하니, 같은 숙소의 젊은 커플도 손사래를 치며 동행인을 반드시 구해서 함께 가야 한다고 말렸으며, 북부 뮈바튼에 있는 숙소 주인인 노부부는 나의 안전과 행운을 걱정스러운 표정으로 빌어주었다. 그리고 그들은 하나같이 내 손에 메모지를 들려주었는데 거기에는 만약의 경우에 신고할 수 있는 긴급 전화번호

△ 연기를 내뿜는 시커먼 바위 사이로 혼자 걸어간 레이혼주크르
△△ 영화 〈프로메테우스〉의 배경이 된 데티포스 목포

112가 적혀 있었다.

직접 가서 본 아이슬란드의 자연은 어느 곳이나 경이롭고 시규어로스의 음악에 등장하는 모습 그대로였다. 그래서 차를 운전하면서도 놓치기 아까운 곳은 로드 뮤비를 많이도 찍었다. 사람들이 많이 가지 않는 외진 웨스트 피오르를 포함하여 아이슬란드의 거의 모든 지역을 돌아보았지만 나에게 가장 아이슬란드다운 인상 깊은 곳이 어디냐고 물으면 지하 세계와 지상 세계의 경계선 같은 분위기를 풍겼던 레이혼주크르(Leirhnjukur)라고 대답할 것이다. 이곳은 비티 호수 옆에 있는 곳으로 많은 사람이 호수에 갔다가 들르는 곳이다. 하지만 대부분의 사람은 왼쪽의 부드러운 갈색 언덕을 보면서 널빤지로 연결되어 걷기 쉬운 길을 조금 걸어 들어가다가 흙길이 나오면 되돌아가 버린다. 땅에서 연기가 스멀스멀 올라오는 것이 보이기 시작하지만 들판 가득히 흙물이 가득한 여러 개의 크고 작은 웅덩이가 끓고 있는 흐베리르에 비해서도 특별한 볼거리는 없기 때문이다.

백야로 환하기는 하나 오후 7시에 이곳을 걷기 시작한 나에게는 레이혼주크르가 아이슬란드 여행안내 책자에서 찾아 읽은 그대로였다. 지하 세계와 현실 세계가 만나는 곳으로 사탄이 추방되어 현실 세계에 가장 먼저 도착한 곳이 이곳이라는 내용이었는데 정말 그럴 수도 있겠다 싶었다. 널빤지가 끝나는 지점에서 앞으로 계속 걸어가는데 사람이 하나도 보이지 않았다. 시야에 보이는 것은 까마득하게 먼 곳까지 화산 폭발로 생긴 시커먼 바윗돌뿐이고 걸어가는 길옆 곳곳에서 하얀 연기가 괴물처럼 시커멓게 생긴 바위틈에서 뿜어져 올라오고 있었다.

검은색 바위들 틈새에 난 길을 공포에 질려 넋을 놓고 걸어가는데 모퉁이를 돌 때마다 꼭 저기 멀리서만 사람이 보였다. 보였다 안 보였다 하는 앞사람을 따라잡기 위해 거의 필사적으로 뛰었으나 거리가 줄어들지 않았다. 비는 내리기 시작하는데 빠져나갈 길을 찾지 못하여 헤매고 있는 내 앞에 어디서 나타났는지 갑자기 모자가 보여 뒤따라가서 무사히 주차장으로 돌아올 수 있었는데 돌이켜 생각해봐도 무서운 그곳을 혼자서 걸었다는 게 놀랍기만 하다.

인상 깊었던 곳이라면 데티포스(Dettifoss)*도 빼놓을 수 없다. 링로드인 1번 도로로 가다가 비포장 흙길인 864번 길로 접어들면 길이 엄청나게 팬 1차선 도로가 이어지는데, 흙탕물을 튀기며 쭉 가다 보면 '28 Dettifoss 864'라는 도로 표지판이 나온다. 데티포스는 영화 〈프로메테우스〉의 초반에 외계인이 알약 비슷한 걸 삼키고 폭포로 몸을 던지는 장면을 촬영한 곳이기도 하다. 그 외계인이 섰던 자리에 서 보면 폭 100m로 유럽에서 가장 크다는 어마어마한 흙탕물 폭포에 내가 빨려 들어갈 것 같은 공포감이 느껴진다. 안전장치라고는 그 어디에도 없어 조금만 올라가면 급류처럼 흐르는 물을 시냇물처럼 만져볼 수도 있다. 민낯을 한 전혀 가공되지 않은 원시적인 아이슬란드 자연의 모습은 단연 레이혼주크르와 데티포스가 최고였다.

『라오스에 대체 뭐가 있는데요?』 — 보르가 피오르의 퍼핀

퍼핀이라는 새 이름은 무라카미 하루키의 수필집 『라오스에 대체 뭐가 있는데요?』라는 책을 읽으면서 처음 알게 되었다. 아이슬란드 헤이마에이(Heimaey) 섬에 여행을 간 하루키도 그 새가 신기했던지 퍼핀에 관한 이야기를 책에 비교

---

*아이슬란드 여행지 중에는 이름 뒤에 '-포스(foss)'라는 말이 붙은 곳이 많다. 데티포스를 비롯하여 뒤에서 이야기할 굴포스, 스코가포스, 스바르티스포스, 셀랴란드포스 등이 그렇다. 아이슬란드에서 '포스'는 '폭포'라는 뜻이다. (편집자 주)

보르가 피오르의 퍼핀 서식지를 안내하는 표지

적 자세히 쓰고 있다. 아이슬란드 여행을 결심하고 자료를 찾아보면서 그곳에 살고 있다는 퍼핀이라는 새를 제대로 알게 되었는데 통닭처럼 통통하고 펭귄처럼 생긴 새의 첫인상이 총천연색 영화처럼 강렬했다. 펭귄처럼 등이 검고 앞쪽은 흰색이며 발과 부리는 붉은색에 가까운 주황빛이 도는데 세모 모양 손도끼처럼 부리가 크다. 실처럼 가느다란 물고기를 부리에 잔뜩 물고 다니는 모양이라니 세상에 이런 새도 있을까 싶었다. 그리고 동작이 굼뜬 이 새를 사람들이 잠자리채 같은 것을 휘둘러 잡아서는 식용으로 쓰고 식당에서도 요리해서 판매한다니 어떤 맛일지도 궁금해졌다. 물론 사 먹을 생각은 없었지만.

　여동생이 아이슬란드를 가기로 했다는 내 이야기를 듣고 자신이 읽었다는 다소 황당한 내용의 책을 소개해주었다. 이미 50살이 넘어 노안도 오고 결혼 생활, 작가가 되겠다는 목표, 경제적 안정 등 뭐 하나 이룬 것 없이 모든 것에 실패한 작가가 71일간이나 아이슬란드를 히치하이크로만 여행했다는 것이다. 그 책, 강은경 작가의 『아이슬란드가 아니었다면』을 접하는 순간 여행 수필치고는 사진이 거의 없고 책이 너무 두꺼워서 놀랐다. 히치하이크로 차가 얻어걸리는 대로 정해진 여정 없이 여기저기 다녀서, 여행 정보를 얻기에는 힘들었지만 71일간이라는 긴 시간 동안 정말 많은 곳을 다녀왔다는 데 또한 번 놀랐다. 이 책을 읽으면서 내가 보고 싶었던 퍼핀이라는 새가 일반적인 새와는 달리 서식하는 지역에 따라, 가까이 가도 달아나지 않는 새가 있다는 것을 알게 되었다. 그래서 퍼핀을 볼 수 있는 곳들을 여정에 끼워 넣었는데 보르가 피오르와 라트라비야르그(Latrabjarg) 절벽, 헤이마에이 섬 등이 그곳이다. 헤이마에이 섬은 페리 표를 사야 하는데 내가 여행할 즈음에 그 섬에서 일주일간 음악 축제가 열려서인지 표를 구할 수가 없어 제외했다.

퍼핀은 아이슬란드에 서식한다지만 아무 때, 어디서나 볼 수 있는 새가 아니다. 특정한 장소를 찾아가야만 볼 수 있는데 잘 알려진 곳이 동부 지역의 보르가 피오르이다. 괴물이 목격되었다는 으스스한 전설이 있는 호수를 낀 에질스타디르에서 하룻밤을 잔 나는 다음 행선지인 세이디스피외르디르를 가기 전에 보르가 피오르로 향했다. 보르가 피오르를 가게 되면 다시 에질스타디르로 되돌아와 세이디스피외르디르를 가야 하기에 복잡하고 시간 낭비도 많았으나 오직 퍼핀을 보기 위해서였다. 사람들도 누구나 거기에 가면 퍼핀을 쉽게 볼 수 있다고 해서 반드시 가야 할 곳이 되어버렸다.

하지만 그때 산을 넘어 운전하던 일을 생각하면 지금도 눈물이 앞을 가린다. 길은 비포장 흙길인데 한참을 달리니 내비게이션은 나를 자꾸 다리도 없는 강물로 안내해서 몇 번이나 되돌아가 다른 길이 있나 찾아보았으나 찾을 수가 없었다. 그래서 아니면 말고 하는 마음으로 직진했더니 보르가 피오르로 가는 포장된 도로를 만날 수 있었다. 조금 더 가니 갑자기 가드레일도 없는 급경사의 산길이 나오고 그곳을 넘어야 보르가 피오르로 갈 수 있었다. 운

동부 지역의 보르가 피오르 마을

대구 머리를 말리던 곳

전하는데 안개가 심하게 끼어 앞이 거의 보이지 않았다. 반대편에서 오는 차들이 너무 많아 그 차들을 피하려다 보니 언덕 아래로 굴러떨어질 것만 같았다. 양쪽 창문을 모두 내리고 정신을 맑게 하려고 주먹으로 머리도 쳐 가며 운전했으나 한 치 앞도 안 보이는 상황에서 안개가 바람에 끊임없이 움직여 어지러워 토할 것 같았다. 두려워서 간이 콩알만 하게 얼어붙은 상태로 운전을 하여 간신히 산을 넘어, 안개 낀 곳을 벗어나 산 아래쪽 마을에 도착했다.

안개 때문이기도 하지만 내가 이곳을 갈 때 공포를 느낀 것은 아이슬란드 도로의 특수성 때문이다. 아이슬란드의 도로 대부분은 땅을 파서 만든 게 아니라 흙을 부어서 만들어 도로가 푸딩처럼 솟아올라 있다. 그래서 반대편에서 오는 차를 피하려고 지나치게 옆으로 비켜섰다가는 굴러떨어져서 차가 뒤집힐 것 같았다. 도심을 벗어나면 포장이 된 곳도 가드레일은 물론이고 길 끝을 표시하는 선조차 거의 없어 안개가 끼면 더더욱 길과 길이 아닌 곳을 구분할 수가 없었다. 호픈을 지나서 이스트 피오르로 갈 때는 우리나라로 치면 경부고속도로 같은 1번 국도인 링로드도 비포장인 곳이 있었으니 길 상태를 미루어 짐작할 수 있다.

안개 낀 산과 달리 마을은 맑고 평화로웠으며 여행 온 사람도 많았다. 차를 주차해 두고 마을 안쪽으로 걸어 들어가니 퍼핀 새를 그린 안내판이 크게 그려져 있고, 그 앞에 높지는 않으나 절벽처럼 솟아오른 산이 있었다. 그 산이 퍼핀 서식지라고 생각한 나는 기쁨에 차서 올라갔다. 하지만 그 어디에도 퍼핀은 없었다. 산 아래에 야영장이 있어서인지 젊은 친구들만 많이 모여 있을 뿐. 허탈한 마음으로 내려가려고 하는데 초등학생인 남자아이가 내가 내려가는 길이 위험하다며 올바른 길을 알려주었다. 예테보리에서 태어나 레이캬비크에 살고 있고 이곳에 가족과 함께 휴가를 왔다고 하는데 영어를 곧잘 하고 매우 명랑하여 잠시 그 꼬마와 재미있게 놀았다. 그 아이에게 한국에 대해 설명도 해주고 이야기도 나누다가 산에서 내려왔다.

파리가 정말 많이 붙어 있는 대구 머리와 상어 꼬리를 말리는 곳을 지나 바닷가에 있는 절벽에도 가보았다. 새집은 많이 보였지만 퍼핀은 끝내 볼 수 없었다. 그렇게 허망하게 퍼핀을 보겠다는 나의 희망은 좌절됐다. 왔던 산을 다시 넘어가 에질스타디르로 돌아갔는데 한 번 왔던 길인데도 똑같이 무서웠다. 사실 마을에서도 내가 넘어온 산봉우리가 하얀 솜이불 같은 구름에 계속 싸여 있는 모습을 보면서 마음이 무거웠으나 오후가 되면 조금 걷히지 않을까 기대했었는데 전혀 그렇지 않았다. 나중에 알게 되었는데 퍼핀을 보려면 보르가 피오르 마을을 지나 조금만 더 가면 된다고 한다. 정보 부족으로 마을은 잘 구경하였지만 정작 퍼핀을 보지 못한 여행이었다.

『아이슬란드가 아니었다면』 ─ 라우트라비아르그 절벽의 퍼핀

다른 곳에 사는 퍼핀과 달리 사람이 가까이 다가가도 본체만체하며 도망

가지 않아 퍼핀을 가까이서 볼 수 있는 명소로 알려진 라우트라비아르그 절벽으로 가기 위해 웨스트 피오르를 여행하기로 한 나는 늘 가슴 한쪽이 무거웠다. 왜냐하면 아이슬란드 여행에 중요한 두 개의 사이트 때문이다. 아이슬란드의 기온과 바람의 세기 등을 알려주는 'Icelandic Met Office(en.vedur.is)'와 아이슬란드 도로에 대한 정보를 알려주는 'The Icelandic Road and Coastal Administration(www.road.is)'이 바로 그것이다. 후자의 사이트에 들어가면 아이슬란드 지도가 나오는데 해당 지역을 클릭하면 차량 통행이 가능한지, 안개가 어느 정도로 끼어 있는지 등을 실시간 위성사진으로 확인할 수 있다. 나는 아이슬란드 여행을 결심한 이후 틈만 나면 두 사이트에 들어가 보았는데 웨스트 피오르 지역은 비포장도로에 어디나 늘 뿌연 안개로 휩싸여있어 음울하였고 죽음의 땅 같은 느낌을 받았다.

아이슬란드를 다녀온 사람 중에는 링로드로 갈 수 있는 곳만 다녀온 경우가 대부분이다. 왜냐하면 크기가 우리나라 남한만 한 아이슬란드가 결코 작은 나라가 아니어서 주요 여행지만 돌아보는데도 시간이 오래 걸리기 때문이다. 아이슬란드는 인구가 30만 명밖에 되지 않아 겨우 서울의 도봉구 인구만 하다. 아이슬란드의 제일 위쪽에 토끼 귀처럼 외롭게 붙어 있는 웨스트 피오르에는 사람이 많이 살지 않아 비포장도로가 많다. 그래서 여행 일정이 길지 않거나 운전에 자신이 없는 경우에는 접근하기가 쉬운 곳은 아니다. 내가 구입한 아이슬란드 여행 책자에 나와 있는 추천 일정에서는 15박 코스에도 웨스트 피오르 지역은 아예 포함되어 있지 않았고, 그곳을 간다고 말했을 때 현지인들도 나보고 혼자 가면 안 된다고, 동행을 꼭 구하라고 했다.

막상 웨스트 피오르에서 운전을 해보니 그리 어렵지 않았다. 웨스트 피오르에서 가장 큰 도시인 이사피외르뒤르(Isafjorður)까지는 몇 시간이나 가야 하지만 포장도 잘되어 있고 험한 길도 없었다. 사람들이 사는 인가가 거의 없

△ 웨스트 피오르 가는 길옆에 많이 있는 오래된 집
△△ 아이슬란드 고전문학인 사가(Saga)에 등장하는 장소임을 알리는 표지, 파트레크스피외르뒤르로
가는 웨스트 피오르 비포장도로 옆 "바다 괴물을 조심하라"는 호수의 표지

고 피오르를 따라 구불구불 돌아가는 길이 지루하긴 하지만 바닷가 모래밭
에 양들이 앉아 일광욕하는 이색적인 풍경도 보고, 곳곳에 있는 무너져가는
옛날 집들을 보는 재미도 쏠쏠했다. 물범들이 놀고 있는 풍경도 보며 이사피

외르뒤르에 도착했다. 걱정과는 달리 날씨가 너무나 맑아서 바다고 하늘이고 선명한 파란색을 띠고 있어 탁 트인 경관을 볼 수 있었다.

하지만 이사피외르뒤르부터는 이야기가 달라진다. 라우트라비아르그 절벽으로 가려면 60번 도로로 디냔디(Dynjandi) 폭포를 지나 파트레크스피외르뒤르(Patreksfjörður) 마을로 가야 한다. 거의 180도로 꺾어지는 아찔하고 좁은 비포장 외길로 산을 넘어 디냔디에 도착했는데, 만약에 안개가 짙게 끼었다면 이 길은 도저히 넘을 수 없었겠다는 생각도 들었다. 보르가피오르 가는 길과 비교해 봐도 길이 턱없이 좁을뿐더러 한쪽은 까마득한 낭떠러지라 약간만 차가 기울면 살아 돌아오기는 불가능해 보였다. 산을 넘어와 왕관 모양의 디냔디 폭포에 도착하니 터널을 뚫어 직선 도로를 만들고 있었다. 그걸 보니 앞으로는 나처럼 힘들게 이곳으로 오는 사람은 없겠구나 싶었다.

디냔디 폭포를 지나 파트레크스피외르뒤르 마을로 가는 길은 인가라고는 전혀 없고 정말 황량하기 그지없는, 깊게 팬 비포장 흙길의 연속이었다. 〈바위고개〉라는 노래가 저절로 흘러나와 소리 높여 노래를 부르며 지루함을 달래며 풀 한 포기, 나무 한 그루 없는 길을 몇 시간을 달리니 포장된 도로가 나타나고 공항도 보인다. 중간에 디냔디 폭포를 들르기는 했지만 속도를 낼 수 없어 이사피외르뒤르를 6시에 떠나서 밤 10시에 파트레크스피외르뒤르에 있는 호텔에 도착했다.

방으로 올라가니 정말로 여행을 온 듯한 느긋한 기분이 들며 즐거워졌다. 내일 계획하고 있는 일정은 이곳과 가깝게 있는 두 곳뿐인데 이틀이나 묵는다 생각하니 그동안의 긴장도 풀리고 편안한 마음이 들어 행복해졌다. 호텔이 바다 앞이고 통창이어서 방에 불을 끄고 몸만 살짝 낮추면 방에서도 배를 탄 느낌이 들었다.

다음 날 오랜만에 호텔 조식 뷔페에서 흐뭇한 시간을 보냈다. 갈 곳은 두

Ⅰ│혼자 여행을 떠나는 나만의 이유

디난디 폭포

곳밖에 없고 시간은 많은데 음식이 어찌나 맛있는지. 늦장을 부리다가 11시
가 넘어서야 숙소를 나섰다. 라우트라비야르그 절벽으로 출발하기 전에 마
을을 한 바퀴 돌며 슈퍼에 들러 점심으로 먹을 스키르와 물을 샀다. 라우트
라비야르그는 14㎞의 긴 해안선이 있는 유럽에서 가장 서쪽에 있는 절벽이라
고 하는데 퍼핀의 서식지로 책이나 블로그 어디에나 소개되어 있었다. 웨스
트 피오르에서 손꼽히는 명소인데도 마을을 벗어나자 길은 금방 비포장 흙
길로 바뀌어 바다를 끼고 계속 달린다. 길이 험하다고 여행 책자에 안내되어
있고, 가파른 절벽 위의 길을 달리지만 디난디 폭포로 가는 길이나 안개가 짙

라우다산두르 해변. 10km나 되는 모래사장이 띠처럼 이어져 있다

게 낀 산길을 넘는 것과 비교하면 전혀 힘들지 않았다.

퍼핀 새를 드디어 볼 수 있구나 하는 생각에 라우트라비야르그 주차장에 차를 세우는 순간부터 호흡이 빨라졌다. 나는 서둘러 절벽으로 올라가기 시작했다. 내 예상에 여기서는 퍼핀 새를 어디서나 쉽게 볼 수 있을 것 같았다. 그러나 아무리 올라가도 퍼핀은 눈에 띄지 않았다. 사진 찍히기를 바라는 듯 모델처럼 조용히 풀밭에 앉아 있는 검은색 큰 독수리는 있었지만 퍼핀은 없었다. 노르웨이에서 바람에 날아간 적이 있어 심하게 부는 바람이 두렵긴 하지만, 혹시라도 퍼핀을 볼 수 있을까 해서 절벽 가까운 곳까지 기어간 후 엎드려 절벽 아래까지 살펴보았다.

여러 곳을 이런 식으로 살펴보았지만 다른 새는 있어도 퍼핀만 없어 실망감이 점점 깊어갔다. 엎드려서 절벽 아래를 살펴보는 나를 보고 지나가던 사람들이 퍼핀이 있냐고 물어보았지만 고개를 저을 수밖에 없었다. 대부분의

　　　I | 혼자 여행을 떠나는 나만의 이유

아이슬란드에서 처음이자 마지막으로 가까이서 본 라우트라비
야르그 절벽의 퍼핀

사람이 가지 않는 높은 곳까지 올라가 보았으나 실망감만 안고 구덩이가 많이 패인 절벽과 떨어진 풀밭 위로 터덜터덜 힘없이 걸어 내려왔다. 퍼핀과 나는 인연이 아닌가 보다 생각하며….

　　내려가기 전에 사진이나 한 장 찍고 가야겠다고 생각하며 기다리고 있다가 어떤 여자분이 혼자 오시기에 부탁을 했다. 사진을 찍은 후 그분이랑 잠시 이야기를 나누며 아이슬란드까지 힘들게 와서 퍼핀을 한 마리도 못 보고 돌아간다고 이야기를 했더니 주차장 가까운 곳에서 퍼핀을 봤다고 하는 게 아닌가.

　　놀라서 위치를 다시 확인해보니 주차장에서 100m밖에 안 떨어진 곳이었다. 뛰다시피 내려가니 과연 그곳에 퍼핀이 있었다. 주차장과 가까워 사람들 통행이 잦아서인지 줄을 쳐두었지만, 퍼핀을 가까이서 보기 위해 나는 과감하게 줄 아래로 기어들어 가 풀밭에 앉았다. 길이랑 가까운 절벽 윗부분이 등지인 모양인데 그냥 길로 지나가면 보이지 않는 곳이었다.

사진에서 본 그대로 눈은 매직펜으로 그린 듯 크고 눈꼬리가 처진 광대 눈이고, 크고 두꺼운 부리와 발은 붉은색에 가까운 작은 펭귄 모양이었다. 감격에 겨워 시간 가는 줄 모르고 손에 잡힐 듯 가까운 거리에 있는 총천연색 새를 바라보았다. 그리고 지나가던 젊은 아가씨 한 명에게도 알려주었더니 아예 내 옆에 앉아서 퍼핀의 재롱을 함께 보았다. 퍼핀을 함께 보면서 나는 저 새를 보기 위해 아이슬란드에 왔다는 이야기도 나누었던 것 같다.

절벽을 내려와 숙소로 돌아오는 동안 내 가슴은 터질 듯이 기쁘고 희열에 차올라 피로가 다 사라지고 발걸음이 공기처럼 가벼웠다. 누군가가 나에게 평소에 새를 그렇게 좋아했었냐고 물으면, 십자매를 한동안 키워본 적은 있지마는 자신 있게 그렇다고는 대답을 하지는 못할 것이다. 하지만 퍼핀은 다른 새와는 다르다. 화가가 붓으로 그린 듯한 광대 같은 모양의 축 처진 눈을 하고 주황빛이 감도는 붉은 부리와 발, 통통한 몸매를 가진, 사진과는 비교할 수 없을 정도로 비현실적이고 환상적인 퍼핀의 모습을 보는 순간 여행의 힘들었던 순간들도 순식간에 잊을 수 있었다.

『나의 드로잉 아이슬란드』 — 예술가 마을 올라프스피외르뒤르

아이슬란드를 여행하고 싶었던 세 번째 이유는 『나의 드로잉 아이슬란드』라는 책의 배경인 올라프스피외르뒤르 마을을 방문하기 위해서였다. 이 책은 화가인 엄유정 작가가 2013년 아이슬란드 올라프스피외르뒤르라는 시골 마을에서 살다가 온 이야기로, 겨울에서 봄으로 넘어가기까지의 마을 모습이 너무나 평화롭고 정감 있게 그려져 있다. 마을에 예술가들을 유치하기 위해 실시하는 아티스트 레지던시 프로그램에 지원한 후 초청을 받아, 그 마을에서 무상으로 제공하는 숙소에서 몇 달간 생활한 이야기인데 그림을 그리면서 마을 사람들과 자연스럽게 어울리는 이야기가 읽은 후에도 내 마음속에 깊게 남았다.

4월인데도 동네 슈퍼에는 냉동 채소밖에 없다는 이야기, 수요일마다 동네 수영장에서 수영한 후 온탕에 모여 수다를 떠는 시간을 정해둔다는 이야기, 심지어 마을에 빵집 하나 없다는 이야기 등도 낭만적으로 느껴졌다. 가장 인상 깊은 내용은 '재미있는 이야기 듣는 모임'이 정기적으로 마을 회관에서 저녁에 열리는데, 그날이 되면 마을의 여자들은 온갖 치장으로 예쁘게 차려입고 와서 요리를 준비하여 식사하며 준비해온 이야기를 돌아가면서 이야기하거나 소리 내 크게 읽는다고 한다.

그래서 이번 아이슬란드 여행 중 그 마을에 가서 예술가들이 머무르는 숙소도 방문해보고 기회가 된다면 매주 수요일에 열린다는 수요 수영 모임과 '재미있는 이야기 듣는 모임'도 참석해보고 싶었다. 이런 이유로 나는 여행 일정에 올라프스피외르뒤르 마을과 엄유정 작가가 스쿨버스를 얻어 타고 터널을 지나 커피와 빵을 먹으러 간 아름다운 이웃 마을 시글루피외르뒤르를 일정에 추가했다.

아이슬란드 북부에 있는 올라프스피외르뒤르 마을로 가는 길은 어렵지 않았다. 인구가 2만 명도 안 되지만 아이슬란드에서 두 번째로 큰 도시인 아퀴레이리에서 출발하여 40분 정도 걸려 달려간 달빅에서 고래 투어를 한 다음, 터널 하나만 통과하니 30분도 안 걸려 올라프스피외르뒤르 마을에 도착할 수 있었다.

고래 투어로 가장 유명한 마을은 후사빅이다. 야생 블루베리가 지천이던, 아름다운 호수가 있는 아스바르기 가는 길에 있는 마을이 후사빅이다. 이곳은 고래 투어를 하려는 사람들이 몰려 시골 마을치고는 꽤 번화한 곳으로 고래박물관과 각종 기념품을 살 수 있는 곳도 있다. 나는 여기에서 박물관을 방문하고 기념품도 샀지만 고래 투어는 하지 않았다. 왜냐하면 올라프스피외르뒤르 마을로 가는 도중에 있는 마을이 달빅이어서 그곳에서 하는 고래 투어를 예약해두었기 때문이다.

강은경 작가의 『아이슬란드가 아니었다면』에는 고래 투어를 하려면 반드시 히알테이리 항을 가야 한다고 쓰여 있으나 나는 블로그의 내용만 믿고 달빅이라는 자그마한 마을로 갔다. 고래 투어 사무실은 마을에 딱 한 곳 있었고 사람들이 몰려있었기 때문에 찾을 필요도 없었다. 배에 오르기 전 배를 배경으로 셀카를 찍다가 늦게 승선하는 바람에 사람들의 따가운 눈총도 받았으나, 나는 이 고래 투어가 아주 마음에 들었다.

꽤 먼 바다까지 나갔는데도 고래가 많이 보이지 않았지만, 선장이 뭐라고 외치며 고래가 나타난 방향을 알려주면서 배가 그쪽으로 달려가면, 배 안은 흥분의 도가니가 되었다. 고래가 있는 곳을 찾아보는 재미도 있었다. 수면 위로 분수가 가늘게 솟구치는 곳은 백발백중 고래가 있는 곳이다. 물 위로 솟아올랐다가 꼬리를 하늘로 쳐들고 물속으로 잠수하는 고래의 모습은 참으로 신기하였다.

돌아오는 길에는 원하는 사람들에게 바다 낚싯대를 줬다. 나도 해보았으나 실패했지만 명태보다 더 큰 물고기를 잡은 사람들도 많았다. 선장을 제외하고, 투어의 모든 것을 처음부터 끝까지 책임지는 것으로 보이는 젊은 조수는 배에서 내린 우리들을 사무실 옆 야외 테이블로 데려갔다. 그는 그곳에서 배에서 낚시한 생선의 살을 그릴에 구워주었다. 몇십 명의 사람들이 접시에 생선을 담아가 먹었는데도 양이 넉넉했고 매우 고소하면서도 담백했다. 이렇게 하여 오후 1시에 시작한 고래 투어는 오후 5시 가까이 되어서야 끝이

△ 달빅 앞바다에 나타난 고래
◁ 달빅에서의 고래 투어 후 낚시 ▷ 달빅 마을에서의 고래 투어 후 생선구이

낮다. 나는 올라프스피외르뒤르 마을에 가는 도중에 있는 소박한 마을 달빅에서 이렇게 잊을 수 없는 추억을 만들었다.

올라프스피외르뒤르 마을은 책에서는 외딴 오지 마을처럼 묘사되어 있었는데 규모가 큰 마을이었다. 작가가 생필품을 구매하기 위해 자주 찾았다는 슈퍼 대신 마을 입구에 대형 슈퍼가 있었고 우체국과 예식장보다 큰 홀이 있는 건물도 있었다. 길을 물으려고 들어간 큰 홀에 계시던 할머니는 내가 찾는 아티스트 레지던시 건물인 리스트후스의 위치를 알려주기 위해 컴퓨터로 구글 지도를 능숙하게 검색했다. 약도를 들고 리스트후스를 찾아가는 도중에 책에 쓰인 것처럼 'Kaffi Klara'라는 식당이 딱 하나 있었고 옆 건물에는 게스트하우스도 있었다.

리스트후스는 허름한 창고 같은 큰 단층 건물로 리스트후스라고 쓰인 명패가 붙어 있고 문은 잠겨 있었다. 건물의 맞은편에는 눈에 익은 산이 자리잡고 있는데 한눈에 봐도 엄유정 작가가 산을 그리기로 테마를 잡은 후 시시각각 변하는 모습을 그린 바로 그 산이었다. 그냥 돌아가기에는 아쉬워 건물의 반대편으로 가니 창문 너머로 안에 사람이 보였다. 창문을 똑똑 노크했더니 부엌에서 뭔가를 하고 있던 여자분이 깜짝 놀란다. 그러고는 문을 열어주어서 내가 왜 이곳에 오게 되었는지를 간략하게 이야기했더니 웃으면서 들어오라고 하고 부엌에서 커피도 대접해주었다.

헝가리가 고향이고 수채화를 그리는 그 아가씨는 30대 초반으로 동유럽의 더운 날씨가 싫어 여름 몇 달 동안 이곳에 있으려고, 물가가 비싼 아이슬란드에서 숙소와 작업하는 공간을 무상으로 제공하는 이 프로그램에 참여하게 되었다고 말했다. 현재 화가와 작가인 다른 분들도 이 숙소를 나누어 쓰고 있는데 아파트형 레지던스도 이 마을에 있다고 알려주었다. 또 내가 웨스트 피오르를 혼자 운전해서 간다고 하니 아이슬란드의 다른 분들처럼 종이에 숫자 112를 써서 내 손에 쥐여주었다.

내가 책을 보고 이곳을 찾아왔다고 하니 그녀는 무척 신기해하며 나를 자신의 작업실로 데리고 갔다. 한 명이 사용하는 작업실치고는 꽤 큰 편이었는데 벽에는 A4 크기의 종이에 수채 물감으로 그린 아이슬란드의 자연 풍경이 전시되어 있었다. 기교를 부리지 않고 자연의 풍경을 느낌 그대로 편안하게 표현하고, 남에게도 자신 있게 보여주며 이야기할 수 있는 그 아가씨의 모

습이 아이슬란드의 자연 풍경과도 잘 어울렸다. 이렇게 그린 그림들은 마을 회관에서 전시하며 마을 주민들과 함께 즐긴다고 하니, 나도 기회가 주어진다면 이곳에 한 번 꼭 머무르고 싶은 생각이 들었다.

엄유정 작가가 스쿨버스를 얻어 타고 빵을 사기 위해 가곤 했다는, 숙소가 있는 이웃 마을 시글루피외르뒤르로 가기 위해 리스트후스를 떠날 때, 문 바깥까지 따라 나온 그 아가씨는 내일 떠날 때 다시 한번 이곳을 꼭 방문해달라고 말했다. 아쉬운 작별 인사를 하고 마을을 떠나면서 이곳에 오기를 정말 잘했다는 생각이 들었다. 그냥 잠시 방문했을 뿐인데도, 지금도 나는 올라프스피오르 마을에 잠시 살다가 온 것 같은 기분 좋

△ 올라프스피외르뒤르 마을
△△ 올라프스피외르뒤르 마을 작가들의 숙소 겸 작업실 리스트후스
△△△ 올라프스피외르뒤르라는 시골 마을 예술가 숙소 리스트후스와 응급 전화번호

은 느낌이 들기 때문이다.

『아이슬란드 컬처 클럽』
— 아름답지만 쇠락한 세이디스피외르뒤르 마을

아이슬란드에 매력을 느낀 네 번째 이유는 세이디스피외르뒤르(Seyðis-fjorður)라는 마을이다. 아이슬란드를 여행하다 보면 웨스트 피오르 다음으로 접근하기 힘든 곳이 이스트 피오르에 있는 마을들이란 느낌이 들었다. 레이캬비크에서 에질스타디르까지는 국내선 항공편도 있고, 세이디스피외르뒤르 마을은 외국에서 페리도 들어오는 곳이다. 하지만 골든서클 지역과 아이슬란드 남부에서 다양한 볼거리들과 빙하 체험으로 몸이 지쳐서인지 동부까지는 길도 멀게 느껴지고 운전도 힘들었다.

동부 지역에서 가장 큰 도시인 인구 이천 명의 에질스타디르에서 1시간도 안 걸려, 링로드를 도는 여행객들이 잠시 들렀다 가기도 하는 곳인 세이디스피외르뒤르에서 나는 이틀 밤이나 묵어가기로 했다. 그 이유는 단순하다. 여자들 몇 명이 함께 아이슬란드를 여행하고 쓴 책『아이슬란드 컬처 클럽』에서 하룻밤 머물고 떠나는 그녀들이 하루 더 있을 걸 하고 아쉬워하는 유일한 마을이 세이디스피외르뒤르였기 때문이다. 사진으로 본 마을의 모습도 아름다웠지만 '옳거니, 여기가 얼마나 좋은 곳이면 그런 말을 할까' 생각하며 원래 계획을 수정하여 하루 더 머무르기로 한 것이다.

그런데 이곳으로 가는 나의 여정은 그다지 녹록지 않았다. 앞에서 퍼핀을 보기 위해서 갔다가 결국 보지 못하고, 안개 낀 산길을 힘들게 오간 보르가 피오르 이야기를 했었다. 보르가 피오르에서 세이디스피외르뒤르로 바로 가는 길은 없고 에질스타디르로 돌아와서 다시 가야 한다. 드디어 세이디스 피외르뒤르로 가는 93번 도로에 들어섰을 때는 흥분되어 차를 길옆에 세워 두고 마구 사진 촬영을 했다.

〈월터의 꿈은 현실이 된다〉라는 영화에서 터지는 화산을 피해 월터가 보드를 타고 달리는 길을 여기에서 촬영했다고 하는데, 여행을 떠나기 전에 영화도 다시 보고 왔기 때문에 가슴이 벅차올랐다. 나의 기대를 저버리지 않게 길도 말끔하게 포장이 되어 있고 날씨도 맑아, 월터가 된 기분으로 드라이빙을 만끽할 수 있었다. 여름인데도 내가 넘어가야 할 산에는 미처 녹지 않은 잔설이 쌓인 게 보였다.

그런데 어느 정도 고갯길을 올라가자 갑자기 안개가 심해지더니 어느 순간부터는 가시거리가 운전대에서 조금밖에 되지 않았다. 오후 7시 정도여서 차들이 많지 않아, 그나마 보이는 중앙선을 밟고 가고 싶었지만, 반대쪽에서 가끔 차가 오기도 해서 그럴 수는 없었다. 길 가장자리에 흰색 페인트로 실선을 칠해둔 곳도 있었지만 정작 안개가 심한 고갯길에서는 희미하거나 아예 보이지 않았다. 야광 막대기를 50m마다 하나씩 뜨문뜨문 세워두었으나 한 치 앞도 보이지 않는 안개로 있으나 마나였다. 최대한 저속으로 운전을 하였지만 굴러떨어지지 않을까 하는 공포에서 벗어날 수 없었다. 세상 모든 신에게 기도하고 또 기도하며, 간신히 세이디스피외르뒤르에 도착했다.

세이디스피외르뒤르 마을의 첫인상은 평화롭다기보다는 쇠락해 보였다. 오래된 동네여서 옛날에 지은 집이 많아서인지 외벽이 떨어져 나가고 칠이 벗겨진 집이 많았다. 숙소인 다그말(Dagmal) 게스트하우스도 벽이 다 떨어져 나가고, 한쪽 벽은 아예 목재로 벽을 지지해두었지만 내부는 깔끔했다. 바닥은 노출 콘크리트로 늘 따끈따끈했고 벽지도 열대지방의 나뭇잎, 열매 문양이 있어 평화로웠다.

세이디스피외르뒤르 마을

오후 8시가 넘었으나 백야로 사방이 환하여 숙소 밖으로 나가보았다. 숙소 우측으로 올라가니 산에 폭포가 보이고, 항만에는 페리에 싣고 온 물건을 보관하는 창고인지 큰 창고 건물들도 보였다. 하지만 너무 늦은 시간인 것 같아 조금만 올라가다가 다시 숙소로 되돌아가기로 했다. 돌아오는 길에 사람들이 많이 모여 있어 가보니 천막을 쳐둔 곳이 있었다. 음료를 마시며 공연을 볼 수 있는 곳이었는데 기타, 드럼, 키보드, 싱어로 이루어진 밴드가 연주를 준비 중이었다.

직사각형의 천막 안쪽 무대에는 연주자들이 있고 나무 탁자와 의자 몇 개를 제외한 나머지 공간은 비어 있었는데 연주가 시작되자 그 이유를 알았다. 교실 반 칸 정도인 천막 안 빈 곳에서 춤판이 벌어진 것이다. 주위를 아랑곳하지 않고 개다리춤을 추듯 한쪽 다리를 흔들어대며 무아지경으로 춤의 세계에 빠진 아저씨도 있고, 댄스스포츠를 추는 부부도 있었다. 또 그 옆에는 신발을 아예 다 벗고 양말만 신은 채로 바닥을 비비고 양쪽 다리를 번갈아

◁ 다그말 게스트하우스
△ 세이디스피외르뒤르 마을의 토요일 축제

들어 올리면서 트위스트를 추는 아주머니, 나름 마이클 잭슨을 흉내 낸다고
는 하지만 느러터지고 어설픈 중년 아저씨 등등. 흥겨운 무대를 보면서 맥주
와 커피를 마시니 기분이 상쾌해지고 피로가 풀리는 것 같았다.

그리고 그다음 날 나는 보고야 말았다. 기념이 될 만한 물건을 사러 길
옆의 선물 가게를 들어갔는데, 어제 댄스스포츠를 추던 다소 몸집이 푸짐하
고 순박하게 생긴 아주머니가 가게 주인이랑 친구인지 그곳에 와서 놀고 있
었다. 결국 어제 요란한 춤판을 벌인 사람들은 이 마을 주민이었던 것이다.
재미있는 일이라고는 전혀 일어나지 않을 것 같아 보이는 이 따분한 아이슬
란드의 항구 마을에서, 여름철 주말에 열리는 공연은 동네 주민들의 스트레
스를 날려줄 훌륭한 오락거리였다.

도착한 다음 날은 일요일이었는데, 어제와 달리 온종일 비가 내렸다. 비
가 오는데 폭포 같은 자연경관을 보러 가기 싫어서 그냥 마을을 구경하기로

했다. 그런데 구경이랄 것도 없이 호수같이 동그란 바다를 끼고 조금만 걸어 가니 마을이 끝나버렸고, 둘러싼 산들은 물론이거니와 마을까지 안개에 휩 싸여 사진도 선명하지 않았다.

앞 도로에 무지개 색깔의 보드가 깔린 민트색의 예쁜 교회도 있었지만 신 부님이 상주하는 가톨릭 성당과 달리 루터교 교회가 대부분인 북유럽에서는 예배 시간만 빼고는 문을 잠가 놓기 때문에 안에 들어가 볼 수도 없었다. 정 말 달리 할 일이 없어 레스토랑에서 식사를 하고 가게에서 뭔가 기념될 만한 것을 사보기로 했다.

핀란드에서 사 온 핸드메이드 니트 카디건이 엄청 마음에 들어 봄가을로 즐겨 입고 다니던 나는 마음에 드는 스웨터가 있으면 아이슬란드에서 반드 시 사 오리라고 마음을 먹었었다. 수도 레이캬비크에는 니트 제품을 판매하 는 가게들이 정말 많이 있었지만 20만 원이 넘는 가격이 부담스럽기도 하고, 또 누가 짠 건지 모르는 것을 사고 싶지 않아서 계속 망설이고 있다가 드디 어 이 마을에서 아이슬란드 양모로 만든 핸드메이드 스웨터를 두 개나 샀다.

니트를 파는 가게는 간판도 없이 종이에 "Market open"이라고 써 붙인 게 전부였다. 안에는 소박한 외부와는 달리 핸드메이드 니트가 종류별로 다 양하게 진열되어 있고 동네 할머니로 보이는 분들이 판매하고 있어 믿음이 갔 다. 처음에는 어깨가 살짝 덮이는 빨강 조끼만 샀는데 동네 끝까지 갔다가 돌아오는 길에 다시 들어가서는 여러 가지 색이 섞인 아이슬란드의 전형적인 디자인의 스웨터와 무지개 색깔의 줄무늬 모자, 양말, 가방까지 구입했다.

아이슬란드 양모로 만든 무지갯빛의 알락달락한 비니도 쓰고 빨간 니트 조끼도 입은 현지인으로 변신하여 숙소로 돌아오는데, 일요일인데도 문을 연 갤러리가 있었다. 전시된 작품이 많지는 않지만 들어가서 관람한 후, 반지 하에 피자를 전문으로 하는 식당이 있어서 피자와 커피를 시켜놓고 몇 시간

△ 세이디스피외르뒤르의 상징 트비송구르
▷ 니트 가게

이나 죽치고 앉아 있었다. 반지하라지만 바깥도 내다보여 답답하지는 않아, 그 시간 동안 수첩에 지금까지의 일정을 정리하며 여유 있는 시간을 즐겼다. 가격도 비싸지 않고 동양인은 나 하나밖에 없었지만 편안한 분위기여서 모처럼 평화로운 시간을 보냈다.

　세이디스피외르뒤르를 상징하는, 동그란 콘크리트를 여러 개 엎어놓은 것처럼 보이는 트비송구르(Tvisongur)를 여기까지 왔는데 안 볼 수 없었다. 나는 커피와 피자로 기운을 차리고 동네 뒷산으로 올라갔다. 안내표지를 보고 산에 올라갔지만 아무도 없고 나 혼자여서 무서운 생각이 계속 들었다. 한참 올라가니 집 한 채 정도 크기인 트비송구르가 보이기 시작했다. 안으로 들어갔더니 내부는 하나의 공간으로 이어져 있는데, 남자 한 명이 있다가 나를 보고 깜짝 놀랐다. 암스테르담에서 왔다는 그 청년은 멜로디언까지 가지고 와서 연주하며 소리의 공명을 실험하고 있었다.

잠시 후 라스베이거스에서 온 연인까지 네 명이 되자 네덜란드에서 온 청년의 제안으로 우리는 각자 동그란 곳에 한 명씩 들어가 동시에 "아~" 하고 발성을 하기 시작했다. 그러자 4명의 목소리가 화음을 이루며 스피커처럼 웅장하게 들렸다. 이런 재미있는 경험도 하고 산에서 내려오는데 그 네덜란드 청년이 지나가다가 미끄러질 뻔한 나를 보고 내 신발 끈을 가리키면서 신발끈이 풀리면 매우 위험하다고 말해주었다.

그날 밤은 밤새 너무나 심하게 부는 바람 소리에 무서워서 잠을 못 이룰 지경이었다. 다른 곳에서는 한 번도 이런 적이 없는데 바람 소리가 이렇게 크니 주인집을 비롯한 이 마을 집들의 벽이, 성한 것이 없나 보다. 다행히 그날은 옆방에 부부 투숙객이 들어왔는데, 내가 깰 때마다 그들이 소곤소곤 대화를 나누는 소리가 계속 들려서 두려움이 어느 정도는 사라져 다시 잠들 수 있었다.

숙소를 떠나는 날 아침을 먹으며 주인아주머니에게 말했다. 어제 일요일 낮에 숙소에 잠깐 들를 때마다 2층에서 두 분이 계속 대화하는 소리가 들려서 매우 부러웠다고. 15세 딸과 10세 아들을 둔 39세의 주인아줌마는 미소를 지으며 이렇게 말했다. 운이 좋게도 여기에 살게 되어 가족끼리 충분한 대화를 나누면서 살고 있는데, 그런 삶이 너무나 평온하다고. 헤어질 때 내가 안개를 걱정하자 행운을 빌어주며 이곳에 사는 사람들은 겨울에는 더욱 힘들다고 했다. 겨울에 산을 넘어가려면 한 치 앞도 안 보이는 안개뿐 아니라, 눈 덮인 언 길 때문에 운전이 정말 힘들다고 했다.

이 마을에 와서 특별한 것을 하거나 본 건 없었지만, 밤에도 현관문을 잠그지 않는다는 평화로운 동네에서 마음에 드는 아이슬란드 니트 일습을 장만하고 현지인이 살고 있는 정갈하고 예쁜 집에 이틀이나 여유 있게 머무른 것이 결과적으로는 무척 좋은 추억이 되었다. 떠나면서 보니 항구에 어마어마하게 커다란 크루즈가 들어와 있다. 다행히 안개가 심하지 않아 이번에는 무사히 산을 넘어와 나머지 여정을 이어갈 수 있었다.

『아이슬란드가 아니었다면』
— 호른스트란디르 반도의 헤스테이리 마을

강은경 작가의 『아이슬란드가 아니었다면』을 읽으면서 너무나 인상 깊어서 꼭 가보고 싶은 곳이 세 군데 더 생겼다. 그중에서 아이슬란드 남쪽에 있는 섬인 헤이마에이는 차를 페리에 싣고 갈 수 있는 곳이라 일정을 조절하면 가능할 것 같아 페리 표를 예매하려고 했으나 이미 매진되어 구할 수 없었다. 그 이유를 나중에 알았는데 그곳에서 8월 초에 일주일간 음악 페스티벌이 크게 열린다. 그 기간이랑 겹쳐서 표가 없었던 것이다. 나머지는 호른스트란디르(Hornstrandir) 반도의 호른비크에 있는 호른비야르그(Hornbjarg) 산 등반과 란드마나라우가르(Landmannalaugar)에서 솔스모르크(borsmork)까지 가는 트레킹인데, 모두 텐트를 준비해서 캠핑장에서 숙식하면서 며칠씩 걸어야 하는 곳이다.

두 곳 다 혼자서 여행하는 내가 가기에는 불가능한 곳인 것 같아, 계획을 짜는 단계에서 포기했다. 왜냐하면 나라는 사람은 태어나서 지금까지 캠핑이라는 걸 해본 적이 없으니, 당연히 텐트에서 한 번도 비바크라는 걸 해본 적이 없어서이다. 아이슬란드 여행도 노르웨이 쉐락볼튼을 등반하고 난 후, 어느 정도 자신감이 생겨서 결정한 것이다. 어떻게 그 무거운 배낭을 메고 며칠간 빙하로 덮인 산을 넘는다는 것인지, 며칠간 식사를 어떻게 준비한다는 것인지, 도저히 감이 오지 않았다. 강은경 작가도 호른비야르그 산을 등반하다가 굴러떨어져 죽을 뻔하다가 간신히 살아 돌아와 며칠이나 앓아누웠다고 했다. 란드마나라우가르에서 솔스모르크로 가는 도중에는 캠핑장에서 2박 후 너무 힘들어 중간에 포기하고 레이캬비크로 돌아왔다가, 다시 가서 나머지 구간을 등반하였다 하니 나에게는 그림의 떡이나 마찬가지였다.

웨스트 피오르 지역의 홀마빅(Holmavik) 마을을 출발하여 이사피외르뒤르 숙소에 도착한 시간은, 아직 해가 중천에 떠 있는 오후 5시경으로 숙소에 이렇게 빨리 들어가기는 처음이었다. 다른 곳과 달리 이사피외르뒤르와 파트레크스피외르뒤르에서는 호텔을 이용했다. 체크인한 후 카운터에 갖춰져 있는 여행안내 팸플릿을 뒤적이다가 호른비크로 가는 왕복 12시간짜리 다인승 보트 투어 상품을 발견했다. 그런데 아쉽게도 가이드와 함께 호른비크로 가는 보트는 매주 목요일만 운행된다고 쓰여 있었다. 오늘이 토요일이고 다음 날인 일요일 파트레크스피외르뒤르로 떠나야 하니, 가고 싶은 마음이 있어도 현실적으로 불가능했다.

그래서 다른 상품을 보았다. 그림세이 섬은 오전 9시에 출발해서 3시간 만인 12시에 돌아오고, 호른스트란디르 반도의 헤스테이리(Hestrteyri) 마을로 가는 투어는 오후 1시에 출발하면 5시간 만인 6시에 돌아온다고 쓰여 있었다. 그 순간 내일의 일정이 머릿속에 확 그려졌다. 강은경 작가처럼 헤스테이리 마을로 가서 며칠간 트레킹한 후 호른베르크에 도착하여 호른비아르그 산 등반은 못 갈지라도, 여기까지 왔는데 헤스테이리 마을은 꼭 가봐야겠다

△ 멀리서 바라본 이사피외르뒤르
△△ 호른스트란디르 반도가 보이고 천문대가 있는 보라피아들 산

는 생각이 들었다. 그래서 로비 직원에게 물어보았더니 내일 9시에 매표소가 문을 여니 일찍 가면, 예매하지 않아도 당일 투어 티켓을 살 수 있을 거라고 알려주었다.

당일 표를 구하기 위해 다음 날 아침 일찍 일어나 아침밥도 먹지 않고 아직 문이 열리지 않은 매표소 앞에서 기다렸다. 그래서 일찍 출근한 할머니 직원에게 8시 36분에 1등으로 당당히 'History at Hesteyri' 티켓을 14,500ISK, 한국 돈 15만 원 정도에 샀다. 보트가 출발하는 시간이 오후 1시라 오전 일정은 널널했다. 오랜만에 호텔 조식을 마음껏 먹고도 보트를 타기까지는 아직 시간이 남아 보룬가비크(Bolungavik) 마을의 뒷산인 보라피아들(Bolafjall)을 가보기로 했다.

보라피아들로 올라가는 찻길은 비포장에 경사가 급하긴 했으나 날씨가 좋고 안개도 없었다. 반대편에서 오는 차도 없어서 길을 비켜줄 일 없이 아주 편하게 산 정상까지 올라갈 수 있었다. 산 정상에는 천문대도 있고 절벽 아래로 내려다보이는 바다와 하늘이 정말 바라보면 눈에 파란 물이 들 정도로 푸르렀다. 곳곳에 녹지 않은 눈으로 덮여 있는 호른스트란디르 반도의 전경이 손에 잡힐 듯이 선명하게 보였다.

오후 1시에 출발하는 보트를 타기 위해 배가 출발하기 30분 전에 도착했다. 노르웨이 피오르를 여행할 때의 내 경험상 일찍 가면 좋은 자리에 앉아갈 수 있다. 뮈세 피오르로 가는 배는 베르겐 항구에서 바로 출발하는데 아침 일찍 가서 기다린 보람이 있어 2층 맨 뒤 창가 자리에 앉아 갈 수 있었다. 그래서 전망도 좋고 뒤의 갑판을 오가기도 편리했다. 헤스테이리로 가는 보트는 그리 크지 않지만, 앞쪽 절반이 실내이고 뒤 절반이 실외인데 실내 맨 뒤의 의자를 차지하여 짐을 그곳에 두고 실내와 실외를 오가며 사진을 찍으니 매우 편리했다.

△ 여름에도 잔설이 남아 있는 아름다운 아이슬란드의 자연, 헤스테이리

　티켓에 쓰인 일정표대로 오후 2시에 섬에 도착하면 1시간 동안 가이드 투어를 하고 나머지 2시간은 자유 시간을 보내다가, 17시에 출발하여 18시에 이사피외르뒤르로 돌아온다. 보트는 물보라를 일으키며 굉장한 속도를 내면서 달려 드디어 헤스테이리 마을에 도착했다. 보트 선착장과 섬 사이에는 바다에 기둥을 박고 나무를 얼기설기 연결하여 길을 만들었는데 우리를 태우고 온 보트는 도착한 그 자리에 그대로 있다가 투어가 끝나면 일행을 태우고 다시 이사피외르뒤르로 돌아온다.

△ 헤스테이리 마을로 가는 보트 안
△△ 헤스테이리 마을 하이커를 위한 숙소 뒤
△△△ 헤스테이리 마을에 남아 있는 집들

가이드는 일행을 데리고 다니며 이곳의 역사에 관해 이야기해주었는데 남아 있는 집들도 지금은 아무도 살지 않고 단지 여름 별장으로만 사용된다고 했다. 교회가 있던 터도 모두 사라지고 지금은 교회에서 사용하던 종만 자그마한 탑을 만들어 보관하고 있다. 마을을 한 바퀴 돌고 다시 출발점으로 돌아왔는데 그 건물이 레스토랑 겸 숙소였다. 투어 비용에 포함되어서 무료로 커피와 케이크를 먹으며 주변을 둘러보니, 앞마당에 트레킹을 마친 하이커들이 벗어놓은 배낭과 흙이 잔뜩 묻은 신발들이 여기저기 흩어져 있었다. 호른비야르그 산이 있는 호른비크로 가는 4일간 트레킹의 시발점이 이 마을이라고 하니 새삼 벗어놓은 배낭이 승리의 전리품인 것 같아 부러웠다.

보트를 타러 가는 시간도 있기 때문에 자유 시간이 1시간으로 줄어들어, 다른 곳으로 가려다가 갔던 곳을 다시 꼼꼼하게 돌아보기로 했다. 혼자서 언덕 사이로 뜨문뜨문 보이는 집들을 바라보며 천천히 걸어가다 보니 야생 블루베리가 지천이다. 한 움큼 따서 먹으며 야생화 사이에서 사진도 찍고 바닷가를 거닐기도 하면서 자연 속에서 여유 있는 시간을 보냈다. 나는 헤스테이리에 오기를 정말 잘했다고 생각하며 다짐했다. 언젠가 배낭을 메고 이곳으로 꼭 다시 돌아오겠다고.

『아이슬란드가 아니었다면』— 란드마나라우가르

배낭을 메고 란드마나라우가르에서 출발하여 4박 5일간 캠핑장에서 자면서 솔스모르크까지 가는 라우가베구르 트레킹 코스는 한 번도 텐트에서 자본 적도 없는 나에게는 그림의 떡이다. 그래서 『아이슬란드기 아니었다면』을 쓴 강은경 작가가 중년의 여성으로 혼자서 성공적으로 다녀왔다는 내용을 읽고 몹시 부럽기도 했다.

하지만 그 작가와 나는 매우 다르다. 강은경 작가는 평소 북한산을 한밤중에 등산하면서도 두려움을 못 느낀다고 하는데 나는 그렇지 않다. 그래서 내가 쓴 글 속에서는 두려움이 지나치게 강하게 표현되었을 수도 있다. 하지만 나로서는 두렵다고 느끼는 순간에는 정말 두려웠다. 예전에 스페인 세비야로 여행을 갔을 때도 숙소가 골목으로 한참 들어간 곳에 있어서, 밤마다 골목 입구에서 심호흡을 한 후 숙소까지 숨이 턱에 차오르도록 뛰어서 돌아갔던 기억이 있다.

그런데 어느 날 여행 자료를 찾아보던 중에 란드마나라우가르로 가는 투어 상품을 발견했다. 레이캬비크에서 란드마나라우가르 입구의 캠핑장이 있는 곳까지 지프를 타고 갔다가 주변을 구경하고 다시 돌아오는 것이었다. 수영복을 가져가면 그곳에 있는 노천 온천을 이용할 수도 있다고 했다. 그래서 그 투어 상품을 예약하고 백팩이나 텐트 대신 수영복을 두 벌 정도 장만했다. 왜냐하면 레이캬비크 인근의 지열 온천인 블루라군(Blue Lagoon)과 뮈바튼의 지열 온천도 다녀와야 하니까.

레이캬비크에서 차를 빌려서 남부와 동부, 그리고 북부를 간 다음, 가장 외지다고 하는 웨스트 피오르 지방과 헤스테이리 섬까지 20일가량 여행하고 나는 다시 레이캬비크로 돌아왔다. 웨스트 피오르에서 육로로 오면 시간이 너무 오래 걸리기 때문에 웨스트 피오르의 브랸스레쿠르(Brjanslækur)에서 스나이스펠스 반도의 스티키홀무르까지 운행하는 페리에 차를 싣고 와 스티키홀무르에서 하룻밤을 묵은 후 레이캬비크로 돌아왔다. 스티키홀무르는 영화 〈월터의 꿈은 현실이 된다〉에서 그린란드에 있는 마을인 것처럼 영화를 촬영한 곳이다. 레이캬비크에 돌아와서는 시내에 있는 랜드마크를 둘러보며 여유롭게 지낼 생각으로 일주일이나 숙소를 잡았다. 그래서 그중 하루를 '란

란드마나라우가르 캠핑장

드마나라우가르와 헤클라 화산 슈퍼 지프 투어(Landmannalaugar & Hekla Volcano Super Jeep Tour)'에 할애해도 무리가 없었다.

아침 7시 30분에 출발하는, 예약한 차를 타려고 시청 앞에 20분 전에 가서 기다렸다. 차가 도착하기를 기다리는 동안 수많은 투어 버스들이 이곳에서 어딘가로 출발하는 손님들을 싣고 떠났다. 드디어 지프가 도착했는데 시청 앞이 그 투어의 첫 정거장이라 전망이 좋은 자리에 앉을 수 있었다.

차는 시내 이곳저곳을 돌면서 투어 손님을 태웠다. 슈퍼 지프라 해서 기대를 했으나 차체가 좀 길고 타이어가 라지 사이즈인 점만 다르고 특별히 멋진 외관은 아니었다. 차가 높아서 타고 내릴 때마다 운전기사가 받침대를 놓아주었는데 한 가족 빼고는 모두 한국인이었다. 젊은 커플 두 쌍과 나였는데 한 커플은 신혼여행으로 아이슬란드를 왔다고 했다.

차는 휴게소를 들른 후 비포장도로를 달려, 연두색 이끼가 낀 바위 위로 하얀 물거품을 만들며 흐르는 시냇물이 아름다웠던 갸우인 계곡과 크고 작은 폭포가 어우러진 곳을 먼저 들렀다. 비가 오려고 하는지 하늘은 흐리고

란드마나라우가르 가는 길에 본 폭포(◁ 갸우인 계곡 폭포, ▷ U 자 모양의 하얄파 폭포)

길에서 보이는 산들은 서로 이어지지 않고 평지에 각자 불끈불끈 솟아 있으며, 물길이 넓게 퍼져 흐르는 곳도 있었다.

그리고 완벽한 U 자 모양을 한 하얄파(Hjalparfoss) 폭포도 갔다. U 자 모양의 폭포를 보고 주차하는 곳에 왔을 때 기사와 친분이 있는 다른 차의 기사가 우리 차의 타이어가 펑크가 났다고 알려주었다. 기사가 어딘가로 전화를 하더니 경로를 변경하여 달려가서 기다린 곳은 황량한 들판이었다. 볼 것이 전혀 없는 들판이었지만 모두 차에서 내려 주변을 산책하며 한참을 기다렸다. 드디어 새 타이어를 실은 차가 와서 수리하였는데, 교체된 타이어를 보니 펑크가 나서 이미 완전히 납작해져 있었다.

그러는 사이 시간이 엄청나게 흘러가 버렸다. 수리가 끝난 후 간 곳은 점심시간이어서인지 숙소를 겸한 식당, 매점이 있는 곳이었고 헬라(Hella)라고 표지판에 장소 이름이 쓰여 있었다. 나는 간단하게 샌드위치를 만들어갔는데, 신혼여행을 왔다는 교사 커플은 잡곡밥에 미역국까지 보온병에 싸 왔다. 35세 나이가 믿기지 않을 정도로 어려 보이는 신부는 말이 없는 동갑내기 교사 남편에게 거의 명령조로 말했다. 사진 찍어줄 때도 "웃어, 얼굴 왼쪽으로,

지열 온천 블루라군

조금만 고개 숙여." 등등. 이 남편은 집에서도 밖에서처럼 전혀 말이 없다니 답답하기는 할 것 같았지만, 완전 착하다고 신부가 말했다.

결론부터 말하면 나는 이 지프 투어에 완전히 실망했다. 일단 지프 모습이 너무 후졌다. 길이가 좀 길고 바퀴가 큰 것을 제외하고는 홍보 사진에서 본 '길이 아니어도 간다' 식의 야성적인 느낌이 전혀 없이 후줄근했다. 그리고 지프 투어를 신청하면서 가장 크게 기대한 것은 『아이슬란드가 아니었다면』의 내용처럼 수많은 물길을 흰 물보라를 튀기며 지나가는 것이었다. 그러나 현실은 사륜구동차로도 갈 수 있는, 그냥 그렇고 그런 비포장도로를 달리기만 하고 거의 다 도착해서 캠핑장이 보일 때쯤에야 겨우 작은 시냇물만 한 크기의 물길 하나만 건넜다. 물론 더 작은 것 하나를 더 건너가기는 했지만 기대가 큰 만큼 실망이 아주 컸다.

다 도착해서도 실망스럽기는 마찬가지였다. 타이어 펑크로 늦어서인지 그곳에 머물 수 있는 시간이 2시간도 채 안 되었다. 노천 온천을 하려고 수영복을 넣어왔으나 비도 약간 내려 으스스하고, 수영복을 갈아입고 온천을 다녀온다 해도 샤워를 할 시간도 넉넉하지 않았다. 대신 온천 주변에서 사진만 찍었는데 탈의실이 따로 없고 대신 입구 쪽에 막대기 몇 개를 울타리처럼 설치해놓았다.

일행이 많지도 않건만 운전기사는 가이드처럼 우리들을 짧은 시간에 임팩트 있는 곳으로 함께 움직여주지도 않고 그냥 만날 시간만 알려주었다. 그래서 사람들이 많이 이동하는 쪽으로 무작정 걸어가 보았다. 그러나 조금 가다가 사진을 찍고 또 사진을 찍고 하는 바람에 트레킹을 조금밖에 하지 못했다. 언덕 너머로 연기가 하얗게 올라오는 것을 보고 저 산 너머에는 무엇이 있을지 너무 궁금했으나 시간이 없어 결국 넘어가 보지 못했다. 길옆에 있는 바위 색깔이 모두 반짝이는 까만색으로 특이했는데 깨진 조각들도 길에 많았다. 지나가던 여자분이 이 검은색 돌이 얼마나 단단한지 아느냐고 하면서 보석으로 가공도 한다고 알려주어 기념으로 몇 개를 주머니에 넣었다.

지프 투어를 마치고 레이캬비크로 돌아오는 길에 분화구에 생긴 호수를 보았다. 차가 분화구 위까지 올라갈 수 있어 편하게 보았는데 흐린 날씨에도 어떻게 호수의 물빛이 초록이 감도는 파란빛인지 정말 신기했다. 아이슬란드 북부의 비티 호수처럼 분화구의 흙은 붉은색이었으나 신발에 달라붙지는 않았다. 바티 호수에서는 걸을 때마다 신발에 붉은 진흙이 달라붙어 돌멩이를 가지고 다니면서 수시로 그것을 긁어냈었다. 그리고 또 다른 폭포를 보러 갔다. 여러 개의 단으로 되어 아기자기한 작은 폭포와 큰 폭포 여러 개가 같이 있는 곳인데 예쁘기는 하나 이미 굴포스, 데티포스, 디냔디 폭포까지 본 나로서는 이런 시간을 아껴 뭔가 더 스펙터클한 경험을 하고 싶었다.

란드마나라우가르 가는 비포장도로

아이슬란드에서 가장 위협적인 활화산이라는 헤클라 화산은 부근에도 가지 않았고, 그저 호수 너머 멀리 보이는 산이 헤클라라는 것을 알려주기만 했다. 해발 1,000m까지는 지프를 이용하면 올라갈 수 있다고 블로그에서 분명히 읽었고 투어 일정에도 분명히 포함되어 있었는데, 아마도 타이어 펑크로 시간을 많이 날려서 가지 못한 것 같다. 지열로 전기를 만들고 남은 부산물로 온수를 만들어 대형 파이프로 레이캬비크까지 공급한다는 곳도 가보았는데 정말로 내륙 도로를 따라 돌아오는 길옆에는 대형 파이프가 끝도 없이 길게 레이캬비크까지 이어져 있었다.

'란드마나라우가르와 헤클라 화산 슈퍼 지프 투어'에 참가하면서 좋은 점보다 실망스러웠던 순간이 더 많았다고 이야기했지만, 결론적으로 이 투어는 나에게 상당히 의미 있는 여행이었다. 신혼여행 온 교사 부부 이야기를 앞에서 했지만 두 사람은 이미 여행을 상당히 많이 다녀 네팔 트레킹도 다녀왔다고 했다. 남편보다도 나를 졸졸 따라다니던 여교사가 돌아오는 길에 페로제도 이야기를 꺼냈다.

여행을 많이 다니면서 점점 자연이 좋아진다는 그녀는 지인이 페로제도를 다녀왔는데 작은 섬이지만 아이슬란드보다 더 스펙터클하고 멋지다고 말했다고 했다. 그 이야기를 듣는 순간 페로제도가 내 머리에 각인되었고 여행에서 돌아와 이것저것 자료를 찾아보면서 아이슬란드와 다른 평화롭고 신비로운 풍광에 매료되었다. 그래서 그다음 여행지는 자연스럽게 페로제도로 정해졌다.

짧은 시간이지만 생각과 느낌이 통하는 낯선 사람을 여행지에서 만나면

멀리서 바라보기만 한 헤클라 산

낯선 사람이니까 더 솔직하게 이야기를 나눌 수 있다. 그렇게 사람들을 만나 대화를 나누다 보면 여행의 고수도 만나게도 되고 거기서 얻은 정보를 소중한 씨앗으로 간직하고 키워낼 수도 있다. 그것도 여행의 큰 재미인 것 같다.

그다음 해인 2019년도에 라우가베구르 트레킹 구간을 등반하기 위해 아이슬란드를 다시 여행하면서 페로제도를 여행지에 추가한 것도 여행지에서 만난, 느낌이 좋고 나와 감성이 비슷한 여자분이 준 정보여서 실패할 확률이 거의 없을 거라고 확신했기 때문이다. 실제로 가본 페로제도는 아기자기하면서도 웅장하고 신비로운 자연과 따뜻한 인정이 가득한 사람들로 내 인생 최고의 여행지가 되었다.

20. 칼소이 섬 등대   23. 비다레이디

16. 지코브   19. 트로라네스

Fugloy

Kunoy   Viðoy

21. 미크라달루르   25. 하타르비크

Kalsoy   26. 키르키아

4. 툐르누비크 마을   15. 푸닝구르   22. 쿠노이 섬   24. 흐바나순드

Svínoy

2. 삭순   3. 포사 3단 폭포   17. 레이르빅   18. 클락스비크

Eysturoy   Borðoy

13. 베스트마나

Streymoy

10. 가사달루르 마을의 물라포수르 폭포

Vágar

29. 미키네스 섬   14. 크비빅

11. 소르바구르   20. 루나빅

29. 산다바구르

8. 레이티스바튼 호수

12. 노르달루르

9. 트래라니파 절벽

1. 토르스하운   6. 놀소이 섬

7. 키르큐보르

II

2019년 페로제도

✕ Faroe Islands ✕

덴마크에서 페로제도로
— 7월 13일 토요일. 맑음.

페로제도를 가는 가장 쉬운 방법은 코펜하겐의 카스트럽 공항을 경유하는 것이다. 처음부터 느린 여행을 하기로 마음먹은 나는 페로제도로 바로 가지 않고 코펜하겐에서 한번 쉬어가기로 했다. 그래서 교통이 편리한 중앙역 부근에 숙소를 정하고 가보고 싶은 근교 마을들을 다녀왔다. 현지 투어 상품도 있었지만, 시간에 매여 다니는 게 싫어서 전철이나 기차를 이용하면서 물어물어 힐레뢰드(Hillerød)에 있는 프레데릭스보르그(Frederiksborg) 성, 어촌 마을 질레레제(Gilleleje), 햄릿의 배경이 된 헬싱괴르(Helsingør)의 크론스보르그 성과 훔레벡(Humlebæk)에 있는 루이지애나 미술관 등을 다녀왔다.

어촌 마을 질레레제는 일본의 옛날 집처럼, 갈대로 지붕을 한 전통 가옥이 많이 보존되어 있어 다른 곳과는 많이 다른 분위기를 풍기는 곳이다. 거리에는 여름휴가를 즐기려는 사람들이 넘쳤고 스톡홀름에서처럼 와플을 직접 구워서 아이스크림콘을 만드는 가게도 있었는데 덴마크 다른 곳에서는 이런 집과 가게를 보지 못했다. 거리에는 동양인이라고는 나 혼자만 돌아다녀 시선

△ 어촌 마을 질레레제의 집
△△ 크론스보르그 성안에서의 햄릿의 결투

을 한몸에 받았다. 햄릿 성으로 알려진 크론스보르그 성에서는 햄릿 연극의
명장면들을 연기하는 배우들을 곳곳에서 수시로 볼 수 있는데 그걸 보려면
오후에 가야 한다. 성을 나와 슬금슬금 걷다 보면 도착하는, 인근의 고색창
연한 헬싱괴르 마을 골목골목도 다시 가보고 싶을 만큼 매력적이었다.

코펜하겐 중앙역 바로 뒤에 있는 'Nebo 호텔'은 저렴한 가격에 비해 숙박
비에 포함된 조식이 만족스러웠는데, 과일과 빵도 다양하고 중정도 넓고 관

리가 잘 되어 있었다. 아침을 먹고 바로 출발했더니 페로제도로 가는 비행기는 정오인데 9시 정도에 공항에 도착했다. 물가가 비싼 덴마크이기 때문에 택시비도 많이 나올 것 같아 짐이 네 개나 되는데도 택시를 타지 못하고 공항에서 숙소로 올 때처럼 기차를 이용했는데 시간이 늦을까 봐 불안해서 빨리 출발했더니 너무 이른 시간이다.

시간이 많아서 탑승을 기다리며 전자책을 읽고 있다가 좀 이상하여 확인해보니 도착(Arrival) 전자 계기판만 뜨는 곳이었다. 출발(Departure)로 가야하는데. 혼자 여행 다니다 보니 이런 어이없는 실수를 할 때가 가끔 있다. 페로행 탑승구에 가서 기다리는 동안 읽고 있던 전자책 소설 『비블리아 고서당 사건수첩』을 마저 읽고 엄마 품에서 자는 아이를 몰래 스케치까지 하고 나서야 드디어 탑승 안내 방송이 나왔다. 마이크를 타고 나오는 직원의 목소리가 전형적인 할머니 목소리라서 웃는 사람들이 많았다. 오늘 하루 동안의 출발 시간표를 보니 페로행 비행기는 여름철이 여행 성수기기도 하고, 페로제도가 덴마크령이어서인지 생각보다 자주 있었다.

안개가 자욱한 소르바구르 공항

자그마한 공항에 도착하니 공항과 주변의 산에 안개가 자욱하다. 공항이 얼마나 작은지 내려서 정말 몇 발자국만 걸어가면 건물 안으로 들어간다. 일단 차를 빌려야 하니까 공항 바로 옆의, 두 개의 업체가 함께 쓰는 단층의 자그마한 렌터카 사무실로 갔다. 짐이 너무 많아 몇 번씩이나 굴러떨어진 짐을 정리하면서 가느라 늦게 도착했더니 앞에 10명 정도나 있다.

줄은 도저히 줄어들 기미가 없다. 직원은 한 명뿐인데 준비해야 하는 서류가 어찌나 많은지. 드디어 내 차례가 되어 서류를 준비하고 내가 원하는 옵션을 체크하여 렌트비를 계산하니 차가 주차된 곳을 알려주며 차 키를 준다. 11박 12일간 페로제도에 머무르면서 12일간 차를 빌렸는데 소형차임에도 오토매틱이고 여름이 여행 성수기여서인지 하루 렌트비가 거의 20만 원이나 한다. 여행을 마치고 페로제도를 떠날 때 비행기가 이른 아침이라, 열쇠를 반납해야 하는 시간이 새벽인데 어떻게 반납하는지 물었더니 사무실 바깥벽에 달린 통에 열쇠를 넣으면 된다고 알려주었다.

차를 렌트한 후 페로 유심을 사기 위해 짐 덩어리 4개를 조심조심 끌고 아무도 없는 공항 안으로 다시 들어갔다. 유심을 산 곳의 남자 직원은 부탁도 안 했는데 친절하게 유심을 끼워주고 인터넷 연결까지 해준다. 유심을 바꿔 끼운 후 카드에 쓰인 곳으로 전화를 한 후, 알아들을 수 없는 덴마크어 지시에 따라 인터넷을 연결해야만 해서 힘들었던 덴마크와 너무나 대조적이었다.

이제 여행의 모든 준비가 끝났다. 마지막으로 쌀을 살 차례다. 햇반은 간편하기는 하나 여러 개를 가져가면 그 무게가 만만치 않아, 나같이 짐이 많은 장기 여행자는 가져가기가 힘들다. 공항 안내소 직원에게 물으니 소르바구르(Sørvagur)에 있는 가게 주소를 종이에 써 주었다. 하지만 시간이 늦어 쌀은 내일 사기로 하고 숙소로 가기 위해 주차장으로 갔다. 숙소 주변에 가게가 없는 곳이 많아 샌드위치나 누룽지, 아보카도만 먹고 다니던 작년 아이슬란드에서와는 달리, 이번엔 나의 야심작, 비장의 무기인 차량용 전기밥솥을 챙겨왔으니 이젠 매일매일 밥을 해 먹을 수 있다. 야호!

주차장에 가니 내 차는 회색의 자그마한 토요타 아리스 5도어 차다. 미리 세팅된 라디오 채널에서는 늘 그레고리 성가 같은 분위기의 음악이 은은하게 흘러나와, 안개에 싸인 페로제도 분위기와도 어울리고 여행하고 있는 나에게도 큰 위안을 주었다. 하이브리드 차라서 그런지 나중에 보니 기름도 조금밖에 먹지 않아 12일간의 렌트 기간 중 주유를 딱 두 번밖에 하지 않았다.

공항에서 처음 나갈 때 구글 맵을 잘못 읽어 같은 곳을 몇 바퀴를 돌다가 드디어 수도인 토르스하운으로 가는 길로 접어들었다. 길은 대부분 2차선(양방향 각 한 차선씩)으로 좁지만, 선진국 덴마크령이어서인지 위험한 곳은 가드레일이 설치된 곳이 많다. 아이슬란드와는 다르게 가드레일이 없는 곳은 길 가장자리에 실선을 그어두어서 안전하게 운전할 수 있었다.

공항이 있는 바가르 섬에서 수도 토르스하운이 있는 스트레이모이 섬으로 오기 위해서는 널찍하고 쾌적한 터널 하나만 지나면 된다. 이렇게 페로제도는 여러 개의 섬으로 되어 있긴 하지만 좁고 길쭉한 섬들이 국수 가닥처럼 다닥다닥 붙어 있어 터널로 연결된 경우가 많다. 좁은 터널도 있지만 공항에서 토르스하운으로 가는 이곳과 레이르빅에서 크락스비크로 가는 터널 두 곳은 넓고 매우 쾌적했다.

핸드폰을 셀카봉에 끼워 오른손에 들고 운전하니 운전에도 지장이 없고 내비게이션을 보기도 편리할 뿐 아니라 사진 찍기에도 좋았다. 지금까지는 셀카봉 없이 여행했지만, 이번에는 아이슬란드로 가서 비바크를 하며 빙하가 있는 산을 5일간 등산해야 하니 남에게 사진을 찍어달라고 부탁하기 힘들 것 같아 처음으로 셀카봉을 장만했다. 길에 차가 많이 없어서 가다가 경치 좋은 곳이 있으면 길옆에 차를 세운 채 사진을 찍고 다시 운전하니 여행의 신세계가 열린 것 같았다.

수도 토르스하운

전망 좋은 언덕 위 숙소

　드디어 토르스하운이 보이는 언덕 위에 섰다. 바다를 말발굽처럼 아늑하게 에워싼, 낮지만 가로등 불빛이 안개 속에서 몽환적으로 반짝이는 토르스하운은 페로제도의 수도다. 페로제도 전체 인구가 5만 명밖에 안 되니 아무리 수도라 해도 자그마하리라고 생각했는데 예상보다는 꽤 커 보였다. 아파트나 고층 건물이 없이 단독 주택들이 대부분이라 도시가 넓게 보이나 보다.

4박을 할 '씨티 뷰 B & B' 숙소는 언덕 위에 있었다. 토르스하운에 있는 숙소로, 평점이 좋고 아침을 주는데도 가격이 저렴해서 결정했는데 내가 머무는 동안에 공실이 하나도 없었다. 나도 이곳에서 5박을 하려고 했으나 5일째 되는 날은 이곳에 빈방이 없어 하룻밤은 가까운 곳의 호텔로 짐을 옮겨야 한다.

△ 마켓에 진열된 다양한 쌀
△△ 노르웨이의 한국인이 만든 Mr. Lee 라면
△△△ 티크 비스킷

게스트하우스 마당에는 주차장이 없지만 조금 떨어진 곳에 주차할 수 있는 공간이 있어 차를 세우고 여러 번에 걸쳐 짐을 옮겼다. 계단을 올라갈 때 트렁크가 무거워 짐을 덜어내 조금씩 옮기니 더 힘들었다. 내가 도착한 시간이 오후 5시라 여자 두 분만 일찍 들어와 숙소에 있었다. 헝가리 사람들로 버스를 이용해서 여행 중이라고 하는데 당연히 많은 곳은 가지 못한 듯했다. 식료품을 살 수 있는 곳을 물어보니 시내까지 한참 내려가야 해서 힘들다고 했지만 나는 차로 다녀오면 된다.

이름이 'Mylnan'인 마켓은 규모가 꽤 컸다. 쌀도 종류별로 있고 노르웨이에서 유명하다는 'Mr. Lee 라면', 한국에서 먹던 맛 그대로인 참치 캔까지 있다. 체리와 오이도 사고 우유도 샀다. 과자가 진열된 선반에서는 티크 비스킷을 발견했다. 『나의 드로잉 아이슬란드』에서 작가는 올라프스피외르뒤르라는 작은 마을에서 몇 달간 그림 작업을 하면서 동네 가게에서 과자를 매일 사 먹어 중독이 될 만큼 좋아하게 되고 그 과자를 그리기까지 한다. 그 과자 이름이 바로 티크다. 과자는 안 좋아하지만 이건 먹어야지 하고 샀다. 페로 제도 화폐가 따로 있긴 하나 덴마크 화폐를 사용하니 환전을 따로 해 갈 필요가 없어서 여행객 입장에서는 편리하다.

슈퍼에서 나와 차가 주차된 곳으로 갔다. 숙소가 가깝고 길을 알기 때문에 구글 맵을 켜지 않고 가 보려 했으나 시내는 대부분 일방통행이라 불가능했다. 아무 생각 없이 왔던 길을 되돌아가다가 맞은편에서 오던 아주머니가 일방통행이라는 것을 알려줘서 후진해서 돌아나가기도 했다. 나흘 동안이나 있어서인지 전망이 좋은 방을 줘서, 언덕 위에 자리 잡은 숙소의 내 방에서는 도시의 낮과 밤, 안개와 불빛을 매일 실컷 볼 수 있었다.

삭순, 포사 3단 폭포, 툐르누비크 마을
― 7월 14일 일요일. 맑다가 비.

오늘 첫 번째 여행지로 삭순(Saksun)과 툐르누비크(Tjørnuvik)를 갈 계획을 잡았다. 보통은 일주일이면 다 돌아볼 수 있는 작은 섬을 11박 12일간이나 머무르니 시간 여유가 많아 서두를 필요가 없어 사진도 많이 찍고 찬찬히 돌아볼 생각이다. 비장의 밥솥과 통에 넣어 흔들어 씻은 쌀까지 준비하여 출발하려고 하니 타이어 하나가 바람이 빠진 것 같았다. 여행 첫날부터 기운 빠지는 일이다.

반지하에 사는 주인집으로 가서 초인종을 마구 누르니 남편 대신 부인이 나와서 공기압을 보충하라고 하면서 주소를 가르쳐줬다. 가르쳐준 주소를 검색해보니 주유소다. 주유소로 가서 사정을 말하니 주유소 바로 앞에 유로카 사무실이 있는데 오늘은 일요일이어서 문을 닫았다고 한다. 일단 공기압을 보충해줄 테니 내일 다시 방문해서 타이어 점검을 받으라고 알려주며 무료로 해주었다.

비 오는 날의 삭순

삭순 가는 길에 호스빅이라는 마을을 통과하다가 뒷산의 폭포와 집들이 너무 예뻐 잠시 쉬어갔다. 배들이 정박하여 있는 곳으로 가서 아무 곳에나 주차하고 내려서 주변을 보니 작업하시는 분들과 사무실이 있고, 예쁜 페션 1척이 깔끔하게 색칠이 된 채로 정박해 있다. 물가를 거닐다가 인공적으로 조성된 산책로가 있어 마을을 보면서 풀밭 사이를 걷다가 산책 나온 모녀와 어린 아들 2명과 마주쳐 함께 사진도 찍었다.

삭순을 가려면 흐발비크 마을로 먼저 들어가야 한다. 흐발비크에서 삭순까지는 1차선의 시골길이 이어져 반대편에서 차가 오면, 기다리는 곳에 있다가 가면 된다. 가는 내내 주변 풍경이 아기자기하고 평화로운데 양들이 여기저기 풀을 뜯고 있고 예쁜 집들이 보인다. 길이 좁아서 빨리 갈 수 없어 창문을 내리고 천천히 가니, 페로제도 어디에서나 볼 수 있는 평범한 풍경이지만 눈에 더욱 잘 들어온다. 그리고 차들이 많지 않아 도로 위에 잠시 멈춰 서서 사진도 많이 찍었다.

삭순은 호수를 배경으로 잔디 지붕으로 덮인 집들과 교회가 예쁘다고 어느 블로그에나 소개된, 페로제도에서 꼭 가봐야 하는 곳이다. 그러나 그림처럼 너무 완벽하게 아름다워 자연스러운 마을의 풍경이라기보다는 세트장처럼 보였다. 사람들이 진짜 사는 집이 3채가 있고 목축 창고처럼 보이는 집도 있지만, 대부분의 사람은 갈라진 길 반대편 마을에 사는 것 같았다. 양들이 곳곳에 있어 더욱 풍광을 돋보이게 한다. 교회까지 내려가 보았으나 아래가 언덕이어서 호수까지 바로 내려갈 수는 없다. 교회는 흰색 회벽에 초록색 잔디 지붕으로 깔끔하고 적당한 높이의 돌담으로 아담하게 둘러싸여 있다. 하지만 북유럽의 대부분 교회와 마찬가지로 대문은 굳게 잠겨 있었다.

흐린 날의 삭순

　교회 뒤 언덕에서 경치를 실컷 본 후 다른 마을로 가려다가 반대편을 보
니 호수 따라 어디론가 가는 사람들이 보였다. 궁금해져서 반대편 마을로 차
를 운전해서 갔다. 두 갈래로 갈라지는 곳을 지나서 마을 안에도 주차장이
있었다. 차에서 내려서 보니 이곳에 있는 집들은 반대편과는 달리 아기자기
하게 장식한 집이 많아 예쁘다. 페로제도에서는 삭순이 유명한 관광지이고
방문객도 많아 손님이 많을 텐데 이쪽 역시 가게가 없는 게 너무 신기하다. 마
을이 끝나고 호수 옆 산책로가 시작되는 곳에 차량 통행을 막는 막대가 설치
되어 있고 개 출입 금지 표지가 크게 붙어 있다.

　호수 길은 거의 수면과 같은 높이로 나 있어 손도 담가볼 수 있다. 습한
날씨 때문인지 물가의 머리통만 한 돌덩이나 바위 표면이 연한 연두색 이끼로

삭순 호수의 개 출입 금지 푯말　　　　　　삭순 호수 모래사장의 물결 모양 소금

뒤덮여 있어 화사한 느낌을 준다. 조금 더 가니 모래사장이 나오고 모래 위에 많은 양의 흰 가루가 물결 모양으로 묻어 있다. 자그마한 마을들을 지나면서 흘러온 개울과 폭포가 모여 호수를 이루었다가 다시 흘러서 바다와 만나는데 모래가 바다와 호수 사이를 댐처럼 막고 있다. 하지만 파도가 치면 바닷물이 호수로 들어와, 염분이 소금이 되어 호숫가 모래밭에 물결 모양으로 하얀색 무늬를 만드는데, 어떤 곳에서는 소금을 한 움큼도 집을 수 있었다.

　　바다와 가까운 곳에서 양쪽의 두 산 끝자락이 만나면서 호수가 아주 좁아지는데 골바람이 어찌나 세게 부는지 머리카락이 미친 것처럼 날린다. 산책로의 끝인 호수가 바다와 만나는 곳 앞에서 페로인 대가족과 이야기를 나누다가 또 한참을 모래에 발이 푹푹 빠지면서 주차장에 도착하니 작은 마을인데도 심장 제세동기가 설치된 잔디 집이 보인다. 떠나기 전에 커피를 마실 수 있을까 하고 카페에 다시 가보았더니 이미 문을 닫았다. 카페가 오후 2시에 문을 열고 5시에 문을 닫아 3시간만 영업을 한다는 것을 나중에야 알았다.

　　아침에 주유소에서 바람을 넣고 출발했는데 타이어 공기압이 또 문제다.

한쪽 타이어가 바람이 빠져 쪼그라든 게 확연히 보이지만 오늘은 괜찮겠지 하고 다음 목적지인 툐르누비크 마을로 가기로 했다. 불안한 마음으로 운전을 하고 가다가 큰길에 진입하기 직전에 흐발비크 마을 길가에 한 남자가 서 있는 걸 보았다. 사정을 이야기하며 자동차를 수리할 수 있는 곳이 주변에 있는지 물어봤다.

그는 자신이 옆자리에 타고 갈 테니 나보고 운전을 하라고 한다. 그가 안내하는 대로 운전하고 가면서 펑크를 수리하는 곳으로 데려가나 하고 기대를 했으나 역시 주유소로 간다. 타이어에 직접 바람도 넣어주고 다시 길 안내를 해주어 출발한 곳으로 돌아왔다. 금방 안 내리고 잠시 침묵하며 앉아 있어 무슨 보답을 해야 하나 당황하고 있는데 곧 말없이 내린다. 금전적으로라도 보상을 해 드려야 하지 않았을까, 말은 없었지만 원한 건 아니었을까 하고 생각했으나 여행 도중에 이런 식으로 도움을 여러 차례 받으면서 생각이 달라졌다. 페로제도 사람들은 겉은 무뚝뚝하나 상대방이 도움이 필요한 상황이 되면 늘 말없이 최선을 다해 도와주었다.

포사 3단 폭포와 툐르누비크 마을

타이어 때문에 시간이 많이 지체되어 삭순만 다녀왔는데도 오후 6시가 다 되어간다. 그대로 돌아가기는 아쉬워, 늦었지만 툐르누비크 마을을 가기로 했다. 가는 길에 차 한 대가 길옆에 주차되어 있어서 주변을 보니 포사(Fossa) 3단 폭포 안내문이 구석에 서 있다. 청소년 딸과 아빠가 내려오는 걸 보고 다가가 폭포가 올라갈 가치가 있다고 생각하느냐고 물었더니 "Beautiful." 하면서 엄지손가락을 추켜올린다.

포사 3단 폭포에서 만난 스위스 개구쟁이들　　　　반대편 섬에서 바라본 포사 3단 폭포

　　경사가 급한 산길을 빙 돌아 3단 폭포가 있는 곳으로 쑥 들어가니 폭포 물줄기 폭이 2단과 마찬가지로 넓지는 않은데 위는 산 정상이다. 쑥 들어간다고 표현할 수밖에 없는 것이 폭포수가 흐르는 곳을 둘러싼 절벽은 둥근 모양이고 내가 서 있는 물이 떨어지는 곳은 둥글고 넓은 평지이기 때문이다. 산 정상에서 절벽을 타고 폭포수가 한 번 떨어지고 개울처럼 조금 흘러가다가 다시 떨어지고 또 흐르다가 폭포가 되어 도로 옆에 떨어지니 3단 폭포다. 며칠 후 다음 숙소로 가기 위해 다리를 건너 에스투로이(Eysturoy) 섬으로 건너갔을 때 도로에 차를 주차하고 맞은편 포사 폭포가 3단으로 귀엽게 떨어지는 걸 봤다. 그러나 정작 폭포 아래를 지나면서는 모르면 지나칠 수 있는 곳이다. 왜냐하면 2단, 3단 폭포는 아래에서는 전혀 보이지 않으니까.

　　3단 폭포가 있는 곳의 질벽은 시커멓게 그은 모습을 하고 있을 뿐 아니라 곳곳에 동굴처럼 팬 곳도 있어 더욱 기괴하다. 머리카락이 쭈뼛거려 얼른 보고 돌아가려고 하는데 다행히 4명의 가족이 올라왔다. 어린아이 두 명이 포함된 가족으로 어디에서 왔는지 물어보니 스위스에서 왔다고 한다. 기다렸다가 즐거운 마음으로 그 가족을 따라 내려왔다. 길이 미끄럽기도 하고 가

툐르누비크 바닷가

툐르누비크의 교회

팔라 조심했으나 운동화를 신어서인지 다 내려와서 미끄러졌다. 아이슬란드
트레킹을 앞두고 있어 항상 조심하는데도 조금만 방심하면 금방 미끄러진
다. 다리 토시를 해서 망정이지 찰과상을 입을 뻔했다.

툐르누비크 마을로 진입하기 직전에 차를 몰고 지나갈 때, 바로 뒤로 바
위가 굴러떨어졌다는 이야기를 블로그에서 읽었는데 마을이 가까워지자 낙
석 주의 표지판이 보인다. 운전해서 가는 도중에 바다 맞은편에 '거인과 마녀
바위(Giant and Witch)'와 에이디(Eiði) 마을이 보여 사진도 찍었다. 드디어 마
을에 도착했는데 비바람이 심하고 또 시간이 늦어서 더는 무엇을 하기에 힘들
었다. 가이드 투어로 등반을 마치고 투어 회사 차를 기다리고 있던 아가씨와
잠시 이야기를 나누었는데, 그 아가씨 말로는 이 마을에는 등산로가 두 곳인
데 마을 뒷산을 등반하는 길과 삭순 마을까지 갔다가 돌아오는 길이 있다고
했다. 자신이 다녀온 삭순까지 왕복 5시간이 걸리는 길은 돌이 굴러떨어지고
매우 험하다고 하며 동네 뒷산을 올라가기는 쉬우니 가보라고 하는데 비바
람에 그 어디에도 가는 게 불가능해 보여 마을만 구경했다.

바닷가에 나가보니 바다를 따라 난 도로 아래 풀밭을 개간하여 바람을

툐르누비크 마을 바닷가 감자밭   3인분의 밥이 나오는 차량용 전기밥솥

막는 돌담을 쌓은 후, 감자나 다른 채소를 기르고 있는 모습이 매우 인상적이었다. 그리고 이렇게 대량(?)으로 농작물을 재배하고 있는 모습은 페로제도의 다른 마을에서는 볼 수 없는 풍경이다. 대량이라고 했지만 다 합하면 집 두 채 정도의 넓이가 될까 말까 한 넓이다. 비바람 속에서 벽에 멋진 장식을 한 집들과 집 앞에 있는 예쁜 벤치가 있는, 꼭 사람이 살지 않는 민속촌의 집처럼 예쁘게 꾸민 집들과 교회 등을 둘러보고 서둘러 출발했다.

툐르누비크 마을 입구에는 이후 약 10일간의 페로 여행에서 다른 시골 마을 그 어디에서도 보기 힘들었던 꽤 큰 규모의 식당이 있는 게 특이했다. 안을 들여다보니 사람이 많은데 비바람이 치는 음산한 날씨여서 저녁 식사를 하고 가는 사람들이 많은 것 같았다. 자리가 있으면 식사를 할까도 생각했지만, 시간이 늦고 또 피곤하여 얼른 숙소로 돌아가고 싶은 마음뿐이어서 마을을 떠났다. 토르스하운 숙소로 돌아오면서 차량용 전기밥솥으로 밥을 지어 숙소에 가져와, 어제 산 Mr. Lee 컵라면과 함께 먹으니 천국이 따로 없다. 타이어에 펑크가 난 것이 맘에 걸리기는 하지만 첫날부터 좋은 사람들을 많이 만난 것을 생각하자 기분도 좋아져 행복했다.

놀소이 섬, 키르큐보르 마을
— 7월 15일 월요일. 맑다가 비.

어제 타이어 펑크 때문에 가슴을 졸여서 오늘은 다른 일정을 제쳐두고 먼저 타이어부터 수리했다. 공항에서 들어올 때 토르스하운 도심이 보이는 곳에 있던 도요타 자동차 수리소에서 타이어를 고치고 나니 12시 30분이었다. 수리소를 나와 곧장 페리 터미널을 찾아갔다. 차를 배에 싣고 토르스하운 바로 앞에 있는 놀소이(Nolsoy) 섬에 가기 위해서다. 터미널에 도착하니 10분 후 놀소이 섬으로 출발하는 페리가 있었다.

갑판에 올라가 토르스하운도 보고 사진도 찍고 하니 금방 도착한다. 배에서 나가면서 보니 앞에 보이는 산 중턱에 '놀리우드(Nollywood)'라고, '할리우드(Hollywood)'를 본뜬 흰색 글자가 크게 쓰여 있고 차 없이 온 뚜벅이 여행자들도 많다. 무작정 차를 끌고 동네 위쪽으로 올라가니 풍력발전소로 올라가는 사람들도 있고, 해변을 따라 난 길을 걸어가는 사람들도 보인다.

주차 후 여러 갈림길 중 바닷가를 따라 언덕 위에 난 길을 걸어갔다. 저기 멀리 바다 건너 토르스하운이 보이는 언덕에는 위아래로 보라, 분홍, 노랑,

△ 멀리서 바라본 놀소이 섬
◁ 놀소이 섬 상징물 — 산 중턱에 'Nollywood'라고 쓰여 있다.
▷ 토르스하운에서 봉사 활동을 하러 온 여학생들

주황색 꽃들이 무더기로 피어 있어서 매우 아름다웠다. 앞서가던 사람들이 시야에서 사라져 나 혼자서 걸어가다가 장난기가 발동하여 길옆에 있는 풀밭에 드러누워 네잎클로버 꽃들을 배경으로 사진을 찍는, 덜떨어진 짓도 했다. 토르스하운을 왼쪽으로 보며 계속 걸어가니 길이 끊어지고 양들이 더 넘어가지 못하게 막아 둔 철조망이 나왔다.

풍력발전소가 있는 언덕도 올라가 보았으나 딱히 볼 건 없고 넓은 풀밭만 있지만 '놀리우드'라고 쓰인 산이 웅장하고 멋지게 시야에 들어온다. 마을로 돌아오는 길에는 레스토랑과 찻집이 여럿 있는데 사람들이 꽤 있다. 들어갈까 하다가 섬의 유일한 동양인이어서 시선이 부담스러워 그냥 차에서 먹기로 했다. 올라갈 때와 다른 길로 돌아 내려오면서 보니 폐가처럼 수리도 하지 않고 페인트도 벗겨진 채 방치된 집이 많다. 페로제도의 다른 마을과 달리 놀소이 섬의 집 중에는 유난히 외관이 낡아 보이는 것이 많아서 특이했다.

토르스하운으로 돌아오는 페리가 16시 50분 출발인데 아직 시간이 너무 많이 남아 차 안에서 밥을 해 먹었다. 그러고도 시간이 남아 차를 운전해 'Nollywood'라는 글씨가 있던 섬의 다른 쪽으로 가 보니 집은 두 채밖에 없지만, 닭을 키우는 닭장, 거위를 키우는 곳 등이 있어 풍경이 정겨웠다. 산에 올라갈 수 없게 길을 막아둬 돌아 나오다가 길에서 쉬고 있는 페로인 가족을 만났다. 맘씨 좋게 생긴 엄마와 잠깐 이야기를 나누고 그들의 모습을 카메라에 담았다. 처음 만났는데도 아주 친한 사이처럼 어깨동무까지 한 사진을 엄마가 찍어주었는데 큰아들은 나중에 돌아오는 배 안에서도 나를 보고 아는 척을 하며 반가워했다.

포근한 안개 속의 유서 깊은 키르큐보르 마을

놀소이 섬에서 숙소로 돌아오니 오후 7시쯤이었다. 피곤해서 그대로 쉴까 했는데 타이어 펑크 때문에 오전 시간을 낭비한 걸 생각하니 너무 억울했다. 그래서 늦은 시간이었지만 키르큐보르(Kirkjubøur)를 향해 출발했다. 키르큐보르는 페로제도로 오기 전 우연히 읽은 여행 잡지에서 알게 된 마을인데, 토르스하운과 가까우니 지금 출발해도 시간이 충분할 것 같았다. 낮과

키르큐보르 교회와 오래된 집   1030년에 지어져 17대째 사는 오래된 집. 2층은 레스토랑인 듯

달리 저녁이 되니 안개가 내려앉아 어디를 봐도 시야가 흐리지만 씩씩하게
운전해서 드디어 마을 입구에 도착했다.

마을 입구에서 만난, 패러글라이딩을 마치고 산에서 내려온 현지인 아저
씨와 이야기를 나누다가 마을 안으로 들어가니 오래된 집뿐 아니라 이 마을
의 많은 집이 빨간 창문에 잔디 지붕을 하고 있다. 바다랑 가까운 교회에 먼
저 가보았다. 우리나라 시골 마을 교회는 대부분 동네에서 가장 높은 곳, 언
덕 위에 있는 경우가 많은데 페로제도에서는 대부분 교회가 바다와 제일 가
까운 곳에 있다. 약간 경사진 곳에 축대를 쌓아 교회를 지었는데 회색 지붕
과 흰색 회벽의 조화가 무척 예쁘고 다듬지 않은 자연석 묘비가 있는 교회 묘
지도 아주 앙증맞았다.

교회 바로 옆에는 내가 본 여행 잡지에도 소개되었던 이 마을에서 가장 오
래된 집이 있었다. 집 뒤로 돌아가니 언덕에 집을 지어서인지 실제로는 2층이
지만 1층처럼 보이는데 간판은 없지만 레스토랑인 듯하다. 출입문으로 가서
슬쩍 엿보니 여행객들은 아니고 정장을 차려입은 사람들이 삼삼오오 식사하
고 있다. 작은 마을이니 마을 주민은 아닐 것이다. 그렇다면 이곳은 토르스하

운에 거주하는 사람들이 이용하는 고급 레스토랑일 수도 있겠다.

집 뒤쪽으로는 뼈대만 남고 폐허가 된 아담한 성이 이 오래된 집과 마주하고 있는데 백야로 환하지만 늦은 시간이어서, 성 뒤쪽에서 나온 젊은 남녀가 이 마을에서 만난 유일한 여행객이었다. 그 커플에게 부탁하여 오래된 저택을 배경으로 아주 마음에 드는 사진을 얻었다. 레스토랑 안을 다시 슬쩍 들여다보니 아주 잘 차려입고, 표정과 동작도 품위 있어 보이는 분들이 따뜻한 조명 아래 식사를 하고 있어 조금 부러웠다.

8시가 다 되어가는, 이곳 기준으로는 늦은 시간인데도 페로제도의 국민 스포츠라는 노 젓기를 하는 사람들이 안개 사이로 멀리 보인다. 걸어갈수록 바다와 면하고 있는 절벽은 점점 높아져 낮이라면 시야가 탁 트여 전망이 좋을 것 같다. 하지만 시간도 늦고 안개도 점점 심해서 돌아 내려왔다. 그때 식사를 끝내고 레스토랑에서 나오신 분들이 나를 향해 웃으며 손을 흔들어주었다.

차가 주차된 곳으로 가기 위해 마을 뒤쪽으로 난 길로 걸어가고 있는데 경사진 도로에서 경기용 자동차 비슷한, 바이크를 타는 아이들을 보았다. 학원을 가거나 게임을 하는 대신 아름다운 자연 속에서 친구들과 함께 넓은 도로에서 사고 날 걱정 없이 놀고 있는 아이들을 보니 어디에서나 차가 많고 쌩쌩 달리는 우리나라의 도로가 생각났다. 마을의 집들이 안개 속에 너무 몽환적으로 보여 발걸음이 떨어지지 않는다. 매일 같은 짙은 안개로 나뭇가지마다 푸르스름한 이끼가 두텁게 끼어 있고 집마다 현관 입구에 켜놓은 따뜻한 백열등 불빛이 안개 속에 번져 보이는 모습이 너무 평화롭다.

내가 혼자서 여행하는 이유

차를 주차하고 숙소에 돌아오는데 주인 남자가 신나게 수다 떠는 소리가 밖에서도 들려 웬일이지 하고 식당에 가보니 젊은 투숙객이 새로 들어와 있다. 방에 짐을 두고 부엌에 내려갔더니 호주에서 온 젊은 투숙객이 식당에 혼자 앉아 책자를 들여다보고 있다. 차를 렌트해서 혼자 여행한다는 내 말에 자신은 가난해서 버스를 이용해서 여행하는 배낭 여행자라고 하며 나에게 왜 혼자 여행을 다니느냐고 묻는다. 이런 질문이 나오면 항상 나오는 나의 고정 레퍼토리가 있다.

남편은 심각한 일 중독자다. 남편과 성격이 맞지 않아 아이가 성인이 되면 집을 나가고 싶었다. 가방을 싸서 아무 곳이나 먼 곳으로 가서 새롭게 살고 싶었다. 하지만 아이가 아직 덜 자랐는데 극심한 우울증이 와서 여름마다 가출하는 마음으로 긴 여행을 하게 되었는데 집을 떠나 떠돌다 돌아오면 예전보다 집이 더 좋게 느껴진다는 것을 깨달았다. 결과적으로는 혼자서 여행했던 것이 남편하고 이혼할 뻔한 고비들을 넘길 수 있었던 데에 중요한 역할을 한 것 같다.

내가 나를 알기에 극심한 우울증이 조금 지나간 다음부터는 가장 애를 써서 한 일이 외로움에서 슬픔을 제거하는 일이었다. 수첩에 항상 "외로움에서 슬픔을 제거한다"라는 말을 부적처럼 써서 가지고 다니면서 정말 온갖 노력을 했다. 그전에는 눈만 감으면 항상 눈물이 주르륵 흘렀다. 혼자서 차를 운전하며 통곡을 하면서 울었다. 외로움에서 슬픔을 제거해서 외롭기만 하면, 외롭기 때문에 해야 하는 일이 너무나 많아지고 외로움도 서서히 사라지게 된다. 언제부터인가는 아무리 오래 혼자 여행해도 전혀 외롭지 않게 되었다. 외롭기는커녕 호기심이 발동하고 밤에는 그날 있었던 일들을 정리해서 메모하고 다음 날 일정을 수정하느라 외로울 틈이 없었다.

그런데 그냥 여행하면 외로움이 더 크게 자리 잡을 수도 있다. 혼자서 떠나는 여행을 시작하기 전, 나는 어느 날 『나는 런던에서 사람 책을 읽는다』라는 책을 우연히 읽게 되었다. 봉건적이고 벽 같던 남편을 두고 가방을 싸서 목적지 없이 기차를 탄 후 종착역에 내려 가난하고 소박하지만 자신이 원하는 삶을 꾸려가는 영국 할머니 이야기가 거기에 실려 있었다. 그 할머니라고 집을 쉽게 나온 건 아니다. 가방을 들고나온 후에도 수없이 집을 돌아보면서 다시 들어가 버릴까 하고 망설이다가, 자포자기한 기분으로 아무 기차나 타고 떠나 결국 원하는 자신의 삶을 얻게 된다.

머리를 한 대 맞은 기분이었다. '나도 아이가 크면 그 할머니처럼 집을 나가자' 그렇게 생각하니 삶이 좀 수월해졌다. 하지만 그때까지 기다릴 수가 없어, 아이가 중학교에 들어가자 조카에게 이것저것 물어가며 처음으로 혼자 다녀온 20일간의 스페인 여행은 즐겁지만은 않았다. 눈으로 관광지를 보고 쇼핑을 하며 차도 마시는 여행은 나에게 맞지 않았고 오히려 외로움을 가중했다. 그래서 스페인을 혼자서 여행하면서 즐겁기는커녕 항상 외롭고 무중력 상태에 있는 듯했다. 절망감도 들었다. 집을 떠나도 나는 행복하지 못하구나 하는 생각에 마지막 출구를 잃어버린 느낌이었다.

그때 알랭 드 보통의 『여행의 기술』이라는 책이 구원처럼 다가왔다. 그림을 그리게 되면 사물을 스케치하듯 바라보게 되어 모든 것을 자신만의 새로운 눈으로 보게 되므로 지루할 틈이 없는 여행의 새로운 경지가 열린다는 것이다. 그래, 다시 그림을 그리자. 마침 그때 마음에 드는 화실을 만나 스케치부터 시작해 유화도 그리고 몇 차례의 단체전에도 참가하면서 여행에 대한 욕심이 다시 생겨났다.

2014년 핀란드 여행은 두 번째로 나 혼자 떠난 장기간의 여행으로 스케치를 하고 그림의 소재를 찾으며 다니니 즐겁기만 했다. 더위를 싫어하는 내가 피서도 겸할 수 있으니 일석이조이고, 결혼 초부터 뜨개질을 시작한 나로서는 그들의 니팅 생활에도 관심이 생겨 그 이후로 5년간이나 북유럽의 여러 나라를 여행하게 되었다.

핀란드, 스웨덴에서도 도시 위주로 여행하던 나는 2017년 노르웨이 트레킹 여행을 계기로 자연에 대한 두려움이 사라지면서 좋아하는 여행지도 달라졌다. 도시와 달리 자연은 무서울 때도 많았지만 찬바람 속에서 오들오들 떨고 있을 때도 집에 있을 때보다 행복했다. 그리고 시골이나 자연 속에서 만난 사람들은 모두 따뜻했다. 그림으로 표현할 수 있는 멋진 풍경을 눈으로, 카메라로 담으면서 내 눈은 반짝였고 늘 충만한 기분이 들었다.

지금은 심신이 너무나 건강한 사람이 되어 거실의 전망 좋은 자리에는 자그마한 책상도 가져다 놓고 평온한 마음으로, 그동안 수기로 써서 모아둔 여행기를 컴퓨터로 옮기고 있으니, 평화롭도다.

레이티스바튼 호수와 트레라니파 절벽
그리고 가사달루르 마을
― 7월 16일 화요일. 맑고 가끔 구름.

아침에 주인이 올라왔기에 레이티스바튼(Leitisvatin) 호수로 가기 위해서
어떤 마을로 가야 하고 걷기 시작하는 곳이 어디인지를 물었다. 떠나기 전에
블로그를 찾아봤으나 사진만 많이 올라와 있고 이곳으로 가는 경로를 명확
하게 알려주는 내용이 없었기 때문이다. 주인 남자는 자기 아내가 그곳을 잘
안다고 하며 부인을 불러주었다. 그녀의 설명을 듣고 레이티스바튼 호수를
가기 위해서는 미드바구르(Miðvagur)라는 마을로 가야 한다는 것을 알게 되
었다.

미드바구르 마을에 도착하여 차를 세우고 안내 표지판이 있나 살펴보고
있는데 마침 호수를 다 보았는지 차로 돌아오는 커플이 있다. 레이티스바튼
에 가려고 하는데 어디로 가면 되느냐고 물었더니 교회 쪽을 가리키고는 여
기에 차를 세워두고 가도 된다고 한다. 교회가 보이는 쪽으로 오솔길이 나
있어 무작정 걸어 올라가니 교회에 속한 땅이어서인지 길이 끊어져서 갈 수가
없다. 할 수 없이 되돌아 나와 큰길가에 있는 주유소에 가서 아무나 붙들고

△ 멀리 보이는 트레라니파 절벽 가는 길, 레이티스바튼 호수의 야생화

▷ 미드바구르 마을의 레이티스바튼 안내 표지판

▷ 레이티스바튼 호수와 트레라니파 절벽 지도. 최하단 우측 붉은 줄 끝이 절벽

물어보았더니 자신들은 여행객이어서 모르지만 주유소 직원들은 현지인이니 들어가서 물어보는 게 좋을 것 같다고 말해주었다.

　주유소와 함께 있는 가게에 들어가 길을 물어보았더니 친절하게 미소를 지으며 가는 법을 자세하게 가르쳐준다. 토르스하운에서 이곳을 올 때 방향 기준으로 교회를 지나 첫 번째 골목이 보이면 좌회전한 후 조금 올라가면 병원이 나오는데 병원을 끼고 우회전하여 "up! up!" 하면 된다고. 그 말대로 가다 보니 명소 안내 표지판이 서 있는데 레이

트레라니파 절벽에서 본 바다와 호수 풍경

티스바튼(Leitisvatin)이 아니라 트레라니파(Trælanipa)라고 쓰여 있다. 곧이어 길을 따라 올라가다가 병원에서 우회전 후 조금 올라가니 집들이 나오고 길옆에 주차된 차들이 있어서 다른 차들 뒤에 주차하고 걸어서 올라갔다.

그때 걸어가는 사람들이 있어 물어보니 핀란드에서 왔다고 한다. 같이 속도를 맞추어 한참을 걸어 올라가니 밑에서는 보이지 않았는데 출입구 바로 맞은편에 주차장이 있다. 알았으면 여기에 세울 걸 그랬다. 페로제도 어디에나 있는, 양들을 지키기 위한 울타리 문고리를 열고 들어가니 화장실도 있다. 걸어 올라가는데 뒤에서 누가 나를 불러 돌아보니 부른 사람은 남자로 나에게 다가와서 어디서 왔냐고 물었다. 같은 방문객인 줄 알았더니 입장료를 받는 사무실에 근무하는 직원이었다. 내가 입장료를 안 내고 그냥 가니까 부른 것이다. 그제야 자세히 보니 화장실 맞은편에 매점 겸 자그마한 사무실이 있다. 11박 12일 동안 페로제도 곳곳을 구석구석 다녔지만 입장료를 받는 곳은 이곳이 처음이자 마지막이었으니 내가 그냥 간 것도 무리는 아니다. 입

장료를 내니 매점을 겸하고 있는 작은
사무실 안에서 커피 한 잔을 주었다.

트레라니파 절벽 위에서. 호수와 절벽이 동시에 보인다

　길은 유람선도 떠다니는 긴 레이티
스바튼 호수를 끼고 이어지는데, 멀리
보이는 직각삼각형처럼 솟아오른 곳이
트레라니파 절벽이고 보이지는 않지만
호수의 물이 바다로 떨어지는 곳이 보스
달라포수르(Bøsdalafossur) 폭포다. 페
로제도를 여행해야겠다고 마음먹고 블로그를 뒤질 때 내 마음을 가장 사로
잡은 곳이 바로 칼소이(Kalsoy) 섬과 이곳이었다. 어떻게 호수와 바다가 샌
드위치처럼 동시에 보일까. 호숫물이 바다로 흘러 들어간다거나 폭포가 되
어 바다로 떨어진다면 이해가 되지만.

　호수가 끝나는 지점부터 절벽 따라 약간 가파르고 질퍽거리는 길을 걸어
올라가니, 정말로 호수와 절벽 아래 바다가 동시에 보이는 신기한 풍경이 눈
앞에 펼쳐진다. 사진을 찍으니 인터넷에서 본 신비한 모습 그대로이다. 운 좋
게도 안개도 걷혀 반짝이는 은은한 호수의 물빛과 절벽으로 달려드는 남색
바다의 거센 파도가 한 번에 보이는 그 어디에서도 볼 수 없는 호사스러운 풍
경이, 눈으로 보면서도 믿을 수 없을 정도로 아름답다. 좋은 사진을 얻기 위
해 조심하면서 절벽 끝의 움푹 파인 곳까지 갔다. 아마 양들로 인해 점점 깊
이 파인 듯하다.

　보스달라포수르 폭포 쪽으로 가기 위해 트레라니파 절벽에서 직진해서
그냥 내려가 보았다. 경사가 심한 풀밭을 지나니 호수 쪽은 바위로 막혀 있
어 아무리 노력해도 내려가는 길을 찾을 수가 없다. 폭포를 보려면 호수 입

가사달루르 마을의 물라포수르 폭포

구로 들어와서 조금 걷다가 트레라니파 절벽 방향이 아닌, 호수를 따라 난 다른 길로 걸어가야 하는 것 같다. 호수가 눈에 빤히 보이고 멀리 사람들이 모여 있는 곳이 폭포인 듯한데, 절벽이 뛰어내릴 수 있는 높이가 아니라서 포기하고 다시 트레라니파로 올라갔다. 한 번만 보고 떠나기에는 아쉬워서 올라가니 아무도 없이 조용하다. 편안한 마음으로 경치를 감상하고 사진도 찍고 호수 옆을 따라 내려갔다.

물라포수르 폭포와 가사달루르 마을

물라포수르(Mulafossur) 폭포는 가사달루르(Gasadalur) 마을 입구에 있다. 레이티스바튼 물길 따라 45번 국도를 따라가면 바다가 나오는데 페로제도를 떠나기 전날 미키네스(Mykines) 섬에 페리를 타고 갈 때 본, 세모 모

가사달루르 마을 전경 니트 제작 강사도 하신다는 가사달루르 마을 가게 사장님

양 바위들이 운전하는 내내 길 왼쪽 안개 사이로 신비하게 보인다. 옛날에는 이 마을에 가려면 배를 타고 가, 폭포 아래쪽 선착장을 통해서만 갈 수 있었다는데 지금은 터널이 뚫려 쉽게 갈 수 있다.

터널은 페로에 와서 처음 통과하는 토끼굴로 도로가 왕복 포함해서 한 차선밖에 없는데 천장의 바위가 포장되지 않은 채 그대로이다. 그래서 터널을 통과할 때마다 언젠가 무너질 것 같아 불안한 마음이 들었다. 이곳과 비교하면 아이슬란드 터널은 포장은 잘 되어 있다. 터널을 나오자 갑자기 비가 쏟아지고 양들이 도로에 고인 물을 마시려고 도로 중간에 있어 위험하다. 터널이 엄청나게 높은 곳에 자리 잡고 있는지 V 자로 휘어진 급경사진 길을 한참 내려와서야 물라포수르 폭포를 알려주는 표지판이 보였다. 멀지 않은 곳에 마을이 보이고 주차장 안내판도 보았지만, 날씨가 좋지 않아 폭포 표지판 주변에 주차했다. 바람이 불고 비가 엄청나게 쏟아져 나갈 엄두가 나지 않아 잠시 차 안에 있다가 조금 잠잠해지고 나서야 비옷을 입고 폭포가 있는 곳으로 내려갔다.

사진을 찍으니 맞은편으로 보이는 폭포가 인터넷에서 본 그대로여서 신

기하다. V 자로 깊게 팬 절벽의 한 면에 폭이 그리 넓지 않은 귀여운 폭포가
바다로 떨어진다. 아래쪽에 폭포를 더 잘 볼 수 있는 곳이 있었는데, 경사가
너무 심한데다 비가 와서 미끄러워 보였다. 위험해 보이긴 했지만 조심조심
내려가 보았다. 자칫 실수로 미끄러지면 절벽 아래로 떨어져 죽을 수도 있었
지만, 역시 내려온 보람이 있었다. 위에서는 사진에 폭포가 바다로 떨어지는
끝부분까지 담을 수 없었으나 여기서는 완벽하게 다 담을 수 있다. 내려온
길로 다시 올라가기에는 위험하여 경사가 완만한 양 울타리 쪽으로 돌아서
올라왔다. 폭포를 본 후 길 아래로 내려가면 터널이 없던 시절에 이곳으로 오
는 유일한 수단이었던 배를 대는 선착장으로 가는 가파른 급경사 길이 나온
다. 이곳에서는 푸른 바다와 폭포를 동시에 볼 수 있어서 무척 아름다웠다.

　　차를 끌고 위로 올라가 20가구 정도 되는 마을 입구에 설치된 주차장에
차를 대고 마을을 구경했다. 여행객을 위한 화장실도 있고 카페도 몇 개 있
는데 손님도 주인도 전혀 보이지 않고 비와 안개 속의 마을은 멀리서 볼 때와
달리 을씨년스럽다. 여행 성수기인 한여름 초저녁에 을씨년스럽다니. 아마
텅 빈 카페와 카페테라스가 더욱 그런 분위기를 돋우는 데 한몫을 하는 것
같다. 니트 제품을 파는 가게에 들어갔는데 동굴 같은 느낌을 주는 어둑어둑
한 가게에 들어서자 2층에서 나이가 많은 여주인이 내려와서 안내했다. 여기
있는 것은 직접 짠 것으로 니트 제작에 대해 강습도 한다고 했다. 앞으로의
일정에 아이슬란드 등반도 있어 짐이 많아지면 안 되기 때문에 부피가 작은
양말 한 켤레만 샀다.
　　마을에서 풀밭 사이로 폭포 쪽으로 가는 길도 있어서 아까 사진을 찍은
지점을 바라보며 걸어갔다. 멀리서 보면 밀밭처럼 노랗게 보여 사진에 예쁘
게 나오는 곳은 생각과 달리 그냥 풀들이 노랗게 물든 곳이었다. 멋지다. 어

떻게 이 부분만 풀들이 이렇게 고운 색으로 물들었을까. 계속 걸어가니 나무로 된 자그마한 다리가 있고 다리 아래로 개울물이 흐르고 있는데 이 물이 조금 더 흘러 귀엽고 멋진 폭포가 되어 바다로 떨어지는 것이다.

소르바구르 마을의 미키네스 운항 안내판

숙소로 돌아오는 길에 소르바구르 마을을 알리는 표지판을 보고 마을 끝까지 들어가 보았다. 큰 슈퍼와 레스토랑도 있는 마을을 지나니 퍼핀 새를 볼 수 있는 미키네스 섬으로 가는 배를 타는 선착장이 마을 끝에 있었다. 저녁은 차에서 밥을 지어서 어제 산 참치 캔, 김치와 함께 먹으면 되었기 때문에 슈퍼에서 아침거리로 블루베리와 잼을 샀다. 토르스하운 숙소 주인은 아침 제공이라는 말이 무색하게 달걀이랑 빵 말고는 마땅히 먹을 만한 것이 없어 이렇게 뭔가를 늘 사 가야 한다.

가게 밖으로 나가니 동네 아이들이 나를 보고 먼저 "아리가또." 하고 말을 건다. 아이들에게 나는 한국인이라고 소개하고 "너희들, 삼성 알지? 이게 삼성 스마트폰인데 한국에서 만든 거야"라고 알려준 후 몰려든 아이들과 함께 셀카를 찍었다. 셀카봉이 신기한지 사진에 찍힌 장난기 가득한 아이들의 표정을 보면 호기심이 가득하고 너무 즐거워 보인다. 어쩌면 피시방은커녕 가게도 하나밖에 없는 이 마을에서 동양인과 이야기를 나누고 셀카도 함께 찍는 일이 아이들에게는 무척 재미있는 일이었을지도 모른다.

✕ Vestmanna, Kvivik ✕

큰 마을 베스트마나와
비가 와서 더 아름다웠던 크비빅 마을
— 7월 17일 수요일. 종일 심한 비.

오늘은 4박 5일간이나 지내며 나름 정들었던 게스트하우스를 떠나는 날이다. 토르스하운에는 5박 하기로 하고 7월에 묵을 숙소를 지난해 12월에 예약했다. 그런데도 여기가 마지막 날 만실이어서 할 수 없이 하루만 호텔을 예약했었다. 호텔보다 가격이 싼 것도 아니고 여기가 왜 인기가 있는지 처음에는 이해가 안 갔다. 하지만 지내보니 룸 4개에 욕실이 하나밖에 없고 식탁도 하나라 동선이 겹칠 수밖에 없어 투숙객들 사이에 차츰 가족 같은 친밀감이 형성되어, 특히 혼자 여행하고 있는 사람에게는 최고의 숙소라는 생각이 들었다. 그래서 떠나는 날이 되니 나중에 다시 토르스하운을 온다 해도 여기에 묵고 싶어졌다.

짐을 다 싣고 노르달루르(Nordalur)를 향해 떠났다. 페로 여행 블로그에서는 보지 못했지만, 오지 여행을 전문으로 하는 사이트를 찾아보다가 노르달루르에서 키르큐보르(Kirkjubour)까지 걷는, 오래된 길이 있다고 해서 바다를 따라 난 길을 걸어보려고 노르달루르를 가야겠다고 생각한 것이다. 어제

노르달루르 가는 길과 축사

늦은 오후에 갔던, 오래된 집이 있는 마을인 키르
큐보르를 한 번 더 가보고 싶은 마음도 있어 일정
을 그렇게 잡고 노르달루르에 도착하니 민가는 전
혀 없고 축사뿐이다. 차에서 내려 축사를 잠시 들여다보니 사람이 없는 조용
한 곳에서 살던 소들은 낯선 나를 보고 흥분해서 울고 뛰고 난리도 아니다.

　　노르달루르라는 곳은 축사 뒤에 사람이 사는 집이 한 채 정도 있는, 마을
이라고는 하기 힘든 곳이고, 사람이라고는 그림자도 보이지 않는다. 설령 걷
는 길이 있다고 해도 비도 내리고 해서 의욕이 싹 사라져 오늘의 일정을 취소
하고 이 마을을 떠나야겠다고 마음먹었다. 날뛰는 소들을 바라보면서 어제
키르큐보르 마을의 부르면 달려오는 말들을 떠올리며 잠시 여유를 부리던
중 갑자기 차에 텐트를 안 실은 것이 생각이 났다. 얼른 차로 가서 확인해보
니 역시 텐트는 없었다.

　　갑자기 머리가 하얘졌다. 텐트가 없다면 아이슬란드에 가는 것도 아무

베스트마나 가정집 나무　　　　　　　　　　　　나무가 없으니 비만 오면 온 산이 폭포로 변한다
산에는 나무가 한 그루도 없으나 재배하면 자람

의미가 없다. 라우가베구르 구간을 등반하기 위해 엄청나게 오랫동안 계획하고 일정을 짜 준비하여 여기까지 왔는데 만약 텐트를 찾지 못한다면? 그리고 그 텐트는 동절기용으로 가격도 낮지 않게 주고 산 것이다. 숨이 멎을 것같이 경치고 뭐고 눈에 보이는 게 없다. 액셀을 마구 밟아 숙소에 도착하니 아침에 차를 대고 짐을 실었던 곳에 텐트가 없다. 자포자기하는 기분이었지만 혹시나 하고 집 안에 들어가 보니 텐트가 현관 안쪽에 얌전히 놓여 있었다. 하늘이 도왔다는 생각밖에 없었다.

　즐거운 마음으로 시내를 운전하던 중 나무가 울창한 공원을 지나갔다. 페로제도에서 나무가 자라는 산을 한 번도 본 적이 없는데 나무가 우거진 공원과 가정집에서 기르는 나무, 무성한 풀들을 볼 때 심기만 하면 산에도 나무가 잘 자랄 것 같다. 비가 많이 오고 늘 안개가 끼어 나무들이 자라기에는 최고의 조건인 것 같은데 양들을 기르기 위해 나무를 안 심었을 수도 있겠다는 생각도 들었다. 아무것도 한 것이 없는데 이미 점심 먹을 시간이라 설탕이 묻은 도넛과 음료를 사서 차에서 먹으면서 축구장을 지나 베스트마나(Vest-manna) 마을로 향했다.

커서 놀란 베스트마나와
아름다운 베르네 산골 같았던 크비빅 마을

노르달루르에서 키르큐보르까지 오래된 길을 걸어보려는 일정을 취소한 나는, 숙소에 도착하던 첫날밤에 베스트마나 마을에서 보트 투어를 했다는 헝가리 여자분의 말이 생각나서 그곳에 가기로 즉흥적으로 결정을 했다. 어차피 비가 와서 질퍽거려 산에 올라간다거나 하는 건 불가능하니까. 빗속을 뚫고 마을 입구에 있는 베스트마나 관광안내소(Vestmanna Tourist Centre)에 갔으나 관광용 보트인 사이트시잉(Sightseeing)이 방금 떠났는데 뒤의 일정은 비 때문에 취소되었다고 했다. 그래서 이곳에서도 할 일이 없어졌다.

그냥 돌아오기는 서운하여 다음 날인 7월 18일 10시 5분 첫배를 예약했더니 따로 예약금을 받지는 않았다. 하지만 다음 날 나는 메일로 취소하고 가지 않았다. 사이트시잉을 하며 절벽과 퍼핀의 서식지 등을 볼 수 있다지만 멀리서 잘 보일지도 의문이고, 배라면 놀소이 섬에 갈 때도 탔고 칼소이 섬에 갈 때도 또 배를 탈 예정이기 때문이다. 또 다른 중요한 이유는 떠나기 전날, 퍼핀 새가 많이 서식하는 미키네스 섬에 다녀올 계획이라서 사이트시잉을 굳이 하고 싶은 마음이 없어서이기도 했다.

사무실을 나와 마을을 한 바퀴 돌았다. 만을 둘러싸며 둥글게 형성된 마을은 규모가 꽤 크고 다른 마을에서는 본 적이 없는, 3층짜리 콘크리트 현대식 건물인 고등학교도 있었다. 학교 규모도 꽤 커 보였는데 지금은 방학이라서 자전거가 없지만 자전거 통학생이 많은지 거치대도 길옆에 길게 설치되어 있었다. 마을 끝까지 올라가서 만을 내려다보니 예쁜 집들이 많은 동네와 항구가 멋지다.

베스트마나 관광안내소 안에 있는 커다란 레스토랑은 페로 현지식도

3층 콘크리트 건물 고등학교도 있었던 베스트마나 마을. 왼쪽 위 흰색 3층 건물이 고등학교

125DKK(1DKK=180원 정도)로 저렴하여 식사할지 말지 한참을 망설였다. 그러나 관광지 식당 분위기가 나고 사람이 많지도 않은데도 창가 자리가 없어서 먹지 않기로 했다. 대신 입장권을 끊어 2층에 있는 사가 박물관에 들어갔으나 관람객이라고는 나 하나뿐이고 볼 것도 없는데 잔인하기만 하여 무서워서 얼른 나와, 양이 그려진 자그마한 컵 하나만 사서 마을을 떠났다. 그러나 운전하는 중에 바라본 산들의 모습은 장관이었다. 비가 많이 와서인지 모든 산 위로 이루 헤아릴 수조차 없는 많은 수의 폭포가 생겨나 마치 하얀색 굵은 국수 면발이 사방에 쫙 늘어선 느낌이었다.

숙소로 돌아가봤자 특별히 할 일도 없어 마을 표지판만 보고 크비빅(Kvivik) 마을을 아무 생각 없이 들어가 보았다. 길 아래에 마을이 위치해 보이지 않았지만 경사지게 굽은 도로를 따라 들어가니 먼저 큰 폭포가 길옆에 보인다. 수십 개의 계단처럼 생긴 검은색 바위를 타고 흐르는 폭포는 폭과 높이가 꽤 크다. 비가 많이 와서인가? 마을 안으로 들어서니 한가운데에 있는, 급하게 경사진 바위가 많은 개울을 흐르는 물이 급류가 되어 폭포처럼 흐르는 것이 볼만하다. 개울은 폭이 넓지는 않지만, 저 멀리멀리 높은 곳에서부터 바다에 이어지는 낮은 곳까지 흰 물보라를 내며 마을을 관통하며 흐르는데, 깨끗하고 예쁜 색깔의 집들이 있어서인지 무섭지 않고 한 폭의 그림처럼 마을과 조화를 이루고 있다.

조금 더 위쪽으로 올라가니 크루즈 8번이라고 쓰인 흰 색깔의 관광버스도 단체 어르신 관광객들을 이 마을에 풀어놓아 사람들이 여기저기 다니며 마을을 구경하고 있다. 특별한 관광지가 없는데도 관광버스가 들어온 것을 보면 이 마을이 아름답다는 것을 현지인들도 알고 있다는 이야기다. 나는 무작정 들어왔는데 정말 이 마을이, 노래로 부르면서 상상할 수 있는 아름다운 베르네 같은 느낌이 들어 너무 좋았다. 오늘 하루 지금까지 모든 일정이 어긋났는데 이 마을을 보고 나니 모든 것을 보상받은 느낌이었다. 들어온 곳과 반대편 언덕에 가니 풍경이 더 예뻐서 사진을 많이 찍었다. 내가 좀 전에 마을로 들어온 비탈진 길이 비에 젖어 은빛으로 빛나고, 길 좌우로 가지런히 늘어선 집들의 지붕과 벽들이 알록달록하다기보다는 단정하면서도 고급스러워 보인다. 지붕이 같은 색깔이 하나도 없어서 초록이라도 조금씩 다 다르다.

여행을 떠나기 전에, 이번 여행에서 테마로 잡을 무언가가 없을까 하고 늘 생각을 해보는 편이다. 한동안은 인형을 하나씩 가지고 다니며 풍경을 찍을 때면 그 인형을 올려두고 사진을 찍은 적도 있었고 창문이나 대문 위주로 사진을 찍은 적도 있었다. 이번에 페로제도 여행하면서는 '야생화가 있는 풍경 찍기'로 사진의 테마를 정했다. 그냥 찍는 것이 아니라 땅 가까이에 카메라를 두고, 풍경 전면에 야생화가 크게 배경으로 보이게 하는 방법으로 찍는 것이다. 쉽게 말하면 야생화 사이로 풍경이 보인다고나 해야 할까. 이렇게 찍으려면 사진 찍을 때 폼이 나지 않고 힘들다. 왜냐하면 주저앉아서 몸을 구부려야 하기 때문이다. 그래도 즐거워하면서 이렇게 사진을 찍은 이유는 그

크비빅 마을 풍경. 캔버스에 유화

림을 그리기 위해서다. '야생화가 있는 풍경'이 이번 내 여행의 테마이면서 그림의 테마다. 그리고 여행에서 돌아와 이렇게 찍은 풍경 중 다섯 곳을 유화로 그렸는데 당연히 크비빅 마을도 그중 하나였다.

내리막길로 마을로 들어온 곳과 반대편으로 가서 오르막길을 올라가니 토르스하운 가는 길과 자연스럽게 만났다. 비가 종일 내려 토르스하운으로 돌아오는 길에 차창 밖으로 바라본 산들의 모습이 무척이나 특이하다. 비가 종일 내려서인지 이번에는 수십 개의 폭포가 아니고 수백 개의 폭포가 모든 산에 흐르고 있다.

드디어 토르스하운 호텔에 도착했다. 아침 뷔페도 제공하는 고급 호텔이지만 작년 12월 초에 예약하여 욕실이 딸린 싱글룸을 값싸게 예약했다. 싱글룸 중에는 욕실이 없는 방도 있었다. 여행을 다녀보면 이렇게 호텔 싱글룸이

◁ 우연히 들른 아름다운 크비빅 마을   ▷ 토르스하운 호텔 방 전망

게스트하우스보다 싼 경우가 많았고 방금 떠나온 곳도 숙박비가 호텔보다
더 비쌌다.

주차하고 1박만 할 거라서 꼭 필요한 짐만 가지고 로비에 들어갔다. 체
크인 절차를 밟아주는 직원은 예약한 내용에 오류가 있는지 한참을 확인하
고서야 무겁고 커다란 열쇠를 줬다. 보통은 카드를 주는데 열쇠를 준다는 건
토르스하운 호텔이 상당히 오래되고 고급 호텔이라는 것을 의미한다.

4층 엘리베이터 바로 옆의 내 방은 작았으나 공원도 보이는 전망이고 무
엇보다 히터를 틀 수 있어 너무 좋았다. 그동안 숙소 난방이 안 되어 밤마다
내의를 껴입고 물주머니를 안고 잤는데 오늘은 따뜻하게 잘 수 있겠다. 며칠
동안 못한 수많은 빨래를 하고 말리고 하느라 밝을 때 숙소에 도착했는데도
바깥에 나가보지도 못했다. 오늘만 해도 비가 와서인지 운전할 때 표시된 실
외의 낮 최고 온도가 12도였다. 다른 날도 13도 정도였지만. 따뜻한 실내에
서 오랜만에 TV도 보고, 참 좋은 하루였다.

비록 점심때 먹은 도넛 설탕 가루를 닦지 않아 모든 사진 속 내 입술 양
끝에 설탕 가루가 잔뜩 묻어 있기는 했지만.

✖ Saksun, Tjørnuvik, Gjogv ✖
다시 방문한 삭순과 툐르누비크 마을, 지코브 선착장
— 7월 18일 목요일. 날씨 맑음, 밤에만 잠깐 비.

오늘은 토르스하운을 떠나 페로제도에서 두 번째로 큰 도시인 클락스비크(Klaksvik)로 가기 직전에 있는 에스투로이 섬의 레이르빅(Leirvik)으로 숙소를 옮긴다. 떠나기 전에 읽은 블로그를 보면 수도 토르스하운에만 머물며 중요한 관광지 모두를 둘러본 경우가 대부분이었다. 하지만 그날그날 일정을 소화하고 나서 피곤함에 찌든 상태로 숙소까지 위험할 수도 있는 먼 길을 매번 달려오고 싶지 않아 칼소이 섬 등을 쉽게 갈 수 있는 레이르빅의 숙소를 예약했다. 클락스비크에 있는 숙소를 예약하려고 했으나 조건이 좋은 숙소는 모두 너무 비쌌다. 그래서 다른 섬이지만 터널 하나로 이어져 있는 레이르빅의 가정집을 숙소로 정했다.

오늘은 날씨도 맑아서 어느 곳을 여행할까 하다가 새로운 숙소로 가는 길에 있는 여행지를 모두 둘러보기로 했다. 이미 갔던 곳도 포함해서. 일단 삭순을 다시 가기로 했다. 콜라피오르(Kollafjørður) 마을과 호스빅 마을, 그리고 흐발비크 마을을 지나 삭순에 도착하니 아침에 끼었던 안개도 완전히 걷혀 하

맑은 날 다시 방문한 삭순

툐르누비크 가는 길에 보이는 바다 건너 에이디 마을

툐르누비크 마을에서 멀리 보이는 거인과 마녀 바위

얀 뭉게구름 사이로 푸른 하늘이 점점이 보이고 호수 수면에 주변의 초록색 산과 푸른 하늘이 비쳐, 며칠 전 흐린 날과는 완전히 다른 모습이다.

잔디 지붕을 한 화장실을 지나 길 위쪽에 집이 한 채 있는데, 그 옆에서 사진을 찍으면 책에서 본 것처럼 예쁜 사진 그대로여서 신기했다. 예전에 읽은 책에서 사진을 잘 찍고 싶으면 그 지방 엽서를 사서 그 풍경이 나오게 찍으면 된다고 했는데 딱 그 풍경이다. 사진을 찍으면서 여기에 사는 사람들은 매일매일 이렇게 아름다운 풍경을 보고 살겠지 생각하니 잠깐 부러운 마음이 들었다.

카페에서 커피와 와플을 먹으며 잠시 쉬었다가 건너편의 에이디 마을을 보며 툐르누비크 마을에 도착하니 지난번에 왔을 때와는 달리 사람들이 정말 많다. 마을에는 등산로가 두 곳 있다. 마을 뒷산에 올라가 앞의 바다를 보는 길과 '거인과 마녀 바위'를 보면서 삭순으로 넘어가는 길이다. 나는 삭순으로 넘어가는 길로 올라갔다. 마을의 집들을 지나서 바닷가 쪽으로 빠져나가니 바닷가를 따라 난 길이 있고 날씨가 좋아서인지 길옆에 만들어 둔 빨래 건조대에 널어둔 하얀색 침대보들이 바람에 나부낀다. 축대를 쌓아 만든 바닷가 길 아래 풀밭 사이사이에는 감자밭이 있다. 해풍을 막기 위해 1m 정도는 되어 보이게 쌓은 돌담 안에서 7월의 북유럽 감자가 푸르게 자라고 있었다. 감자밭을 지나 올라가니 거인과 마녀 바위가 뚜렷하게 보이고 마을 구석구석도 손에 잡힐 듯 보인다.

산 위에 있는 바위에는 하얀색 이끼가 넓게 끼어 있고, 또 그 위에 초록색 이끼가 끼어 돌 하나도 그냥 지나칠 수 없다. 산 위라서 그런지 길가에서 흔히 볼 수 있는 엉겅퀴꽃 대신 코스모스처럼 생긴 보라색 야생화가 아주 예쁘다. 그림을 그리기 위해 야생화를 전면에 넣고 마을의 풍경 이곳저곳을 사진에 많이 담았다. 보라색 꽃과 군데군데 함께 핀 노란색 꽃이 어우러져 언덕이

야생화가 있는 페로 툐르누비크 마을. 캔버스에 유화　　처마 아래에 생선이 매달린 잔디 지붕 집

정말 수를 놓은 것 같다.

　마을로 내려오니 골목마다 사람이 넘치고 날씨가 맑아서 집들이 며칠 전에 왔을 때와 완전히 달라 보인다. 명태인지 대구인지를 머리를 떼고 몸통만 처마 밑에 주르륵 매달아 놓은 집, 집 앞이나 벽에 예쁜 장식을 한 집들도 눈에 띈다. 가게도 아닌데 노란색 예쁜 벤치를 집 앞에 내어두거나 양동이에 담은 화분이나 인형을 집 밖에 놓아두기도 하는데 맑은 날씨 때문인지 모든 게 화사해 보였다.

스트레이모이 섬에서 다리만 건너면
에스투로이 섬의 에이디 마을

　정말 두 섬이 다리로 이어져 있었다. 긴 다리가 아니라 우리나라에서 약간 큰 하천 정도 넓이밖에 안 되는 바다 위에 다리가 있다. 페로제도에서는 이처럼 두 섬이 다리로 연결된 곳이 두 곳 더 있다. 클락스비크가 있는 보르도이

두 섬을 연결하는 다리

(Borðoy) 섬에서 비도이(Viðoy) 섬으로 갈 때도 다리만 건너가면 된다. 보르도이와 쿠노이(Kunoy) 섬도 다리로 연결되어 있는데 이곳은 다리라고 하기도 좀 그렇다. 왜냐하면 바다를 나지막한 댐으로 막아서 그 위에 길을 내었기 때문이다.

해저터널로 연결된 섬들도 두 곳이 있다. 공항이 있는 바가르(Vagar)와 수도인 토르스하운이 있는 스트레이모이(Streymoy) 섬, 에스투로이(Esturoy)와 두 번째로 큰 도시인 클락스비크가 있는 보르도이 섬이 그곳이다. 해저터널 두 곳은 운전할 때 걸리는 시간으로 보아 터널이 꽤 긴 것 같았다.

다리나 터널로 다른 섬으로 갈 수 있는 것은 페로제도의 섬 대부분이 오징어 다리를 늘어놓은 것처럼 나란히 놓여 있기 때문이다. 이번 여행에서 배를 타고 간 곳은 네 곳이다. 칼소이 섬과 놀소이 섬에 갈 때는 배에 차를 싣고 갔고 푸글로이(Fugloy) 섬과 미키네스 섬을 갈 때는 차는 가져갈 수 없어서, 선착장에 차를 주차해두고 다녀왔다.

다리를 건너가 에스투로이 섬의 에이디 마을에 도착했는데 마을 안이나 바라보이는 풍경 모두 특별할 게 없다. 그래서인지 마을에는 나 같은 여행객들이 전혀 보이지 않았다. 아무도 없는 에이디 마을 언덕 위에서 늦은 점심을 먹고 지코브(Gjogv) 마을로 출발했다. 에이디에서 지코브로 가기 위해 언덕길을 오르니 에이디 마을에는 아스팔트 콘크리트로 포장한 큰 축구장도 있고 캠핑장도 있다. 교회 뒤편의 공동묘지에 묘비가 많이 보이는 것만 봐도 인구가 많은 오래된 마을임을 알 수 있었다. 캠핑장을 보니 텐트를 친 사람은 없고 흰색 캠핑카만 많이 보인다. 그런데 이상한 건 차만 있고 사람은 보이지 않는 것이다. 캠핑장이 아니고 캠핑카 회사 주차장일까 하는 생각을 하며 언덕을 넘어갔다.

낭떠러지 길을 넘어 지코브 마을로

에이디 마을에서 지코브 마을로 넘어가는 길은 1차선의 외길 낭떠러지 길로 경사가 급하고 심하게 구부러져서 조심하면서 운전했다. 아이슬란드의 웨스트 피오르만큼은 아니지만 페로제도에서는 가장 경사진 길이 아니었나 싶다. 구글 맵이 안내해주는 대로 갔지만, 이 길밖에 없는 건지 의아하기도 했다. 하지만 최소한 포장은 되어 있었고 가드레일도 있었다. 아이슬란드에서는 주요 도로가 아니면 콘크리트 포장이 안 된 흙길이 많았다. 하지만 여기 페로제도에서 비포장도로는 아직 달려 본 적이 없다.

낭떠러지를 다 통과하고 나니 고도가 높은 곳에 있는 평지가 나왔고 여러 가족이 모여 양털을 깎는 모습도 보였다. 지코브 마을로 가는 길은 여전히 고지대인데 고개를 몇 개 더 넘자 드디어 저기 아래로 마을이 보였다. 시간이 늦어 그냥 가야 하는데, S 자 코스가 몇 번이나 반복되면서 내려가는 길도 예쁘고 너무나 아름다운 마을이 보여 그냥 지나갈 수가 없었다. 마을로 내려가는 언덕에는 분홍빛의 야생화가 많아 또 마음을 빼앗겨 차를 세우고, 분홍빛 야생화를 앞에 넣어 사진을 찍으니 정말 그림 같다.

조금 더 가니 드디어 동네 이름이 적힌 표지가 나온다. 푸닝구르(Funningur) 마을이다. 마을의 집들이 가까이서 봐도 깨끗하고 예쁘고, 잔디 지붕을 한 교회도 아이슬란드의 키르큐페들(Kirkjufell) 산을 닮은 뒷산과 조화를 잘 이루고 있다. 다른 곳도 마찬가지지만 바닷가에 있는 창고들의 색깔도 너무 예쁘다. 지붕은 주황색이고 벽은 절반은 벽돌색, 나머지는 은색과 검은색으로 칠했다. 다른 창고들도 다 그렇게 예쁘게 칠해져 있다. 페로제도를 여행하면서 보이지도 않는 곳에 있는 창고까지 색색으로 예쁘게 채색되어 있는 것이 항상 신기했는데 이곳도 그랬다.

푸닝구르 마을   푸닝구르 마을 교회와 뒷산

교회 앞을 지나 돌아 나오면서 뒷산을 보니 다시 봐도 아이슬란드의 서부의 스나이페들스네스 반도의, 고깔 모양의 산인 키르큐페들처럼 생겼다. 페로제도에 와서 이렇게 고깔 모양으로 생긴 산을 여럿 보았다. 푸글로이 섬으로 가는 배가 출발하는 비도이 섬의 흐바나순드(Hvanasund) 항의 뒷산도 그랬다. 배를 타고 가면서 바라본 산의 모습이 완전히 키르큐페들 산이랑 흡사하다고 생각했다. 푸닝구르 마을은 규모가 어느 정도 큰 마을이고 초저녁인데도, 개미 새끼 한 마리 보이지 않아 낯선 이방인이 마을을 어슬렁거리며 돌아다니는 것 자체가 민폐인 것 같아 서둘러 마을을 나왔다.

협곡 선착장이 있는 지코브 마을

지코브 마을은 아름다운 협곡 사이에 작은 항구가 있다고 많은 블로그에 소개가 되어서 꼭 방문하고 싶었던 곳 중 하나인데, 협곡의 바위와 맑은 물이 어우러진 사진 속 모습이 인상적이었다. 마을이 저 멀리 보이는 곳에 지코브 마을임을 알리는 푯말이 있어 그곳에 차를 세우고 걸어서 들어갔다. 하지만 조금 더 들어가면 마을이 시작되는 곳에 크지는 않지만 주차장도 있다.

큰길이 마을 한가운데를 흐르는 개울을 따라 나 있어 자연스럽게 마을로 들어갈 수 있어 좋았다. 개울가의 집 중에는 미끄럼틀과 그네만 설치한 소박한 놀이터를 만든 곳도 있고 개울을 막아 노 젓기를 할 수 있게 만든 곳도 있다. 동네 아이들이 그네를 타기도 하고 플라스틱으로 만든 자그마한 배를 타고 노를 젓다가 물에 빠지기도 하는 등 정겨운 풍경을 보면서 걸어가니 반대편으로 건너가는 다리가 보였다. 다리를 건너가며 오른쪽의 바다를 보니 개울물은 다리 아래를 지나 금방 바다와 만난다.

다리를 건너가면 안내판이 보인다. 안내판에 있는 지도와 내용을 보니 산을 등반할 수도 있고 협곡 주변의 짧은 산책로를 걸어볼 수도 있다. 산을 가기에는 늦은 시간이고 혼자 가기가 마음에 걸렸는데 앞에 올라가는 커플이 있어서 뒤따라 올라갔다. 그리고 산을 다녀오는데 왕복 1시간 정도 걸리는, 그리 멀지 않은 길이라는 설명을 읽고 그 정도면 다녀올 수 있을 것 같아 출발했다.

바다를 더 가까이서 보고 싶은데 해안 따라서 모두 양을 지키기 위한 철조망이 쳐져 있어서 할 수 없이 철조망을 넘어갔다. 그리고 해안 절벽을 따라 풀밭을 걸었다. 오후 7시가 넘은 늦은 시간이나 날씨가 맑고 안개도 없어 맞은 편 칼소이 섬이 선명하게 보인다. 종잇장처럼 얇은 절벽이 산에 T 자 모양으로 붙어 있는 곳이 경치가 가장 아름다워 사진을 찍으며 쉬어가기로 했다. 그때 마침 지나가던 분이 한국어까지 물어 하나, 둘, 셋 하면서 사진을 찍어 줘 기분이 좋아졌다.

사진을 다 찍은 후에도 칼소이 섬과 책처럼 얇은 절벽 바위가 있는 그곳에서 한참 더 있다가 조금 더 올라가 보니 아까 보았던 그 커플이 양들과 놀

△ 지코브 마을 가운데를 흐르는 정겨운 개울
△△ 거인 발자국 같던 지코브 뒷산 보행로

△ 지코브 선착장 부근의 예쁜 집
△△ 지코브 마을 협곡 선착장의 배

고 있다. "The end of the trip"이라고 쓰인 푯말과 함께 폭은 크지 않지만, 바다로 떨어지는 실처럼 가는 폭포도 보인다. 내려오면서 보니 이곳의 산책 길은 신발이 들어갈 만큼 잔디를 파서, 멀리서 보면 풀밭에 거인이 걸어간 발 자국이 나 있는 모양을 하고 있다. 마을을 계속 바라보면서 양들 사이로 내 려오니 기분이 상쾌하고 멀리 캠핑장이 있는지 주차된 캠핑카들도 보인다.

마을이 가까워질수록 올라갈 때는 미처 보지 못했던, 협곡 사이에 만든 배를 대는 선착장이 선명하게 내려다보인다. 계단을 만들어서 배를 위아래로 끌어내리는 시스템인데 양쪽 절벽 사이에 있는 협곡 선착장에서 출발한 배는 좁은 협곡 사이를 통과하여 바다와 만난다.

아까 안내판이 설치된 곳이 협곡으로 내려가는 계단이 시작되는 곳이다. 멀리서는 계단처럼 보였는데 실제로는 경사진 바위에 나무판을 덧대어서 가파른 계단처럼 만든 것이었다. 협곡으로 내려갔더니 선착장으로 편리하게 사용하기 위한 시설들이 설치되어 있다. 배를 끌어 올리는 레일도 있고 배에 안전하게 올라타기 위한 발판을 만들기 위해 바위를 파낸 곳도 여러 군데 있다. 혼자 있어서 그런지 공포가 느껴질 정도로 시퍼런, 깊이를 알 수 없는 물속에서 꼭 괴물이 치솟아 오를 것 같은 분위기다.

물빛은 검은색, 초록색, 터키석 색으로 초록은 절벽과 그 위에 돋은 풀빛이 비친 것이라고 해도 하늘도 흐린데 터키석 색은 왜 보이는지 궁금했다. 이끼가 많이 돋아 혹시라도 실수로 미끄러져 물에 빠질 수도 있어서 조심조심 걸었다. 절벽으로 동그랗게 둘러싸인 연못 같은 곳, 파도라고는 전혀 없는 곳이니 옛날에 배들의 크기가 작을 때는 자연 선착장으로 최고였을 듯했다. 하지만 지금은 사용하지는 않고 작고 빨간 배 한 척만 그때를 그리워하듯이 밧줄에 매어져, 보는 사람들에게 과거의 모습을 상상하게 해준다.

가파른 계단을 올라와 이번에는 선착장이 있는 협곡 주변을 도는 짧은 산책로를 걸었다. 산책로가 끝나는 곳에 벤치도 놓여 있다. 그 벤치에 앉으면 바로 앞에 바다가 보이고, 또 하루가 끝나가는 시간이라 더는 일정에 쫓길 필요가 없어서인지 사람들이 모여 앉아 쉬고 있다. 내가 다가가니 어떤 아저씨가 나보고 뭐라고 말을 걸었다. 단번에 알아듣기 힘든 나의 영어 실력 때문에 뭐라고 했는지 다시 물었더니 "Care you. OK?"라고 한 거였다. 이방인의 눈에도 내가 너무 힘들고 지쳐 보였나 보다.

평화로운 시골 마을 레이르빅

레이르빅에 있는 숙소는 아까 들렀던 푸닝구르 마을을 통과해서 간다. S 자 길을 다시 내려가니 마을로 내려가는 왼쪽 길이 아닌 오른쪽 길이 숙소로 가는 길이다. 가는 도중에 비가 엄청나게 쏟아졌다. 오늘은 온종일 날씨가 맑았는데 모든 일정을 즐겁게 끝낸 지금 비가 내리니 너무 다행이다.

레이르빅 마을에 도착은 했는데 숙소 주소를 처도 구글로 검색이 안 되어 길 가던 동네 주민에게 물어보았다. 시골 마을이어서인지 밤 10시 40분인데도 모녀가 개를 끌고 산책을 하고 있다. 도시에서는 이 시간이면 인적이 드물어 사람을 보기 힘든데. 그런데 가르쳐준 방향으로 가서 주소와 비교하면서 찾아봐도 숙소를 찾을 수 없었다. 주변을 살펴보았더니 마실 나와서 담벼락에서 수다를 떨고 있는 아줌마 두 명이 보인다. 차창을 내리고 주소가 적힌 수첩을 보여주며 물어보았더니 어딘가로 마구 전화를 하시더니 호들갑스럽게 집의 위치를 알려주었다.

주소를 확인한 후 문을 열고 들어가니 내가 그때 도착할 것을 어떻게 알았는지 주인아저씨가 나를 기다리고 있었다. 게스트하우스에서는 이제까지 한 번도 없던 일인데 종이를 주며 나의 신상을 다시 쓰게 했다. 가정집이라 같은 공간에서 한 가족처럼 지내야 하니까 예약할 때 작성한 내용과 비교하여 맞는지 다시 한번 더 신분 확인을 하기 위해서인 듯하다.

내일 내 일정을 물어본 아저씨는 칼소이로 가는 배를 타기 위해서는 집에서 9시에는 출발해야 하니 아침 8시에 조식을 예약하자고 했다. 조식을 먹을 사람이 나밖에 없다는 이야기다. 가정집에서 묵을 때 투숙객이 나 한 사람밖에 없으면 항상 이렇게 조식 시간을 정하자고 이야기하고는 했다. 모든 이야기를 끝내고 밤 11시가 넘었을 때쯤 현관에서 집 안으로 가방을 들고 들어오

△ 레이르빅 숙소에서 내다보이는 뒷마당
△△ 숙소의 작은 식탁과 주인이 싸 준 점심 도시락

니, 뒷문으로 누가 쓱 하고 웃으며 들어온다. 나는 그 사람이 내게 숙소를 가르쳐준 아줌마 중 한 명이라는 걸 알고 우스웠다. 자신의 집을 내가 물어본 것이고 전화는 아저씨에게 걸었던 것이었다. 이 늦은 시간에도 모녀가 개를 끌고 산책하러 다니고, 이렇게 마실을 다닌다고 생각하니 이 마을이 상당히 평화롭게 느껴졌다. 백야여서 그 시간에도 사방이 환하긴 하지만.

칼소이 섬 등대와 물개 여인 마을 미크리달루르
그리고 쿠노이 섬

— 7월 19일 금요일. 흐리고 비, 결정적인 순간에는 맑음.

레이르빅 마을은 긴 터널 하나만 지나면 보르도이 섬의 클락스비크로 바로 이어진다. 클락스비크로 가는 터널의 길이는 꽤 긴 편으로 중간 부분에 갑자기, 천장에 화려한 색상의 조명이 달려 나이트클럽이 연상되는 곳이 나온다. 터널을 다 빠져나오자 앞에서 달리던 차 뒷좌석에서 나를 향해 손가락 욕을 날리는 모습이 보였다. 기분이 나빴는데 문득 터널을 지나는 내내 라이트를 안 켜고 달렸다는 게 생각났다. 페로제도나 아이슬란드에서는 안개나 혹독한 날씨 때문에 날씨에 상관없이 대낮에도 항상 라이트를 켠 채로 운전하는 게 운전자들이 지켜야 할 매너다.

클라스비크에 도착하면 칼소이 섬으로 가는 배를 타는 곳을 알려주는 안내판이 있어 쉽게 찾을 수 있다. 이 쉬운 것도 못 보고 지나쳐 지나가던 사람에게 물어 다시 돌아왔지만. 승선장 앞에는 넓은 주차장이 있어 차들이 줄지어 서 있다가 승선하고 계산은 배 안에서 한다. (차를 싣고 가는데도 왕복에 160DKK. 그리 비싸지는 않다.) 페리는 10시 5분에 첫 배가 출발하고, 그다음

칼소이 섬 등대로 가는 길의 2㎞가 넘는 1차선 터널과 좁은 터널 입구

이 11시다. 숙소 아저씨가 알려주는 대로 9시에 출발했지만 늘 하던 대로 길을 잃어버리고 헤매다가 9시 30분에 도착했다. 차들이 배에 오르기 시작했지만 첫 배는 금방 만차가 되어서 못 타고 1시간 30분을 기다려 11시에 차를 배에 실었다.

칼소이 섬에서 등대가 있는 트로라네스(Trøllanes) 마을로 가기 위해서는 차선이 오로지 하나밖에 없는 긴 터널 두 개를 지나야 한다. 일명 토끼굴이라고 부르는 터널로 빌링가달스(Villingadals) 터널은 1,195m, 트로라네스 터널은 2,250m이다. 아이슬란드에서는 토끼굴 터널을 여러 번 운전했는데 반대쪽에서 오는 차와 사인이 안 맞을 때가 가끔 있어 그때는 무섭기도 했다. 왜냐하면 차로가 하나밖에 없는 곳에서 비상등을 켜고 후진하다 보면 터널에 차가 끼일 것 같기 때문이다. 그리고 후진해서 기다리다 보면 지나가는 차들은 주로 대형 덤프트럭들이었다.

그러나 이곳은 주로 승용차들이 다니기 때문에 양보를 너무 잘해줘서 문제다. 내가 대기하는 곳에 쏙 들어가서 반대편 차가 지나가기를 기다리는데 반대편 차도 똑같이 쏙 들어가서 기다리면서, 아무리 기다려도 나올 생각을

칼소이 섬 등대가 있는 트로라네스 마을

안 한다. 그러니 무섭기는커녕 숨바꼭질하는 것처럼 재미있기까지 했다.

등대로 가는 표지판은 그 어디에도 없지만, 칼소이 섬에서 마지막 마을인 트로라네스 마을이 나타나고 길도 끊어진 걸 볼 때 이곳이 맞다. 차들을 주차해 둔 곳에 주차하고 옆 차에서 내린 사람들이 걸어가는 쪽으로 따라갔다. 조금 가다 보니 위로 올라가는 길이 나온다. 페로제도 여행의 랜드마크 중 하나인 칼소이 섬의 등대 가는 길은 너무나 한적하다. 우리나라에서 이 정도로 사람들이 많이 찾아오는 명소라면 최소한 커피를 파는 노점이라도 한 곳 있을 텐데.

따로 만들어진 길은 없고 사람들이 많이 걸어서 생긴, 풀밭 사이에 난 질척거리는 진흙 길을 따라 내려오는 사람들을 피해 힘들게 올라갔다. 정신없이 걷다 보니 저기 언덕 맨 꼭대기에 많은 사람이 서 있는 등대가 보인다. 가까이서 본 등대는 출입문도 있는 실용적인 공간이었으나, 멀리서 보면 푸른색 산 능선과 어우러져 정말 아름답고 그럴듯해 보였다. 날씬하게 하얀색으로 솟아오른 등대는 허리에 붉은 리본을 감고 있는 소녀 같은 모습을 하고 있다.

등대가 있는 곳까지 올라가면 사실 등대보다 주변의 경치에 더 마음을 빼앗긴다. '나 잡아봐라'를 하면 딱 좋을 것 같은 걷기 좋은 폭신한 푸른 잔디가 깔린 몇 개의 능선을 따라 난 길과 여기저기서 풀을 뜯고 있는 양들이 한눈에 들어온다. 많은 사람이 오가는 산등성이 끝까지 가니 쿠노이 섬이 안개에 싸여 신비하게 보인다. 등대가 있는 이곳은 사방이 온통 연두색인데 멀지 않은 곳에 있는 쿠노이 섬은 안개 때문인지 짙은 프러시안블루 색깔이다. 등

가파른 능선을 건너가 바라본 칼소이 섬 등대와 절벽

많은 사람이 찾는 칼소이 등대 가는 길

가까이서 본 칼소이 섬 등대

대로 오는 사람은 많지만 대부분 등대만 얼른 보고 돌아가고 산등성이 끝까지 가는 사람은 많지 않다.

대부분의 사람은 길어봤자 휴가 기간에 맞춰 최대한 1주일의 짧은 일정으로 페로제도를 여행해 바쁘게 다녀야 하지만, 나는 이곳에 11박 12일이나 느긋하게 머무르니 여유가 있다. 칼소이 섬은 페리를 이용할 수밖에 없어 페리 시간에 따라 몇 시간씩 일정이 늦어진다. 그래서 등대까지 힘들게 올라온 사람들은 또 다른 곳을 바삐 가기 위해 등대에 눈도장만 찍고 능선을 조금 걸어보다가 페리를 타러 얼른 내려가 버린다. 그 많던 사람들이 순식간에 다 사라지니 등대를 중심으로 네 곳으로 뻗은 능선 중 하나는 온전히 내 것이다. 야생화를 찾아보니 노란색 야생화가 많다. 주변을 의식할 필요도 없이 그 야생화를 넣어서 사진을 실컷 찍은 후 다시 등대로 돌아갔다.

두 번째 산등성이의 능선 길은 V 자로 내리막길은 급하게 경사가 져 있는데 길의 양쪽 모두 가파른 절벽이다. 걸어 내려갈 수 있게 신발 모양의 구멍을 파 놓았지만, 실수로 넘어지면 아래로 굴러떨어질 것 같다. 아니, 굴러떨어진다. 이런 길이다 보니 젊은이들 몇 명만 이쪽 길을 걷고, 다 건너가서는

칼소이 등대에서 멀리 내려다보이는 마녀와 거인 바위

앉아 있는 게 보인다. 나는 당연히 가야 한다고 생각하고, 아찔하기도 했지만, 내리막길을 걷기 시작했다.

끝까지 내려간 후 짧은 오르막길을 오르니 약간의 평지가 있다. 단체로 온 젊은이들 몇몇은 여기서 점심을 먹고 몇 명은 등대와 오른쪽에 있는, 가파르게 치솟은 절벽을 다양한 모습으로 촬영하기 위해 대기하고 있다. 평지 끝까지 가니 날씨가 맑아서인지 에이디 마을 북쪽의 마녀와 거인 바위도 점처럼 보인다.

여기에서는 빛의 변화에 따라 등대와 절벽이 어우러진 멋진 모습을 다양하게 촬영할 수 있다. 햇빛이 안개 사이로 드러나 등대와 절벽을 비추면 햇빛에 빛나는 하얀 등대와 연두색 풀밭, 깎아지른 듯이 솟아오른 절벽이 장관을 이룬다. 그리고 절벽과 바다가 만나는 곳은 기암절벽이 바다를 네모난 모양으로 막아 풀장처럼 보였는데 그곳만 바닷물이 짙은 남색으로 보여 정말 신비로웠다.

등대로 돌아가서 세 번째 길인 절벽 있는 쪽으로 올라가, 절벽 바로 아래에 있는 큰 바위 위에 올라가 늦은 점심을 먹고 내려왔다. 사람들은 일정이 바빠서인지 힘들게 올라왔다가 금방 내려간다. 그래서 칼소이 섬을 하루 일정으로 잡은 나는 할 것 다 하고 볼 것 다 보고 찍을 것 다 찍고 이동하다 보니 내려갈 때는 그 누구와도 마주치지 않았다. 산 위에서 멀리 열 가구 남짓한 트로라네스 마을이 보이는데 절벽 위에 자리 잡은 마을에서 선착장으로 가는 길은 멀리서는 보이지 않았다. 자그마한 오솔길 같은 것이 풀밭 사이로 나 있는데 경사가 급한 그 풀밭 길을 통해 선착장으로 가나 보다.

트로라네스 마을은 안으로 들어가 볼까 하다가 그러지 않기로 했다. 언덕 위에서 본 마을에 있는 집들도 그렇게 예쁜 것도 아니고, 골목에 뛰어놀고 있는 엄마와 아이들을 멀리서 보니 그들의 일상을 방해할 것 같았기 때문이다.

물개 여인의 복수가 전해 내려오는 칼소이 섬의 미크라달루르

배를 타기 위해 돌아오는 중간에 물개 여인의 전설이 있는 미크라달루르 마을에 갔다. 언덕 아래로 마을이 보여서 구글 맵을 따라갔더니 길이 갑자기 끊어졌다. 아마 새로운 길이 만들어지면서 아래쪽이 풀밭이 되었나 보다. 마을 입구 아무 데나 차를 세우고 마을로 들어서니 페로제도 그 어디에서도 볼 수 없었던 큰 안내판이 설치되어 있다. 조금 더 내려가 절벽처럼 가파른 언덕에 서면 경사가 급한 계단이 바다까지 설치되어 있고 저 멀리, 해변에 설치된 물개 여인과 바다가 한눈에 보인다. 큰 안내판에 쓰인, 우리나라 선녀와 나

칼소이 섬 미크라달루르 마을의 물개 여인　　　　억압되어 보이는 물개 여인

무꾼 이야기와 흡사한 물개 여인에 얽힌 전설은 대충 이런 내용이다.

　　바다에 사는 물개들이 매달 13일 밤, 마을에 놀러 와 물개 가죽을 벗고 인간의 모습으로 놀다 가는데 한 청년이 벗어놓은 물개 가죽 하나를 훔쳐, 되돌아가지 못한 물개 여인은 그 청년과 함께 아이까지 낳고 부부가 되어 살았다고 한다. 그러던 어느 날 아내는 남편이 숨겨놓은 가죽을 발견하여 바다로 되돌아가 버린다. 그녀를 잊지 못하는 남편은 그날부터 물개를 잡아들이는데 물개 여인이 꿈에 나타나 더는 물개를 잡지 말라고 경고를 한다. 그러나 남편은 말을 듣지 않고 계속 물개를 잡아 죽여서 물개들이 이 마을에 저주를 퍼붓는다. 칼소이 섬을 손을 잡고 둘러쌀 만큼 여기 남자들이 죽어야 끝난다는 무서운 저주를.

　　가파른 계단을 한참 내려가니 어른 키의 두 배쯤은 되는 큰 바위 위에 청동으로 만든, 초록색이 도는 물개 여인상이 있다. 계단 위에서 보면 그곳만 윗부분이 평평한 바위가 해변에 우뚝 솟아 있다. 내 키의 두 배도 더 되는 바위를 쇠로 된 손잡이를 잡고 힘들게 올라갔는데, 재미있는 것은 손잡이가 모두 남근 모양이다. 쇠로 된 검은 남근 모양의 손잡이를 잡고 올라가서 물개 여인의 벗겨진 물개 가죽을 붙들고 사진을 찍었다. 내 키의 거의 2배나 되는 크기여서 내 머리가 여인의 엉덩이 높이밖에 되지 않았다. 옆에서 보니 육감적인 몸매로 가슴이 크고 머리를 길게 늘어뜨렸다. 그리고 물갈퀴로 된 축 늘어진 두 발이, 벗어진 물개 가죽옷으로 둘러싸인 다리 아래로 보인다.

내려와 주변을 보니 절벽으로 둘러싸인 해변 풍경도 멋지다. 절벽에는 폭포가 흐르고 꽃이 피어 있으며 고운 주황색 이끼가 바위를 덮고 있는 곳은 꽃이 핀 것처럼 아름다웠다. 마을 안으로 조금 들어가 보니 맑은 물이 흐르는 작은 개울도 있고 잔디 지붕을 한 집들도 여러 채 있으며 예쁜 집들도 많다. 쿠노이 섬이 손에 잡힐 듯이 보이고 돌담으로 둘러싸인 텃밭의 모습이 전해오는 전설과 함께 정겹게 느껴지는 마을이었다.

마을을 떠나기 전 물개 여인 전설이 쓰인 안내판이 있는 곳으로 다시 한번 가보았다. 그런데 여인의 모습이 바다에 세워진 조각의 모습과 사뭇 다르다. 바다를 배경으로 서 있는 여인의 모습은 육감적이고 활력이 넘치는 데 비해, 안내판에 그려진 여인의 모습은 생활에 찌든 모습이다. 양손에 무거운 가방을 들고 스카프에 장갑까지 껴서 온몸을 가린 그녀의 모습은 가사와 가부장적인 사회 분위기에 찌든 여인의 모습이다. 그리고 자세히 보면 여인의 표정도 행복하지 않다. 눈을 내리깔고 입술을 꽉 다문 모습이 무언가 고민과 분노에 차 있는 모습이다. 그것이 무엇인지는 알 수는 없지만 힘든 가사와 육아일 수도 있고 밖으로 돌기만 하는 남편에 대한 분노일 수도 있으리라.

폭풍우 휘몰아치는 위험한 바다에서 힘든 순간도 있었겠지만 자신이 좋아하는 바다에서 물개 여인은 자유롭게 헤엄을 치며 얼마나 행복했을까. 물개 여인이 집을 나간 건 남편이 숨겨놓은 물개 가죽을 찾아서라기보다는 자신을 구속하고 있는 것들에서 벗어나고자 하는 욕망 때문이었으리라는 생각이 들었다. 자아를 찾기 위해 집을 나간 『인형의 집』의 노라처럼.

평범하고 단조로운 클락스비크 시내와 조용한 쿠노이 섬

칼소이 섬에서 클락스비크로 돌아올 때 보니 배에 갖춰진 설비들의 색깔이 범상치 않다. 차가 주차된 바닥은 초록색, 굴뚝은 짙은 청색이고, 구급용 보트는 주황색, 그 옆의 물건은 짙은 노란색, 또 그 옆에 매달린 물건은 빨간색이다. 푸른색의 산과 물, 하얀색의 안개와 양이 전부인 이 섬을 매력적으로 보이게 하고 화사함을 불어넣어 주는 것은 집들과 저기 보이는 물건들에 사용된 색깔 들이다. 그리고 이 섬의 사람들은 다양한 원색을 과감하게 사용하면서도 촌스러워 보이지 않게 하는 비상한 재주가 있는 것 같다.

탄 곳과 반대편 문이 열려 클락스비크에 내렸다. 클락스비크가 어떤 곳인지 궁금해 높은 곳으로 올라가서 내려다보니 반대편 언덕에 들어선 집들이 한눈에 들어온다. 경사지게 들어앉은 집들은 대부분 회색, 진회색, 흰색 등 무채색이고 잔디 지붕을 한 집들은 보이지 않는다. 창문이 많고 규모가 커 보이는 단독주택들도 많은데 아마 여행객을 위한 게스트하우스로 운영되는 곳인 듯싶다. 하지만 집만 보이고 가게들이 늘어선 상가들이 모여 있는 곳은 아무리 봐도 찾기 어렵다. 수도 토르스하운 다음으로 큰 도시라는데 규모도 확실히 작고 정원을 멋지게 꾸민 집도 거의 보이지 않는다. 물론 누군가 깨끗하고 단정한 집들이 질서정연하게 늘어서 있어 나는 클락스비크가 좋다고 하면 할 말은 없지만.

숙소로 바로 가지 않고 쿠노이 섬을 가보기로 했다. 클락스비크가 있는

△ 페로 제2의 도시 클락스비크
◁ 바위로 바다를 막아 비도이 섬과 길로 연
결된 쿠노이 섬

보르도이 섬과 쿠노이 섬은 다리도 아니고 큰 돌덩이로 두 섬 사이의 물길을
막은 다음 위에 도로를 만든, 일종의 야트막한 댐으로 연결되어 있다. 그 위
의 도로는 차선이 하나밖에 없어 오가는 차들이 눈치껏 순서를 정해야 한다.
반대편 차와 사인이 안 맞아 쿠노이 섬에 들어갔다가 돌아 나올 때 나는 다
리 중간부터 한참을 후진해야 했다.

　여기도 차로가 하나밖에 없는 토끼굴 터널이 있다. 터널을 지나니 평범
한 마을이 나오는데 쿠노이 섬은 집도 많지 않고 그리 예쁘지도 않다. 마을
끄트머리에 있는 교회를 지나니 포장된 길이 끊어지고 울퉁불퉁한 비포장도
로다. 조금 가보았지만 팬 곳이 많아 더 가기가 힘들고 특별한 풍경도 보이
지 않아 사진만 몇 장 찍고 돌아 나왔다.

　저녁으로 먹을 신선한 빵을 사 가고 싶어서 클락스비크 시내로 들어섰
다. 이곳 사람들은 주식이 빵이니 여기에는 빵집이 있겠지 하고 은근히 기대

하면서 차를 몰았다. 페로에서 두 번째로 큰 도시니 좋은 식당이나 가게도 있지 않을까 하고 꼼꼼히 살펴보았는데 저 멀리 언덕 위, 접근성이 떨어지는 곳에 있는 빵집을 한 곳 보았을 뿐이다. 번화한 곳에 가면 빵집도 있겠지 하고 다녀봤으나 특별히 번화한 곳도 없는 데다가 눈을 씻고 찾아봐도 빵집이 없었다.

대형 마트가 있어 약간의 빵과 과일을 사서 한가한 주유소에 주차하고, 밥을 지어서 차 트렁크에서 꺼낸 반찬과 함께 먹었다. 주인집이랑 한 공간에 있으니 저녁을 방에서 먹는 것은 아무래도 눈치가 보여, 늘 밖에서 먹고 들어갔다. 특히나 내 방 열쇠가 없어서 더 그랬다. 도착하는 날 방 열쇠를 달라는 나에게 주인은 오히려 놀란 표정을 지으며 여기서는 현관도 잠그지 않는다고 말했었다. 이곳에서는 빵집이 따로 없고 주식으로 이용하는 빵을 마트나 주유소와 함께 있는 규모가 큰 편의점에서 사는 것 같다. 왜냐하면 숙소로 돌아가 주인아주머니에게 빵집이 어디에 있는지 물어봤더니 별걸 다 묻는다는 표정으로 주유소에 딸린 마트에서 사면 된다고 말했기 때문이다.

비도이 섬의 비다레이디 마을과 푸글로이 섬
— 7월 20일 토요일. 아침에는 맑았으나 종일 안개.

비도이 섬의 비다레이디(Viðareiði) 마을은 내가 머무르고 있는 숙소가 있는 레이르빅에서 30분 정도밖에 걸리지 않는데, 터널로 클락스비크를 지나 다리 하나만 건너면 바로 비도이 섬이다. 숙소를 레이르빅으로 옮겨왔기 때문에 페로제도 우측에 있는 섬들을 여행하기 편하고 시간도 조금밖에 걸리지 않아 정말 편리하다.

비도이 섬으로 가는 다리를 건너다가 보면 다리를 기준으로 두 마을이 서로 마주 보고 있는데 비도이 섬 쪽에 있는 마을이 흐바나순드(Hvanna-sund)다. 흐바나순드는 스비노이(Svinoy), 푸글로이 섬으로 가는 여객선이 떠나는 항구다. 그 사실을 몰랐었는데 마을을 지나가다가 배가 정박한 아담한 선착장이 보이길래 잠시 들러 안내판을 읽어보고 알게 되었다. 선착장을 떠나기 전에, 혹시 이용할 일이 생길 수도 있을 것 같아 배가 운항하는 시간표가 붙어 있는 안내판 사진을 찍어두었다. 하루에 4차례 스비노이, 푸글로이 섬으로만 왕복하는 페리가 운행되는데 운행 시간은 06:00, 08:45,

비다레이디 가는 길에 본 흐바나순드 항과 뒷산

14:45, 18:30분으로 하루 4회다.

　다리를 건넌 후 1차선으로만 된 토끼굴이 나와 통과했다. 이런 곳을 많이 다니다 보니 이제는 익숙해져서 좁은 터널을 지나면서도 아무렇지도 않다. 마을이 보이는 길옆에 차를 세웠다. 왜냐하면 길옆 풀밭에서 전문적인 장비를 갖추고 사진을 찍는 아저씨가 보여 독특한 풍경이 있을 거라고 기대했기 때문이다. 그다지 놀랄 만한 풍광은 아니었지만 나도 사진을 몇 장 찍었다.

　가까운 곳의 풀밭은 초록인데 멀리 보이는 섬들은 칼소이 섬의 등대에서 볼 때처럼 검푸르게 보여, 마치 큰 고래가 바다를 항해하는 것 같아 신기했다. 이때까지만 해도 오돌토돌하고 뾰족뾰족한 능선을 가진 비다레이디 마을 뒷산이 손에 잡힐 듯 등산로까지도 선명하게 보였다. 하지만 마을에 도착

△ 비탈진 비다레이디 마을 길
◁ 비다레이디 바닷가 교회와 무인판매대 ▷ 비다레이디 마을 교회의 소박한 묘지

하고 나서는 점점 안개가 짙어져 산이 보이지도 않고 짙어진 안개가 걷히지
않아 결국 등반을 하지 못했다.

비다레이디는 페로제도 제일 북쪽에 있는 마을이다. 교회가 서 있는 바닷
가로 먼저 가기로 했다. 마을 입구에서부터 도로가 완만한 내리막길이어서
제일 아래로 내려가면 다른 마을처럼 바다와 가장 가까운 곳에 교회가 있다.
교회와 마을 사이에는 노란 야생화가 잔뜩 핀 작은 도랑이 있어서 그 위에 있
는 미니어처처럼 자그마한 다리를 건너가야만 교회로 갈 수 있다.

교회를 지은 지 얼마 안 되는지 기존의 건물과 이어, 새로운 건물을 덧붙

비다레이디 마을의 오래된 카페

해당화가 핀 비다레이디 마을과 뒷산

여 짓고 있었다. 교회와 바다 사이에는 성곽처럼 높은 곳에 만들어진 묘지가 있다. 처음에는 그곳이 묘지인지도 몰랐다. 해안을 따라 돌담으로 사방을 둘러싸서 기다랗게 만든 이곳이 묘지라는 것을 안 것은, 몇 개의 자연석이 서 있는 것을 보고서였다. 멀리 보이는 보르도이 섬을 배경으로 묘비들이 삐뚤 삐뚤 자연의 일부인 양 자연스럽고 불규칙하게 서 있고, 묘비 앞에는 하얀색 이름 표지만 소박하게 붙여 두었다.

바닷가 해변은 모두 바위였는데 모래사장이 있는 낭만적인 바닷가는 아니지만 색색의 이끼들이 눈길을 사로잡았다. 바위 곳곳에 주황색 이끼가 꽃이 핀 것처럼 화려하게 돋아 있고, 마을에서 흘러내리는 도랑이 바다로 흘러들어 물기가 축축한 바위에는 노랑에 가까운 연둣빛, 초록색 이끼도 단조로운 바위에 화려한 색을 입히고 있었다. 지금이 썰물인지 바다와 가까운 바위에는 해조류가 이불처럼 바위를 푹 싸고 있다. 바닷속에도 해조류가 많아서인지 물색이 갈색으로 보인다. 특별한 것은 없지만 인공의 손길이 전혀 미치지 않고도 주황, 연두, 노랑, 진한 갈색의 해조류가 해안을 다채롭게 물들이고 있어 나름대로 운치 있는 바닷가 풍경이었다.

야생화가 있는 비다레이디 마을. 캔버스에 유화

그 사이에도 뒷산을 계속 확인하니 안개가 빠른 속도로 산을 가려 마음이 급해졌다. 아직 정오인데도 바닷가를 떠날 때쯤에는 앞에 보이는 섬도 산꼭대기부터 안개로 덮이기 시작해 아래쪽만 겨우 보인다. 안개가 산 중턱까지 내려와 조금 걱정은 되었으나 페로제도는 늘 어디나 안개가 많은 걸 며칠간 경험했기 때문에 무리해서라도 산에 올라가려고 차를 몰았다. 마을을 소개하는 안내판을 지나 산 아래까지 차를 몰고 올라가니 산자락 끝에 있는, 캠핑카가 마당에 주차된 집에 사는 사람들이 바깥에 나와 있다. 그들에게 등산로 입구를 물었더니, 지금은 안개가 점점 심해지고 있어 산에 올라가다가는 길을 잃고 위험해질 수 있으니 가지 말라고 한다.

부근에 갈 만한 곳이 있으면 추천해 달라고 하니, 클락스비크에 가면 그곳을 내려다볼 수 있는 산이 있다고 가보라고 한다. 내친김에 궁금했던 것도 물어보았다. 페로제도를 여행하다 보면 농경지도 없고 특별히 일할 곳이 없어 보이는데 이곳 사람들은 생업으로 어떤 일을 하는지를 물으니 페로제도에는 어업이 발달해 있다고 말했다. 그래서 어업과 관련된 산업이 발달하여 있고 자신들도 클락스비크에 있는 큰 생선 공장에서 일한다고 했다. 모처럼 동네 주민들과 이야기를 하고 나니 비록 목표였던 등산은 못 했지만, 이 마을에 온 것이 헛되지 않고 의미 있게 여겨졌다.

우연히 푸글로이 섬으로

비다레이디 마을 뒷산을 등반할 계획이 안개로 어긋나 마을의 오래된 카페에서 점심을 먹고도 아직도 시간이 반나절이나 남았다. 뭘 할까 생각하다가 오는 길에 흐바나순드 항구에서 보고 온 배 운항 시간표가 떠올랐다. 확인해보니 푸글로이 섬으로 출발하는 페리를 타러 가기에 아직 여유가 있는 시간이어서 그곳으로 가야겠다고 결심을 하고, 오후 2시 45분 배를 타기 위해 서둘러 비다레이디를 떠났다.

흐바나순드에 도착해보니 이곳에서 운행하는 페리는 차를 실을 수 없어서 선착장 앞 주차장에 차를 세워 두고 배를 탔다. 주차장이 넓어서 출발 시간에 가깝게 도착했는데도 자리에 여유가 있었다. 표를 끊는 곳이 없어 일단 배에 오르니 갑판 위에 사람들이 매우 많다. 수하물도 실려 있는데 흰색, 분홍색, 주황색 국화꽃이 박스에 담겨 있는 것이 매우 인상 깊었다.

배가 항구를 빠져나간다. 늘 그렇지만 이곳에서는 바닷가 창고에 항상 눈이 간다. 물건을 보관하는 창고일 뿐일 텐데도 지붕, 창문, 문 등 어느 것 하나 같은 색깔이 없었는데, 이곳도 예외는 아니다. 출발할 때는 안개가 그렇게 심하지는 않는데 배가 느릿느릿 가는 동안 안개가 점점 더 심해져 바다만 겨우 보였고, 그 바다 위를 뒤뚱뒤뚱 날다가 잠수하는 수많은 퍼핀을 볼 수 있었다.

배의 객실은 지하에 있다. 승선 후 얼마간의 시간이 흐르면 일인 다역을 하는 승무원이 배표를 매표하기 위해 객실로 내려오고 그러면 승객들이 알아서 그곳으로 와 표를 구매한다. 왕복 합하면 2시간 이상 걸리는데 북유럽 쪽의 물가를 생각해봐도 40DKK(한국 돈으로 8천 원)이면 매우 저렴하다. 아마 섬에 사는 주민들의 복지를 위해 이렇게 싼 듯하다. 표를 사면서 승무원에게 돌아오는 배 시간을 물어보았다. 영수증에 "What time start from Fugloy?" 하고 써서 보여줬더니 19:40, 19:30 두 개를 써 준다. 섬에 있는 두 마을 모두 배가 서기 때문에 시간이 다른 것 같았다.

배는 스비노이 섬에 먼저 도착했다. 사람들이 내리고 타는 동안 짐들은 박스에 담겨 도르래로 내려지고 올려졌다. 섬이 좀 큰 편인지 콘크리트로 만든 직사각형 모양의 선착장도 있고 선착장에 차가 한 대 서 있다. 멀리 보이는 집 주변에도 주차된 차들이 보였는데 차를 싣지 못하는 페리만 운항하니 섬 안에서만 차를 이용하는 것 같았다. 지도를 확인해보니 스비노이 섬은 푸글로이 섬 면적의 약 3배는 되는 듯했다.

안개는 점점 심해져 바다 위를 박쥐처럼 파닥거리며 날아다니다 잠수하는지, 사라져버리는 퍼핀밖에 보이는 게 없다. 전년도에 아이슬란드를 다녀왔기 때문에 퍼핀 새라는 것을 알아볼 수 있지, 아니면 나도 그냥 새라고 생각했을 것이다. 보통 새들은 날개가 몸통에 비해 커서 거의 날개를 움직이지 않고도 유유히 날아다닌다. 반면 퍼핀은 몸이 통닭처럼 통통하고 몸에 비해 날개도 그다지 크지 않아 박쥐나 닭처럼 파닥파닥 날갯짓하면서 날고, 수면 위에도 매끄럽게 앉지 못하고 뒤뚱거리며 불안정하게 앉았다가 사라져버린다. 잠수의 달인인 것이다. 그래서 옛날 사람들은 퍼핀이 잠수하는 줄은 모르고 물고기의 일종이라고 생각했다고 한다.

배는 스비노이 섬 다음 선착장에 도착했다. 이곳에서도 많은 사람이 내리고 탄다. 종점이냐고 물어보니 아니라고 한다. 나중에 알았지만 스비노이 섬보다 크기가 작은 푸글로이 섬에는 2개의 선착장이 있었다. 두 마을 중 배가 먼저 서는 곳이 키르키아(Kirkja) 마을인데 대부분의 사람이 이곳에서 내린다. 나중에 배 객실에 붙어 있는 광고지를 보고 알았지만 키르키아 마을에는 숙박 시설도 있고 가게도 있어 섬의 중심이 되는 마을인 것 같았다.

3시 30분에 드디어 마지막 선착장에 도착했다. 지도상으로는 가까운데 흐바나순드에서 거의 45분이나 걸린 것이다. 시간이 늦어서인지 섬을 떠나는 많은 사람이 경사진 길과 계단에 길게 줄을 서서 기다리고 있다. 줄을 길게 선 사람들을 보니 내심 흐뭇한 생각이 들었다. 무작정 이곳으로 왔지만, 저리도 관광객이 많으니 분명히 볼거리가 많거나 경치가 멋진 곳일 것이라는 생각에서였다.

온통 안개뿐인 섬에서 교회에 피신해 있다가 돌아온 푸글로이

배에서 내렸는데 안개가 너무 심해 마을이 하나도 보이지 않는다. 혼자 가다가는 길을 잃을 것 같아 함께 내린 부부 뒤를 졸졸 따라갈 수밖에 없었다. 마을을 가로지르는 길을 조금 걸어가니까 길이 끊어지고 철조망으로 울타리가 쳐져 있는 곳이 나왔고 철조망 옆에 실내가 꽤 넓어 보이는, 마을 회관처럼 보이는 건물이 있었다. 행사가 있는지 마을 주민들이 음식을 준비하느라 분주했다. 함께 배에서 내린 부부가 문 앞에 서 있던 젊은 남자에게 뭔

푸글로이 섬에 있음을 알려주는 유일한 표지   푸글로이 섬의 창고 건물들

가를 물어보았다. 그들의 대화 내용을 전부 알아들을 수는 없지만 이러한 내
용인 것 같았다. 안개로 산행은 불가능하고 이 마을에는 카페와 같은 머물
곳은 없으나 교회는 열려 있어서 머물 수 있다는.

    부부는 뭔가를 묻고는 메모를 하더니 떠나버리고 정말 나 혼자만 섬에
남았다. 돌아가는 배는 오후 7시 30분이나 되어야 오니 꼬박 4시간을 기다
려야 한다. 안개 속에 4시간이나 카페나 가게 하나 없는, 손바닥처럼 작은
마을을 헤매고 다녔다. 다시 생각하고 싶지도 않은, 정말로 지루하고 길고
긴 시간이었다. 보통은 도로 표지판이나 마을 입구에 세워진 동네 이름이 쓰
인 안내판을 보고 내가 어디에 있는지 알 수 있는데 이 섬이 푸글로이 섬이라
는 것을 알려주는 것은 마을 주민들이 공용으로 쓰는 큰 쓰레기통에 서툰 글
씨로 쓰인 푸글로이라는 글씨가 유일했다.

    그렇게 왔다 갔다 이곳저곳을 헤매고 다니며 보니 푸글로이 마을은 집보
다 창고가 인상 깊었다. 흙으로 된 언덕에 집의 3면을 묻고 앞면만 돌을 쌓
은 후 문을 낸 창고가 여러 개 있었는데 실제로 사용하고 있는 듯 페인트칠
도 깔끔하게 되어 있었다. 이런 창고들의 지붕도 각양각색인데 잔디 지붕, 슬

짙은 안개 속의 푸글로이 섬 하타르비크

레이트 지붕 그리고 가정집처럼 예쁘게 지붕을 만든 것도 있었다. 벽이 널빤지로 된 창고도 있었는데 창고 벽에다가 여러 가지 색깔의 꽃을 예쁘게 섞어 만든 조화로 된 화관도 걸어두었다. 가장 실용적인 기능을 추구하는 건물이라고 할 수 있는 창고까지 다양한 색채로 꾸미는 페로제도 사람들의 심리는 어떤 것인지 갑자기 궁금해질 때가 자주 있었는데 이곳에서도 그랬다.

마을에서 바닷가로 갈 수 있는 길은 두 개인데 선착장으로 가는 콘크리트로 포장된 길과 무성한 풀로 덮여 있어 길이 아닌 것 같으나 분명히 길로 사용하기 위해 만든 비포장 길이다. 두 길을 오가며 사진도 찍고 시간을 보냈는데 비포장 길로 가면 아름다운 절벽이 나온다. 위쪽에 마을이 보이는 이 절벽은 화보에나 나올 법한 풍경으로, 선명한 연두색의 예쁜 이끼가 덮인 적갈색 바위 위로 실처럼 가는 물줄기들이 왕관처럼 폭포가 되어 흐르고 있었다.

자세히 보니 넓은 동굴도 있어 바닷물이 드나들고 있다. 날씨가 좋았으면 이곳에는 절대로 오지 않았을 거라는 생각을 하며 이런 멋진 경치를 볼 수 있으니 지금의 상황이 나쁜 것만은 아니라고 자신을 위로하기도 했다. 햇빛이 밝은 날 이끼 위로 실타래를 풀어놓은 것 같은 아기자기한 폭포수들이 흐르는 걸 보면 얼마나 환상적일까 하고 상상도 해보았지만 현실은 그저 춥고 서글펐다. 머리와 날개가 까만 새들이 바위에 일정한 간격으로 앉아 있는 것도 보고 야생화를 배경으로 사진도 찍으며 그곳에서 길고도 지루한 시간을 보냈다.

피신해 있었던 푸글로이 섬의 교회

돌멩이와 조개도 기념으로 몇 개 줍고 선착장으로 가는 길도 또 가보려
고 했으나 시간은 정말 느리게 흐르고 온몸은 으스스하며 피곤하여 교회에
가서 쉬기로 했다. 페로제도에서는 어떤 마을에 가든지 섬의 크기와 가구 수
에 비해 교회가 지나치게 큰 곳이 많았으며 디자인도 세련되었다. 흰색 회벽
과 회색 지붕으로 수도원 분위기가 풍기는 교회도 여러 곳 있었고 잔디 지붕
과 까만 벽에 흰 창문으로 멋을 한껏 뽐내는 교회도 있었다. 그리고 공동묘
지가 옆에 딸려 있다든지 담이 설치된 곳도 많았다.

그러나 푸글로이 섬의 교회는 겉으로 보기에는 다른 곳의 교회에 비해 세
련된 맛은 덜했다. 지붕과 벽의 아래쪽은 벽돌색에 가까운 어두운 붉은색이
고 창문이 있는 벽의 윗부분은 흰색이다. 묘지나 담장도 따로 없고 심지어 양
을 가두기 위한 철조망 울타리가 교회 건물과 이어져 설치되어 있다. 외부에

설치된 계단을 올라가 설마 하는 마음으로 문을 여니 아까 마을 총각이 말한 것처럼 정말 문이 열렸다. 북유럽의 교회는 대부분 루터파 교회다. 5년 동안 매년 여름에 북유럽을 여행하면서 수많은 교회를 방문한 적이 있어 그때마다 문을 열어보았다. 성당과 달리 교회들은 예배를 볼 때를 제외하고는 한 번도 문이 열리는 것을 본 적이 없었는데 진짜로 문이 열리니 신기했다.

실내에 들어서면 전실이 먼저 나오고 그다음 본당이 나왔다. 외부와 달리 교회 내부는 너무나 화사하고 세련된 공간이었다. 100여 명 정도가 앉을 수 있을 정도의 크기인 교회의 벽은 흰색이었다. 예배 의자와 천장은 파란색이고 하얀 레이스가 덮인 예쁜 강연대가 앞에 있었다. 조그마한 피아노도 한 대 있는데 의자를 보니 파란색으로 천장과 색깔을 통일했다. 미사를 위한 준비물을 보관하는 공간도 파랑과 빨강을 섞어 써서 전체적으로 색채의 조합이 깔끔하면서도 단정했다. 십자가는 찾아보기 힘들었지만 아기자기한 소품과 포인트로 사용한 붉은색 때문인지 차갑지 않고 따뜻한 느낌도 들어 편안한 마음으로 쉬어갈 수 있었다.

교회 창문 밖으로 교회 바로 앞집에 사는 부부가 밖으로 나와 뭔가를 하는 게 보였다. 교회 밖으로 나가서 따뜻한 물 한 잔 마실 수 있냐고 몇 번이나 말해보려고 했으나 용기가 나지 않아 그냥 가만히 있었다. 그런데 지금 생각해보면 그때 내가 부부에게 도움을 요청했으면 어땠을까 하는 생각도 든다. 경험으로 보아 페로 사람들이 나처럼 상황이 난처한 사람들을 그냥 내버려 두지는 않았을 것 같다. 운 좋으면 그들 집안으로 초대받아 들어갈 수도 있었을 것 같기도 하다. 그러면 아름답고 좋은 추억이 생겼겠지. 앞이 보이지 않는 안개로 가려진 마을에 나 혼자 남겨진 상황에 기가 질려 자신 있게 누구에게도 도움을 청하지 못했는데 지금 생각해도 많이 후회된다.

부부도 집 안으로 들어가고 더는 있기가 힘들어 교회를 조심스럽게 나왔다. 피곤은 하지만 교회 의자에 누워서 잘 수는 없지 않은가. 아직 안개가 그대로이긴 하지만 마을 위쪽으로 난 길이 보여 조금 위로 올라가 보았더니 헬리콥터 승강장이 있었다. 붉은색과 흰색의 줄무늬가 있는 잠자리채처럼 생긴 것이 달린 곳이 헬리콥터 승강장이라는 것도 그때 처음 알았다. 그 잠자리처럼 생긴 것 아래 표지판에 하타르비크(Hattarvik)라고 쓰인 것을 보고야 내가 있는 곳이 푸글로이 섬의 두 마을 중 어떤 곳에 있는지 정확하게 알게 되었다.

슬슬 선착장 쪽으로 내려오는데 지붕과 벽이 온통 까맣고 창문만 하얀 집에서 한 아저씨가 나와서 뭐 도와줄 것 없는지 물어봐서 배를 기다리고 있다고만 이야기했다. 아까 갔던 마을 회관 같은 곳을 다시 가보았더니 벌써 행사가 끝났는지 아무도 없다. 우리나라 시골 마을 같으면 늦게까지 술잔도 기울이며 모여 놀 텐데 시간이 오후 7시도 안 되었고 백야로 사방이 대낮처럼 환한데도 마을이 한밤중처럼 고요하다.

드디어 배가 올 시간이 머지않아서 선착장에 가니 기다리는 사람이 아무도 없고 나 혼자다. 바위를 보니 바닷물에 잠겨 있는 아래쪽에는 미역이 이불처럼 바위를 덮고 있다. 가까운 바닷물 속에는 파도에 이리저리 흔들리는 바위에 붙은 미역 줄기가 어찌나 풍성한지 물색이 온통 미역색이다. 저 자연산 미역을 채취하여 한국에 수출하면 대박일 텐데 하는 생각도 잠시 했다.

푸글로이 섬을 떠나기 직전에 본 퍼핀 한 마리

발만 빨갛고 물갈퀴가 달린 검정 물새도 구경하면서 배가 오기를 목 빠지게 기다리고 있는데 믿을 수 없는 일이 일어났다. 통통한 퍼핀 한 마리가 선착장 옆, 절벽 가장 위쪽에 있는 바위틈에서 보이는 게 아닌가? 정말 믿을 수 없어서 눈을 비비고 다시 한번 봐도 영락없는 퍼핀이었다. 솔직히 이 섬에 도착하기 전에 바다 위를 날아다니는 수많은 퍼핀을 보면서 이곳에서는 퍼핀을 어디서나 쉽게 만날 수 있겠구나 하고 기대했었다. 안개로 많은 곳을 다닐 수는 없었지만 여기저기 기웃기웃하면서 찾아보았으나 볼 수 없었던 퍼핀을, 떠나기 직전에 보다니. 솔직히 말하면 너무 흥분되어 체온이 올라가고 몸이 살짝 떨리기까지 했다. 이 퍼핀은 안개로 4시간이나 섬에 갇혀 고생한 나를 위로하기 위한 신의 선물인 것 같았다.

7시 40분 도착 예정인 배는 48분이 되어서야 도착했다. 배에 올라탄 내 모습이 무척 힘들어 보였나 보다. 아까 푸글로이 섬으로 배를 타고 올 때 배표를 구입하고 난 뒤 도착, 출발 시각을 알려준 그 승무원 아저씨가 "Are you OK?" 하고 걱정스럽게 물어왔다. 남들 눈에는 내가 피로에 절어 보일지 몰라도 마지막 순간에 퍼핀을 본 나는 감격에 겨워, 힘들다거나 피곤하다는 생각은 전혀 들지 않았다. 주변 사람들에게 절벽을 가리키며 저기 퍼핀이 있었다고, 내가 보았다고 말을 했지만 누가 내 말을 믿겠는가. 나도 그 긴 시간에 잠깐 신기루처럼 보았을 뿐인데. 배가 섬에서 멀어져서 보이지 않는 순간까지도 둥지로 들어가 버린 퍼핀을 다시 볼 수 있지 않을까 하고 그곳을 뚫어지게 쳐다보며 나는 섬을 떠났다.

푸글로이 섬의 등대, 하타르비크에서 키르키아 마을로

— 7월 21일 일요일. 맑음, 잠시만 심한 안개.

오늘 다시 푸글로이 섬으로 가기로 하고 8시 45분 첫 배를 타기 위해 서둘러 준비를 했다. 7시 30분에 나가다가 주인아줌마와 마주쳐서 아침을 못 먹는다고 말했더니, 잠시만 기다리라고 하고는 얼른 도시락을 싸 주었다. 두꺼운 빵에다 버터를 바르고 연어를 넣은 샌드위치와 음료수, 사과까지 비닐 봉지에 넣어주어서 그것을 가지고 출발했다.

어제처럼 클락스비크를 지나 다리 하나 건너 비도이 섬에 있는 마을 흐바나순드에 차를 세우고 푸글로이 섬으로 가는 배를 탔다. 어제처럼 기관장 아저씨는 배를 출발시키고 여유가 생기자 지하로 내려왔다. 나를 보고 놀라는 아저씨께 배표를 산 후 돌아오는 시간을 물어 배표에 적었다. 어제는 마지막 배를 탔지만, 오늘은 바로 앞 시간을 물으니 오후 3시 30분이다.

아침을 못 먹고 와서 선실 안에서 주인아줌마가 싸 준 도시락 절반을 먹었다. 버터를 두텁게 바르고 연어를 넣어 느끼할 줄 알았는데 생각 밖으로 맛있어 놀랐다. 키르키아 마을에서 예상과 달리 많은 사람이 내렸다. '어, 왜지?'

하고 생각하는 동안 어느덧 배는 10분 도 안 걸려 마지막 도착지인, 어제 내가 왔던 하타르비크 마을에 도착했고 3팀 만 내렸다. 4명이 구성원인 가족, 친구 로 보이는 여자 두 명, 그리고 나. 어제 내가 내릴 때 이곳에서 많은 사람이 배 를 기다렸는데 하루 만에 이렇게 소수의

사람 좋던 푸글로이로 가는 페리 승무원 아저씨

사람만 내리고 기다리는 줄도 길지 않아 왠지 불길한 예감이 들었다.

핀란드인들과 동행이 되어 푸글로이 섬의 등대에 오르다

사람들이 가는 곳으로 뒤따라갔더니 여자 두 명은 뒤로 처진다. 중고등 학생 정도 되는 아들, 딸과 부부로 구성된 가족 뒤를 졸졸 따라가니 그들도 길을 몰라 우왕좌왕한다. 이때 내가 아는 척을 했다. 사실 어제 내가 이 마 을을 왔었는데 집 가운데로 쭉 가면 마을 회관이 나오고 그 옆에 잠긴 문을 어제 보았다고 말했다. 자신 있게 앞서서 문까지 데려갔는데 문은 잠겨 있고 사람이 들어갈 수 있는 곳은 아닌 것 같았다. 일순간 침묵이 감돌았고 나는 정말 창피하고 무안하여 땅속이라도 들어가고 싶었다. 지금까지 양들을 보 호하기 위한 철조망 사이의 문 중에 안 열린 문이 없었는데.

4인 가족의 아빠가 현지인 집에 노크해서 길을 알아냈다. 그때쯤 느리게 오던 두 여자도 합류했는데 등대 가는 길은 어제 가보았던 마을 뒤 헬리콥터 승강장을 지나서 "Up, up, up." 하면 나온다고 한다. 나를 제외한 두 팀의 목적지는 모두 등대였다. 나는 이 섬에 등대가 있는 것도 그때 처음 알았다.

푸글로이 섬에서 동행한 학구적인 핀란드 분들　　　　　　양 울타리를 넘어 등대로

섬의 두 마을 사이를 이어주는 길이 있다는 것은 어제 대충 얻어들어 알고 있었지만.

섬에 수시로 안개가 끼기도 하지만 모르는 길을 나 혼자 다니기가 그래서 어느 팀이든 따라다니기로 마음을 먹었다. 처음에는 부부 팀을 따라갔지만 걸음이 너무 빨라 도저히 따라가기 힘들었다. 그래서 뒤돌아와 핀란드에서 온 2명의 중년 여인 팀에게 혼자 온 나의 처지를 알리고 길 잃을까 봐 두렵다고 말하면서 동정심을 유발하여 그들과 동행하기로 했다.

등대로 가는 길은 없었다. 앞서간 가족이 저기 멀리 보이는데 여기저기 뒤져서 갈 수 있는 길을 찾아 말 그대로 'Up, up, up.' 하고 있었다. 우리 팀도 헬리콥터 승강장을 지나 길에서 오른쪽 풀밭으로 빠진 후, 양 울타리로 철사를 두른 곳 중에서 비교적 넘어가기 쉬운 곳을 탐색하여 일단 철조망을 넘어갔다. 우측 대각선 방향으로 한참 걸어간 후에 조그마한 도랑을 지나니 완만하게 경사진 산기슭이 나와 쭉 걸어 올라갔다.

양 울타리인 철조망을 몇 개를 무단으로 넘어가는 동안 마을에서 맑게 보였던 바다와 섬들이 점점 안개 속으로 사라지면서 안개가 우리를 쫓아오

푸글로이 섬 등대와 멋진 절벽 풍경

고 반대쪽으로는 등대가 푸른 하늘을 배경으로 조금씩 보이기 시작했다. 가까이서 본 흰색의 등대는 정말 앙상한 철골과 수직 계단으로만 된 볼품없는 모습으로 서 있었는데 바로 앞은 절벽이었다. 여기까지 함께 온 핀란드인 두 명은 도착하자마자 가방에서 버너와 코펠을 꺼내어 점심을 준비했다. 나는 왠지 그 주변을 얼쩡거리면 민폐를 끼칠 것 같아서 혼자 절벽 투어에 나섰다.

바다가 어찌나 파란지 정말 눈이 부시다는 말로밖에 표현할 길이 없었다. 고개를 옆으로 돌리니 통닭만큼이나 큰 하얀색 아기 새 한 마리가 손이 닿을 만한 데 있는 둥지에 있다. 무슨 새인지는 모르겠으나 저렇게나 크니 아기를 한 마리밖에 못 키우겠다 싶었다. 섬을 둘러싼 절벽이 구불구불 굴곡이 져 있어 일부로 내려다보지 않아도 절벽에 서식하는 새들이 한눈에 들어와, 정말 오기를 잘했다는 생각이 들었다.

어느새 식사를 마쳤는지 핀란드인들도 절벽 쪽으로 걸어왔다. 그러나 그때는 이미 바다에서도 안개가 올라와 그렇게 푸르렀던 바다도 안개밖에 보이지 않았다. 반대쪽으로 가면서 아침에 주인집 아주머니가 싸 준 점심의 나머지 반을 먹으며 새삼 고마운 마음이 들었다. 안개가 점점 심해져 절벽에 사는 새들은 더 볼 수 없었지만 너무나 멋진, 세상 어디에서도 볼 수 없는 풍경을 볼 수 있어서 두 번이나 고생하며 이 섬에 오기를 잘했다고 생각했다.

안개가 너무 심해져 한 치 앞도 안 보여 이제는 내려갈 수밖에 없는 상황이 되었다. 정말이지 핀란드인들을 안 따라왔으면 혼자 많이 무서워하며 길을 잃고 엄청나게 고생했을 것 같다. 올라왔던 길을 더듬어 내려가며 수시로 구글 지도로 방향을 바로 잡던 지적인 핀란드인들. 우리는 안개 속에 거위들과 양, 염소들과 마주치며 드디어 처음 출발 장소로 돌아왔다.

내가 섬을 가로질러 키르키아까지 가겠다고 하니 그들은 도착했던 마을로 내려가겠다고 한다. 아마 마을을 구경하려고 그러는 것 같다. 그래서 길에 서서 작별 인사를 했는데 나를 꼭 껴안으며 "You are best friend"라고 했다. 나도 매우 아쉽고 또 고마워 진심으로 감사하다는 인사를 했다. 마을을 떠난 지 조금밖에 안 되었을 때 반대편에서 산을 넘어오는 가족을 만나 이야기를 나누었는데 우리가 간 등대는 안 가봤다고 했다. 그들과도 헤어져 안개로 아무것도 보이지 않는 급경사진 산길을 걸어 올라가는 데 정말 바로 앞만 보였다. 어디선가 무서운 짐승이 나올 것도 같고 유령이 나올 것도 같아 가슴이 조마조마하고 누군가가 내 목을 죄는 느낌이었다.

혼자서 안개 낀 산을 넘어 키르키아 마을로

△ 안개를 헤치며 혼자 산을 넘어 도착한 키르키아 마을
▷ 키르키아 마을 안 풍경

　　마치 공포 영화를 볼 때와 비슷한 기분으로 사람이라고는 한 명도 만나지 못하고 양 몇 마리만 마주치면서 고개를 넘었다. 다행히 내리막길에 접어드니까 서서히 안개가 걷히기 시작했다. 조금 더 내려가니 맑고 청명한 날씨로 돌변해 저 멀리 있는 섬까지 선명하게 보이고 드디어 키르키아 마을이 나타났다. 바위투성이인 산 아래에 있는 마을은 급경사진 초록색 지붕이 유난히 많았다. 진초록의 지붕과 종탑이 있는 교회는 바로 옆의 몇 개 안 되는 비석이 있는 연두색의 묘지와 반짝이는 바다를 배경으로 유난히 아름답게 빛났다. 너무 긴장하고 산을 넘어와서 햇빛 속

맑은 날의 푸글로이 하타르비크 마을과 피신해 있었던 교회

의 키르키아 마을이 유난히 아름답게 느껴졌을 수도 있다.

배 타는 시간이 3시 30분이어서 마을을 구경할 여유가 없어 바로 선착장으로 갔다. 선착장으로 가는 길은 두 가지가 있다. 급경사의 길로 가도 되고, 가파른 지그재그 형태의 계단을 통해 마을에서 바로 내려갈 수도 있다. 커다란 캐리어를 끌고 금발의, 몸집이 좋은 처녀들 네 명이 오고 또 캐리어 큰 것을 각자 소지한 단체 관광객이 기다리고 있는 것으로 보아 키르키아 마을은 여행객이 꽤 찾아오는 마을 같았다. 계단 위를 보니 배가 들어오는 것을 구경하는 사람도 여럿 있었다. 안개는 완전히 걷혀 점점이 흰 구름이 박힌 푸른 하늘 아래 바다는 눈이 시리도록 푸르다.

페리를 타고 절벽 아래를 지나며 내가 아까 올라갔던 등대 위치를 가늠해보며 10분 정도 가니 두 번이나 방문했던 하타르비크 마을 선착장이 나온다. 거기도 배를 기다리는 사람이 무척 많았는데 아까 만났던 핀란드인 두 명과 4명의 가족도 보였다. 나중에 사진으로 보니 두 마을이 차이가 있었다. 키르키아 마을에서는 커다란 캐리어를 가지고 탄 사람들이 많고, 하타르비크 마을에서 줄 서서 기다리는 사람들은 자그마한 배낭을 멘 사람들만 있고 캐리어를 가지고 타는 이들은 한 명도 없었다.

배를 타고 흐바나순드 항구로 돌아오는 길은 거짓말처럼 안개가 완전히 걷혀 섬의 절벽이 손에 잡힐 듯이 보이고 마을의 모습이 딴 세상처럼 보였다.

미키네스 가는 배를 예약하고

오늘은 숙소에 일찍 돌아왔다. 왜냐하면 이틀 후에 가야 하는 미키네스 배표를 인터넷으로 예약해야 하는데 아직도 발권을 못 했기 때문이었다. 사실 미키네스 가는 배편을 예약하려고 해보지 않은 건 아니다. 여행 떠나기 전에도 시도해봤으나 웬일인지 사이트가 열리지 않아서 실패했는데 숙소에서 나 혼자 해봐도 마찬가지였다.

숙소 2층에는 방이 4개가 있다. 뒷마당과 붙어 있는 방이 내 방인데 작은 베란다가 있어서 문을 열고 베란다에 서면 마당과 동네를 내다볼 수도 있다. 내 방의 문을 열면 2층의 작은 거실로 주인 아주머니는 거기서 늘 삼성 TV를 보았다. 내 방과 나란히 붙어 있는 방이 주인아주머니의 사무실 겸 서재로 거기에 가서 함께 예약했다. 하지만 돌아오는 배표는 매진되어 살 수 없었다. 주인아주머니는 내일 아침에 미키네스 섬을 왕복하는 페리 회사 사무실이 문을 열면, 방법이 없는지 전화해서 알아봐 주겠다고 했다.

드디어 내일이면 정든 숙소를 떠나서 공항과 가까운 곳에 예약해둔 숙소로 가야 한다. 4박 5일간 머문 이 집은 주인 부부가 너무 인정이 넘쳐 떠나기가 아쉽다. 밤에는 마실 온 아주머니와 찻잔을 기울이면서 수다 삼매경에 빠지기도 했다. 그래서 아까 숙소로 들어오면서도 아쉬운 마음에 마을 주변 여기저기를 찍었다. 할아버지 집을 개조해 사는 아주머니네 숙소는 아르가두르(Aargarður) 가에 있는데 주변의 집들에 비해 외관은 다소 평범한 편이고 현재 공사 중이다. 클락스비크와 가까워서인지 이 마을에는 예쁘고 멋진 집들이 많았다. 아주머니가 집에 없을 때 집안 곳곳 사진도 찍었다. 벽과 창문이 모두 흰색인 실내는 그림과 작은 조각, 소형 화분과 사진으로 빼곡히 장식되어 있는데 촌스럽지 않고 깨끗하고 예쁘다.

바가르 섬 산다바구르,
다시 간 레이티스바튼 호수와 트레라니파 절벽
― 7월 22일 월요일. 맑음, 오후에 잠깐 안개.

숙소를 떠나기 전 주인아주머니는 미키네스에서 소르바구르로 돌아오는 배표를 사는 방법을 전화로 확인했다며 알려주었다. 아침 일찍 가서 기다리면 예약 취소로 안 오는 사람이 있어 현장에서 돌아오는 배표 구매가 가능하다고. 방으로 돌아와 마지막 정리를 하고 1층으로 내려왔다. 주인아주머니와 포옹하고 돌아서는데 그녀는 내가 떠날 때까지 문 앞에 계속 서 있었다.

4박 5일간 묵은 레이르빅 마을

보이지 않을 때까지 배웅해주신 숙소 주인

◁ 루나빅 마을 △ 상가 거리가 있는 번화한 루나빅 ▷마녀의 손가락 바위를 보기 위해 간 산다바구르 마을

시간만 낭비한 루나빅 마을

　오늘은 미드바구르의 레이티스바튼 호수를 다시 가볼 생각이다. 공항과 가까운 소르바구르 마을에 마지막 이틀 밤을 묵을 숙소를 예약했기 때문에 숙소와 가까운 곳에 있는 레이티스바튼을 꼭 다시 가고 싶었다. 마음먹었다면 바로 그곳으로 갔어야 하는데 이정표에서 루나빅(Runavik)을 보자 어차피 오늘 특별한 계획도 없는데 들렀다 가자 하는 생각이 들어 이름도 처음 들어본 루나빅 마을을 향해 핸들을 돌렸다.

　루나빅 마을은 큰 배도 정박해 있고 집들도 많은 항구로 가게도 여러 곳 눈에 띄고 관광안내소도 있었다. 흰 면 티셔츠 하나를 계속 입고 다녔더니 세탁해도 색깔이 누레져서, 이 마을에서 옷가게를 찾아가 적절한 가격에 하나 더 장만하였다. 백화점처럼 크지는 않아도 지하에서 지상 2층까지 있는 큰 잡화 가게, 규모가 큰 문구점, 중고가 아닌 새 옷을 파는 옷가게, 주유소, 부동산, 운동복 가게 등 마을 중심에 큰길 따라 상가가 조성된 것이 클락스비크보다 더 번화해 보였다. 루나빅은 아마 주변 마을에서 이곳으로 쇼핑을 하러 오는, 그런 큰 마을인 것 같았다. 문구점에 들어가 꽃이 있는 카드, 퍼핀이 그려진 메모지, 미니 집게를 산 후 관광안내소에서 친절한 여직원이 소개해준

대로 주변의 호수로 갔다. 등반할 수 있는 산도 있다는데 유명한 곳은 이미 다 다녀와서 시시한 산 따위는 이제 올라가고 싶지도 않았다.

호수는 그야말로 정말 호수였다. 아무것도 볼 게 없고, 산책로는 잘 만들어져 있으나 사람도 나 하나밖에 없이 썰렁하고, 일산의 호수공원보다 못한 곳이어서 엄청나게 실망하여 조금 걷다가 돌아 나왔다. 그리고 맑은 날씨인데도 바람이 심해 눈물이 앞을 가렸다.

루나빅을 다녀오느라 숙소에서 아래쪽으로 내려왔다가 다시 올라가는 바람에 토르스하운까지만 해도 50㎞ 이상을 달려야 한다. 아침에 빨리 출발했음에도, 마음에 썩 드는 풍경도 보지 못하고 이곳에서 시간을 너무 많이 낭비해 이미 정오가 가까워졌다. 그래서 레이르빅과 루나빅 마을이 있는 에스투로이 섬에서 다리를 지나 스트로모이 섬까지 간 후 쉬지 않고 달려 바가르 섬에 도착했다.

바람이 거셌던 바가르 섬
산다바구르 마을의 마녀의 손가락 바위

마녀의 손가락 바위를 보기 위해 산다바구르(Sandavagur) 마을 뒤로 달려가니 포장된 도로가 끝나고 비포장도로가 시작되는 곳에 차들이 몇 대 주차된 곳이 보여 나도 거기에 주차했다. 그때 승마복을 멋지게 차려입고 검은 말을 탄 여자분이 '마녀의 손가락 바위(Trollkonufingur)'가 있는 방향에서 나와 지나갔다. 그래서 여기서부터는 승마나 도보용 길이어서 차는 못 다니겠구나 생각하고 걸어갔다. 바람이 어찌나 세게 부는지 눈물을 줄줄 흘리며 걸어가는데 웬걸 다른 차들이 쌩쌩 달려가고 있지 않는가! 생각보다 거리가 멀

바가르 섬 산다바구르 마을 옆 마녀의 손가락 바위

어, 걸어도 걸어도 마녀의 손가락은 보이지 않는다.

　드디어 손톱 끝이 보이기 시작하고 양 출입문이 있다. 평소에도 바람이 얼마나 세면 페로제도에서 처음으로, 방문객의 안전을 위해 절벽 가까운 곳에만 얼기설기 철망을 쳐둔 것이 보였다. 바다에서 수직으로 솟은 검지손가락이 하늘을 향해 손가락질하는 것 같은 모양의, 손톱이 뾰족한 마녀의 손과 팔 모양의 바위가 절벽 끝에 서 있는 것이 멀리 보인다. 바람이 날아갈 듯 심하게 불고, 서 있는 곳과 일직선상의 절벽 가까이 있는 손가락을, 고개를 힘껏 빼고 힘들게 바라봐야 하므로 잠시만 보다가 주차장으로 걸어갔다. 바람을 맞으며 먼 길을 묵묵히 걸으며 결심했다. 기약은 없지만 다음에 이곳에 다시 온다면 반드시 끝까지 차를 몰고 들어오겠다고.

△ 트레라니파 절벽에서 바라본 안개 속의 호수와 바다

◁ 다시 방문한 레이티스바튼 호수와 트레라니파 절벽 △ 부르면 언제든 돌아보는 페로제도의 양들 ▷소르바구르 숙소

안개 속에 다시 만난 트레라니파 그리고 양들과의 눈 맞춤

페로제도에서 다시 가고 싶은 곳을 한 곳만 꼽으라면 트레라니파 절벽이다. 절벽을 사이에 두고 호수와 바다가 샌드위치처럼 보이는 곳은 세상 그 어디에도 볼 수 없는 절경이어서 다시 가기로 했다. 이번에는 자신 있게 미드바구르 마을로 바로 간 다음 반대쪽에 교회가 보일 때 좌회전을 하였다. 병원까지 50m 정도 가다가 우회전하여(우회전 길밖에 없다.) 매표소까지 쭉 차를 몰고 올라가 차를 주차하고 맞은편 입구로 들어갔는데 이미 늦은 오후라 사람이 거의 없다. 입장권을 사서 혼자서 절벽까지 걸어가는데 안개가 몰려오기 시작한다. 사진이 잘 나오게 하려고 일부러 지난번과는 다른 컬러풀한 옷으로 갈아입고 갔는데 루나빅을 들렀다 오는 바람에 늦은 것이다.

트레라니파 절벽에 도착하니 안개가 심해져 호수와 절벽 아래 바다가 흐릿하게 보이는데도 바다는 프러시안블루 색깔로 출렁거리는 게 정말 신기했다. 그때 젊은 남자가 올라와서 말을 걸어왔다. 그는 독일에서 왔다고 자신을 소개하며 자분자분 이야기를 잘했다. 오늘 공항에 도착해서 바로 이곳으로 왔다고 하는데 독일도 35℃로 많이 덥다고 했다.

안개가 많이 끼어 안타깝기도 하여 사진이 잘 나오는, 전망이 좋은 장소를 알려주니 좋아한다. 마침 안개도 조금 걷혔는데 그곳에서 독일인이 사진을 찍으니 나는 찍을 수가 없다. 다시 안개가 심해지고 독일인은 그곳을 떠났다. 나는 날씨가 좋아질 때까지 기다리겠다고 말하고 계속 안개가 걷히기를 기다렸다.

이번에는 아기가 있는 젊은 부부가 올라왔다. 젊은 아빠는 사진 찍기를 아주 좋아하는 듯해서 딸과 자신의 사진을 열심히 찍는다. 그분에게 부탁하여 사진을 한 장 찍고는 안개가 걷힐 기미가 없어 그냥 내려왔다. 안개 속 양

△ 소르바구르 숙소에서의 전망

◁ 소르바구르 항구 주변의 자그마한 카페 ▷ 미키네스 섬으로 가는 배는 배표를 예매하지 않아도 모두 태우고 출발한다.

들이 절벽 바로 옆에서 풀을 뜯어 먹다가 '헤이' 할 때마다 카메라를 쳐다보면서 멋진 포즈를 취해준다. 고독하게 살다 보면 주변에 무관심해질 텐데 이곳 양들은 부르면 꼭 돌아다보는 것이 정말 재미있다. 그리고 재미있는 건 꼭 사람들이 다니는 길옆에서 풀을 뜯는다는 점이다. 다른 곳에도 풀이 많은데. 이국의 호수 길을 혼자서 걸어가면서 새들이 마라톤 하듯 초원을 달리는 모습도 보고, "헤이!" 하고 양들을 불러 눈도 맞추는 등 자연을 만끽하며 걸어 내려오니 먼 길도 지루하지 않고 즐거웠다.

숙소는 전에 가사달루르 폭포를 보고 돌아오면서 미키네스 가는 배편을 확인하러 들어갔던 소르바구르 마을의, 1층이 카페인 노란 건물의 2층에 있었다. 1층에 있는 카페 겸 레스토랑은 사장님이 운영하시는 가게라는 걸 숙소에 가서 알게 되었는데 평점이 좋아서 예약했었다. 아침 식사가 늘 냉장고에 넣어둔 샌드위치였다는 점 빼고는 모두 만족스러웠는데 1인실 숙소인데도 전망이 기가 막히게 좋다. 네모난 스탠드는 분위기 있는 따스한 노란색이고 천장 등 역시 스탠드처럼 예쁘다. 레이스 커튼이 하늘하늘 예쁘고 흰 꽃무늬가 있는 보라색 침구도 센스 만점이다. 숙소 위치와 전망, 실내장식만 보면 높은 평점을 줄 만하다는 생각이 들었다. 창밖으로는 바다와 폭포가 있는 가사달루르 마을로 가는 길이 보이고 창가로 조금 더 가까이 다가가면 미키네스 섬으로 가는 페리를 타는 작은 항구가 바로 보인다.

미키네스 섬의 퍼핀과 순박한 스페인 아저씨 알베로
— 7월 23일 화요일. 구름.

레이르빅 숙소 아줌마가 사무실에 전화해서 알아낸 정보대로 돌아오는 배표를 구하기 위해, 배 출발 시각은 10시 20분이지만 아침 일찍 선착장으로 나갔다. 숙소가 가깝지만, 차를 몰고 가서 넓은 주차장 아무 곳에나 세워 두고 살펴보니 벌써 몇 명이 주변 벤치에서 기다리고 있다. 그때는 정말 돌아오는 표를 구해야 한다는 일념에서 주변의 모든 사람이 경쟁자로 보였다.

그때 덩치 큰 아저씨가 말을 걸어서 이야기를 나누었는데 나중에 알게 됐지만 이름이 알베로(Alvaro)인 스페인 아저씨다. 어제 페로에 도착하여 토르스하운에 묵고 있는데 왕복표 모두 못 끊었다고 한다. 나는 그에게 배표를 사는 방법을 알려주었다. 한국에서 사려고 했는데 실패하고 숙소에서도 되지 않아 숙소 아주머니와 함께 미키네스 사이트에 들어가 어느 부분을 누르니 표를 살 수 있었는데 돌아오는 배표를 못 구하고 가는 것만 구했다는 이야기와 함께. 알베로 아저씨는 나처럼 작년에 아이슬란드에도 다녀왔다고 하면서 고향인 스페인의 여름이 너무 덥다고 하시면서 지긋지긋하다는 표정을 지으셨다.

미키네스 섬이 페로에서 꼭 가고 싶은 곳 몇 곳 중 하나였기에 표를 구하지 못하면 어떡하나 하는 불안감에 주변의 모든 사람이 경쟁자로 보이고 심지어 알베로 아저씨까지 그렇게 보여 배를 타는 곳 가까이 혼자 와서 기다렸다. 드디어 예약한 사람들의 승선이 끝나고 대기자를 태우기 시작했다. 출력해간 종이를 보여준 후 돌아오는 배표를 현금으로 샀는데 100DKK를 주었는데도 거스름돈 40DKK를 줄 생각을 하지 않아서 그냥 배에 올랐다. 알베로 아저씨는 카드로 사던데 나도 그럴 걸 그랬다. 돈이 아까워서가 아니라 페로제도에 대한 그간의 인상이 좋기만 했는데 그것으로 인해 그런 내 마음이 훼손되는 게 조금 속상해서다.

배는 결국 출발하기 얼마 전에 온 대기자까지 모두 태우고 떠났다. 거의 20명이나 되는 것 같다. 다음에 다시 온다면 예매를 못 해도 불안해하지 말고 그냥 조금 일찍 와서 기다리면 미키네스를 날씨가 좋은 날 골라서 갈 수도 있겠다 하는 생각이 들었다.

미키네스 섬으로 가는 배는 소르바구르 항구를 떠나서 가사달루르 폭포와 등대가 있는 곳을 지나갔고 사람들 대부분은 갑판에 서서 멋진 풍광을 보면서 사진 찍기에 바빴다. 특히 세모 모양 바위가 특이하고 멋졌는데 틴드홀무르(Tindholmur) 바위다. 코끼리 다리처럼 생긴 바위, 윗부분이 뾰족뾰족한 바위, 넓적하고 네모난 바위 등 잠시도 눈을 뗄 수 없는 곳 사이를 지나 배는 한 시간 만에 섬에 도착했다. 배가 내리는 곳은 절벽으로 둘러싸인 둥글게 쏙 들어간 만으로 절벽 어디에나 갈매기로 하얗게 덮여 있었다. 여름에만 배가 운영되고 나머지 기간에는 외부인이 섬에 들어올 수 없어서인지 도착하는 곳부터 뭔가 특이한 느낌이 드는 섬이다.

△ 미키네스 섬으로 가는 길에 보이는 틴드홀무르 바위
△△ 미키네스 섬 가는 길에 보이는 바위들

　　마을로 가려면 가파르게 경사진 언덕을 따라 난 구불구불한 계단을 올라가야 하는데 돌아오려는 사람들이 계단에 층층이 줄지어 서 있는 모습을 배에서 보는 것도 이색적인 풍경이었다. 계단 옆에는 짐을 마을에서 배로 도르래를 이용하여 위아래로 운반할 수 있게 만든, 곧게 뻗은 가파른 계단이 따로 나 있다.

　　여기서도 푸글로이 섬처럼 배에서 내릴 때 내리는 곳에서 1명, 배 안에서 1명 해서 총 2명이 손을 잡아주어 안전하게 내릴 수 있게 도와준다. 계단을 올라가니 섬의 트레킹 코스와 새들을 안내하는 표지판이 두 군데 있었다. 등대까지 가는 5번 코스의 길은 갈 수가 없는데 그 이유는 퍼핀이 집단 서식하는

언덕 위의 미키네스 마을과 선착장 풍경

곳으로 지금은 어린 퍼핀을 엄마 퍼핀이 양육하는 기간이기 때문이라고 했다.

가구 수가 많지 않은 자그마한 마을로 들어가 무작정 걷기 시작했다. 일을 마치고 농기구를 가지고 돌아오는, 농부처럼 보이는 아저씨에게 어떤 길로 가야 하는지 물어보니 저기 단체 관광객이 있는데 그들을 따라가라고 가르쳐준다. 그래서 은근슬쩍 단체 관광객 뒤를 졸졸 따라다녔는데 가이드가 나에게 일행이냐고 물어 눈치가 보여 멀찌감치 뒤따라갔다. 지붕은 날아가고 돌담과 문틀만 남은 오래된 집 앞에서 사진도 찍고 철조망으로 우리를 만들어 기르고 있는 거위도 보면서 천천히 따라가다가 길이 좌우로 갈라졌다. 가이드는 좌측으로 방향을 틀었는데 우측에서 오는 분들이 있어 그쪽으로 가면 무엇이 나오는지 물어보니 절벽밖에 볼 것이 없다고 하여 계속 단체 관광객에 따라붙었다.

깎아지른 듯한 절벽이 멋졌으나 퍼핀은 아직 보이지 않아 실망스러웠다. 혹시나 퍼핀을 볼 수 있지 않을까 해서 경사가 완만한 곳에서 절벽 아래로 내려가 보았다. 그랬더니 조금 더 아래로 오솔길이 나 있는 것이 보였다. 나중에 생각해보니 그 길이 등대로 가는 5번 길이거나 주민들이 퍼핀 알을 주울 때 이용하는 길인 것 같았다. 다시 올라와서 절벽을 따라 걷고 있는데 풀밭

△ 미키네스 섬의 아름다운 절벽
△△ 언덕 위에서 내려다본 미키네스 마을

이 높은 곳에서 마을까지 완만하게 경사져 있어 저 아래 보이는 마을까지 데
굴데굴 굴러가고 싶은 생각도 들었다.

미키네스 섬에서 물고기를 입에 물고 다니는 퍼핀을 처음 보다

사람들이 시야에서 다 사라져 혼자서 걸어가는데 갑자기 입에 작고 긴, 실처럼 생긴 생선을 잔뜩 물고 있는 퍼핀 한 마리가 눈앞에 나타났다. 길옆 작은 바위에서 한참을 왔다 갔다 하다가 날아가면 또 다른 퍼핀이 나타나서 그 모습을 보느라 자리를 뜨지 못하고 있는데, 그때 알베로 아저씨가 반대편에서 나타났다. 퍼핀이 이곳에 있다고 흥분해서 말씀드렸더니 저쪽에는 잔뜩 있다고 했다. 그 말을 듣고 섬의 끝 쪽으로 짙은 안개를 뚫고 뛰다시피 걸어갔다. 날씨가 춥고 바람이 너무 심해 비옷 안에 가져온 오리털 패딩까지 껴입었는데도 날씨가 쌀쌀하다.

한참 가다 보니 무슨 돌탑인가가 보이고 그 부근에 사람들이 여럿 모여 바위를 올려다보고 있다. 가까이 가보니 퍼핀 한 마리가 꼼짝하지 않고 바위 위에 앉아 사람들이 가까이 다가가도 꼼짝도 하지 않고 있다. 다른 퍼핀들이 여러 마리 왔다 갔다 하는 동안에도 한 마리는 꼼짝도 하지 않고 모델처럼 앉아 있어 사람들이 살며시 다가가 사진도 찍고 나도 흥분해서 여러 장 찍었다. 사람들이 떠나고 혼자서 보고 있는데 어디선가 동양인 남자가 와서 사진을 찍기 시작했다. 적당한 거리를 유지해야 하는데 보기에도 무리하게 욕심을 부려 가까이 다가가니 그만 퍼핀이 날아가 버렸다.

바다 쪽에서 안개가 점점 올라와 이제 아무것도 보이지 않고 바로 앞만 보이는 섬 끝으로 발걸음을 옮겼다. 도착하니 등대로 가는 길은 정말 "Closed"라고 쓰여 있고 막아두어 내려갈 수가 없다. 바람이 심하게 불 때 피신하라고 만들어둔 건지, 높이 50㎝ 정도의 정사각형 구멍을 크게 하나 파놓은 게 인상적이었다.

그런데 사진을 찍고 돌아 나오는데 퍼핀 한 마리가, 높은 곳도 아니고 사

△ 미키네스 섬에서 처음 본 물고기를 물고 다니는 퍼핀
▷ 미키네스 섬의 수많은 퍼핀

람들이 돌아다니는 풀밭에서 길고 어린 물고기를 입에 잔뜩 물고 돌아다니고 있지 않은가! 게다가 아까 본 것과 달리 통닭처럼 통통하고 예쁘고 귀엽게 생겼다. 남편 퍼핀인가도 다녀가고 주변에 다른 퍼핀들이 날아다니며 왔다 갔다 하는데도 전혀 사람들을 의식하지 않고 풀밭을 배회하는 한 마리 퍼핀! 너무 기뻐서 넋을 놓고 앞모습, 옆모습과 뒷모습 등을 마음껏 살펴보았다. 패딩 위에 비옷을 입고도 콧물이 코끝에 송골송골 맺힐 정도로 추운 날씨였지만 환희에 겨워 추운 줄도 몰랐다.

마을로 다시 돌아가기 위해 왔던 길을 돌아가던 중 절벽 아래쪽을 우연히 보고 깜짝 놀랐다. 그리 멀지 않은 곳에 퍼핀들이 무리 지어 잔뜩 모여 있

미키네스 섬의 안내소와 숙소를 겸하는 레스토랑과 소르바구르 숙소에서 바라본 선착장 전망

는 것이 아닌가! 날갯짓하는 퍼핀, 나란히 둘러앉은 퍼핀들, 모두 부리와 발의 붉은색이 선명하고 몸이 통통하고 하얗고 예쁘다. 이번에도 또 한참을 쳐다보다가 마을로 돌아왔다.

이번에는 직선으로 마을까지 똑바로 풀밭을 가로질러 내려왔다. 화장실에 가서 거울을 보니 머리까지 안개에 축축하게 젖어 거지가 따로 없다. 선크림을 다시 바르고 화장을 살짝 고친 후 동네를 산책하다가 마을의 유일한 가게인, 나무에 검은 글씨로 'Shop'이라고만 쓰인 곳을 들어갔다. 가게 안에는 아기자기하고 고풍스러운 기념품이 많다. 뚜껑 있는 미니 도자기통 2개랑 캐러멜 사탕 2봉, 퍼핀 사진이 있는 자석 등을 샀는데 합해서 150DKK (3만 원)로 가격도 저렴했다.

가게 주인 할머니와 함께 사진을 찍은 후 나와서 조금 걸어가니 안내소 표지가 있다. 찾아갔더니 레스토랑이랑 숙소도 겸하는 곳이다. 레스토랑 이름은 'The Locals'라고 벽에 쓰여 있는데 판매하는 메뉴도 간판이나 입간판이 아니라 낙서하듯 외벽에 쓴 것이 특이하다. 춥기도 하고 커피도 마시고 싶어 안으로 들어갔다. 섬에 온 사람들은 배 시간을 기다리며 거기 다 모여 있는지 사람들이 정말 많다.

스페인 아저씨 알베로와의 만남과 이별

마침 그때 지하에 갔다가 자리가 없어 올라오는 알베로 아저씨를 만났는데 이미 음식을 시켜서 쟁반에 들고 있었다. 'Home made fish soup'가 맛있고 빵까지 준다고 추천해줘서 나도 같은 걸 주문했는데 양도 많고 맛있었다. 고맙게도 그가 카운터 쪽에 내 자리까지 마련해줘 나란히 서서 먹었다. 전기난로 불빛으로 실내가 기분 좋은 핑크빛으로 물들어 피로가 말끔히 가시고 안쪽의 전기난로 앞 공간이 비어 얼른 그쪽으로 가 앞뒤로 몸을 돌려가며 젖은 옷도 말렸다.

카운터에 가서 떠나는 시간을 확인하니 얼마 남지 않아 혼자 얼른 급하게 나가서 줄을 섰다. 혼자서 여행 다니면서 몸에 밴 습관으로 여행지에서는 누구에게도 의존하지 않고 주체적으로 빨리빨리 움직이는 나는, 아저씨를 두고 얼른 줄을 서려고 나갔다. 올 때와 달리 안개에 머리까지 젖어 사람들의 행색이 꾀죄죄하고 피곤해 보인다. 나도 예외는 아닐 터인데 검은색 동네 강아지만 모여든 사람들을 보고 좋아서 날뛴다.

배를 기다리는 사람들을 보니 안개비 내리는 추운 날씨에 너나 할 것 없이 모두 있는 대로 옷을 껴입고 모자가 달린 옷을 입은 사람들은 모자까지 뒤집어쓰고 있다. 나도 니트 모자를 쓴 위에 패딩 잠바 모자까지 쓰고, 그 위에 비옷을 입은 다음 한기가 들어가지 않게 비옷 앞쪽을 꼭 잡아맸는데도 추위 때문에 카메라 속 얼굴 피부가 파랬다. 지금 계절이 여름이고 여기도 분명 여름인데, 피서는 제대로인 것 같다.

배를 타고 안개가 뿌옇게 낀 바다와 섬들 사이를 지나 돌아오면서 보니 이런 우중충한 날씨에도 육지에 부서지는 순백색과 옥빛의 파도가 너무나 아름다워 전율을 느낄 정도였다. 그리고 육중한 알베로 아저씨가 내 옆에 있어

◁ 미키네스로 가는 배가 떠나는 소르바구르 마을　△ 미키네스 섬에서의 추억, 앞쪽이 스페인 알베로 아저씨　▷ 미키네스 섬에서 돌아올 때 안개 속에 부서지는 옥색 파도

뭐랄까 포근한 느낌도 들었다. 내일이면 이곳을 떠나니 실질적으로는 오늘이 여행의 마지막 날이다. 페로제도에서의 모든 미션을 만족스럽게 끝낸 것이 너무 기분이 좋아 "얼어붙은 달그림자 물결 위에 자고 한겨울의 거센 파도 모으는 작은 섬. 생각하라, 저 등대를 지키는 사람의, 거룩하고 아름다운 사랑의 마음을"이라는 가사의 노래 〈등대지기〉를 오는 내내 조그맣게 흥얼거리며 등대를 지나 육지로 돌아왔다.

　나를 따라온 알베로 아저씨가 토르스하운 가는 버스 정류장까지만 태워달라고 하기에 알겠다고 했다. 그를 태우고 조금 가다가 미키네스 예약 사이트에서 읽은 내용이 갑자기 생각났다. 표를 예약하면 토르스하운 왕복 버스 편을 제공한다는 것. 고개를 우측으로 돌려보니 길에 버스가 서 있어 알베로 아저씨에게 그 사실을 알려드리고 저 버스를 타면 될 것 같다고 말했다. 버스가 떠날까 봐 급하게 가느라 인사도 제대로 못 했지만 뭔가 좋은 일을 한 것 같아 마음이 흐뭇했다.

　참고로 미키네스로 가는 페리의 출발 시각은 다음과 같다. From Sørvagur 매일 오전 10시 20분, 오후 4시 20분(2회). From Mykines 매일 오전 11시 5분, 오후 5시 5분(2회).

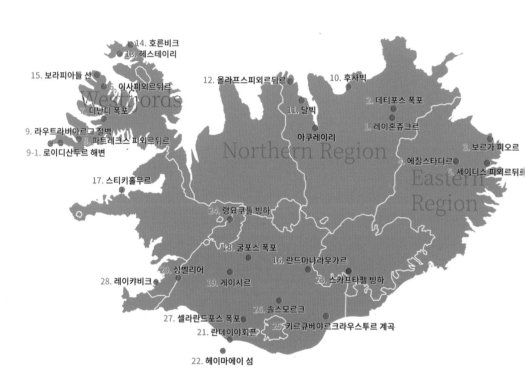

14. 호른비크
13. 헤스테이리
15. 보라피아들 산
16. 이사피외르뒤르
Westfjords
12. 올라프스피외르뒤르
10. 후사빅
2. 데티포스 폭포
7. 디난디 폭포
11. 달빅
1. 레이혼쥬크르
9. 라우트라베아르그 절벽
아쿠레이리
Northern Region
3. 보르가 피오르
8. 파트레크스 피외르뒤르
에질스타디르
Eastern
9-1. 로이디산두르 해변
5. 세이디스 피외르뒤르
Region
17. 스티키홀무르
24. 랑요쿨 빙하
18. 굴포스 폭포
16. 란드마나라우가르
28. 레이캬비크
20. 싱벨리어
4. 스카프타펠 빙하
19. 게이시르
27. 셀라란드포스 폭포
26. 솔스모르크
21. 란데이야회픈
25. 키르큐베야르크라우스투르 계곡
22. 헤이마에이 섬

III

2019년 페로제도를 떠나 다시 아이슬란드로

✗ Golden circle ✗

다시 가본 골든서클(굴포스, 게이시르, 싱벨리어)
― 7월 24일 수요일. 구름.

오늘은 페로제도를 떠나 아이슬란드로 가는 날이다. 비행기가 8시에 출발해서 새벽 일찍 일어났더니 창밖이 온통 푸른색이다. 물결에 비춰 흔들리는 가로등 불빛이 아름답고 먼 곳의 섬들과 물길은 어슴푸레한 안개에 휘감겨 신비롭다. 저 길로 가사달루르 마을에 있는 폭포도 가고 미키네스 섬에 퍼핀을 보러 갔었지. 바다 반대편의 집들은 아직 잠에서 깨어나지 않고 현관 앞에 달린 백열등만 점점 빛을 잃어가고 있다.

공항에 도착하니 렌터카 회사가 아직 문을 열지 않아서, 사무실 앞 벽에 달린 키 통에 차 키를 넣고 공항 안으로 들어갔다. 공항은 단층의 작은 공간이지만 면세점도 있고 관광 시즌이라 사람들도 꽤 있다. 아틀란틱 항공사(Atlantic Airways)라는 거창한 이름을 가진 페로 국적기 항공사는 소유한 비행기가 고작 2~3대뿐이라는데, 이른 아침이어서인지 창밖에는 오직 두 대의 국적기 비행기밖에 보이지 않는다.

출발하는 비행기를 타기 위해 이미 게이트를 나간 승객들은 고작 몇십 미터 걸어서 비행기 계단을 오른다. 좀 있다가 나도 비행기에 올랐다. 하얀색 비행기 앞쪽에는 'Atlantic Airways'(아틀란틱 항공사)라고 쓰여 있고, 뒤쪽에는 큰 글씨로 'Faroe Islands'(페로제도)라고 쓰여 있다. 도착할 때처럼 먹구름이 낀 하늘을 배경으로 비행기는 날아올랐고 나는 작년 2018년도에 이어 두 번째로 아이슬란드로 날아갔다.

아이슬란드 케플라비크(Keflavik) 공항에 도착하여 짐을 찾을 때 컨베이어벨트가 멈추어 설 때까지도 배낭이 나오지 않았다. 내가 작년에 이어 아이슬란드에 다시 온 이유를 하나만 들라면 란드마나라우가르에서 솔스모르크까지 등반하기 위해서다. 덴마크와 페로제도를 거쳐 드디어 이곳까지 이십여 일에 걸쳐 그 무거운 짐을 끌고 왔는데 배낭이 사라지다니!

머리가 하얘져서 분실된 짐을 찾기 위한 접수창구에 갔더니 직원이 하는 말이, 배낭은 다른 수하물에 끈이 걸릴 수 있어 따로 나온다고 한다. 어디 어디로 가라고 손으로 가리키는데 너무 놀라 제정신이 아닌 내 상태를 알아본 직원이 직접 짐이 나오는 곳까지 안내를 해줬다. 배낭을 찾은 후 짐이 나온 곳을 보니 백팩, 유모차 등이 바닥에 그냥 널브러져 있다. 미리 안내라도 해줘야지. 그동안 캐리어가 안 와서 고생한 경험 때문에 짧은 시간이지만 너무나 놀랐다.

40일간의 긴 여행이어서 배낭까지 4개나 되는 짐을 끌고 렌터카 회사를 찾아 나섰다. 2018년 아이슬란드에 왔을 때는 숙소로 차를 가져다주는 조건으로 계약해서 어려움이 없었는데 회사로 바로 가야 하니 막막했다. 일단 안내센터에 가서 물어보니 유로카만 공항 내에 있고 다른 렌터카 회사를 가려면 셔틀버스를 타고 가면 된다고 한다. 그래서 무료 셔틀버스에 힘들게 짐을 싣고 출발했다.

렌터카 회사에 도착해 안으로 들어가니 사람들이 많아 한참을 기다린 후에 차를 받았는데, 원래는 페로제도에서 타던 차와 같은 것을 계약했으나 동급이라고 다른 차를 주었다. 그런데 이 차는 페로제도에서 타던 하이브리드 차가 아닌 평범한 휘발유 차로 연료도 많이 들고 무엇보다도 차량용 밥솥이 작동되지 않아 차에서 밥을 해 먹을 수가 없었다. 무슨 이유인지 일정 시간이 지나면 시거잭의 전원이 나가 밥이 끓다가 말아버려 설익은 밥이 되었다. 게다가 이 차는 라디오가 아예 작동하지 않고 차 외관도 흠집이 여기저기 있었다.

다시 간 골든서클, 편안함보다 새로운 것이 좋다

아직 오전이라 그냥 숙소로 들어가기는 시간이 아까워 작년에 여행한 곳 중에서 레이캬비크랑 가까운 골든서클(굴포스, 게이시르, 싱벨리어)에 다시 가보기로 했다. 공항에서 3시간 정도 달려서 굴포스 폭포에 도착했다. 오늘은 날씨가 좋아 작년에 비가 와서 못 본, 폭포 위에 뜬다는 무지개를 볼 수 있지 않을까 기대를 하고 갔는데 푸른 하늘이 간간이 보이기는 하나 구름이 점점 많아져 기다려도 무지개를 볼 수 없었다.

다음은 게이시르다. 이상하게 두 번째 오니 신기한 느낌도 없고 해서 작년에 못 가본 게이시르 뒤쪽에 있는 산(산이라기보다는 언덕에 가까운)을 올라갔다. 올라가 보니 게이시르라고 불리는 간헐천과 또 다른 간헐천 주변에 모여든 사람들과 주변 풍경이 한눈에 들어와 올라오기를 잘했다는 생각이 들었다. 언덕 위 높은 데에도 곳곳에 물이 보글보글 끓는 웅덩이들이 있는 것도 신기했다.

△ 굴포스 폭포 △△ 게이시르 주변의 간헐천

이어서 싱벨리어로 갔다. 백야라 어둡지는 않고 아직 햇살이 남아 있지만 이미 늦은 시간이라 사람들이 그다지 없어서 꽃을 배경으로 사진을 마음껏 찍었다. 작년에는 낮에 와서 사람들이 길에 가득했으나 오늘은 오후 7시가 넘었지만 대낮처럼 환한데도 의회 자리 앞 호수 주변에는 사람이라고는 나 혼자밖에 없다. 경치가 아름다워 사진을 많이 찍었는데 이곳에서 마음에 드는 사진을 정말 많이 얻었다.

돌아가는 길은 항상 너무도 멀다. 아이슬란드를 작은 나라라 생각하는데 우리나라 남한만 한 크기라 골든서클 지역을 제외하고는 한참을 달려야 한다. 항상 여유를 부리다가 숙소에 늦게 도착하는데 이날도 밤 10시 넘어서 도착했다.

레이캬비크도 페로제도처럼 시내에는 일방통행 길이 많아 구글로 숙소 부근까지 갔으나 도저히 찾을 수가 없었다. 할 수 없어 지나가는 사람에게 물어보니 번화가인 라우가베구르(Laugavegur) 가에서 건물 1층이 뚫린 곳으로 들어가라고 한다. 좁은 공간을 지나니 열린 공간이 나오면서, 큰 건물에 가려 있던 단독주택인 그레티어 게스트하우스가 나온다.

숙소 문을 두드리니 백인 아주머니가 나와서 문을 열어준다. 현관에 걸린 칠판에 내 이름이 없어 당황했으나 출력해간 예약 확인서를 보여줬더니 그 아주머니의 아들이 어딘가로 전화를 걸고 계단 옆 창고로 가서 열쇠를 꺼내준다. 그리고 열쇠에 관해서도 설명해주는데 문을 닫는 순간 방문이 잠겨버리므로 반드시 열쇠를 가지고 다녀야 한다고 말했다.

차를 길가 아무 데나 세워 두었다는 내 말에, 엄마는 아들에게 내 차 옆자리에 타고 가서 주차장을 알려주라고 했다. 1년 전 레이캬비크에 왔을 때는 숙소 주변 아무 곳에나 차를 세워도 문제가 없었기 때문에 주차장 생각을 못 했는데, 이곳은 우리나라로 치면 서울 명동 비슷한 지역이어서인지 꼭 주차장에 주차해야 한다고 한다.

북아메리카판과 유라시아판이 만나는 광활한 싱벨리어 국립공원

주차장으로 가면서 아들과 대화하던 중 모자가 독일인이라는 것을 알게 되었다. 그리고 내일 떠난다고 말하기에 그때까지 아들과 엄마를 집주인이나 관리인으로 생각한 나는, 그 집을 타인에게 넘기고 떠나는 것으로 잘못 알아들었다. 하지만 이야기를 더 해보니 그들도 나처럼 그 숙소의 투숙객이고 여행이 끝나 내일 독일로 돌아간다는 이야기였다. 알지도 못하는 사이이면서 같은 투숙객에게 이렇게 친절할 수가 있다니.

주차장에서 차를 빈 곳에 세우려 하니 거기는 지정석이라 안 된다면서, 가능한 주차 장소까지 알려주고 아들은 숙소로 돌아갔다. 차로는 빙 돌아서 갔지만, 내 방 창문 뒤가 바로 주차장이니 짐을 옮기기도 쉬웠다. 무엇보다도 숙소 위치가 좋은데도 가격이 저렴하고, 싱글룸인데도 방이 크고 방 안에 세면대도 있어 여러모로 편리하고 마음에 드는 숙소였다.

✕ Heimaey, ELdfeII ✕

헤이마에이 섬의 화산 엘드페들
― 7월 25일 목요일. 맑음.

아침에 내 방 바로 옆에 있는 욕실에 가기 위해 열쇠를 방 안에 두고 방문을 닫았다가 잠겨서 들어가지 못하는 사태가 발생했다. 눈앞이 캄캄하여 어쩔 줄 몰라 하고 있는데 독일인 모자가 나타나 주인에게 전화하더니 비상 열쇠가 있다면서, 다시 계단 옆 창고에 가서 열쇠를 찾아 해결해주었다. 헤이마에이 섬으로 가는 페리 시간이 13시 15분이라 아침 시간이 여유가 있어 숙소에서 커피 한잔을 하고 독일인 모자와 거의 같은 시간에 숙소를 떠났다. 헤어지기 전에 사진을 함께 찍으며, "You are my angel!"이라고 말하며 고마움을 표시했는데 그들은 나에게 그 이상이었다.

주차비를 정산하는 기계에 표시된 언어가 아이슬란드어밖에 없어 주변 사람들의 도움을 구해 정산하고, 쌀을 사려고 슈퍼에 갔다. 그런데 현미밖에 없어서 할 수 없이 그것을 구입했다. 어제 도착해서 골든서클 지역을 다시 가보긴 했지만, 아침 시간에 특별히 한 게 없어 차라리 어제 공항에서 헤이마에이 섬으로 바로 가는 게 더 나았을 거라는 생각도 들었다.

페리에 배를 싣고 베스트만나에이야르 제도의 헤이마에이로   화산 폭발로 집들이 묻힌 용암에 만든 정원

　　페리를 타는 곳인 란데이야회픈(Landeyjahofn)까지는 쉬지 않고 엄청나게 달렸는데도 2시간 30분이나 걸려, 배가 출발하기 조금 전에 아슬아슬하게 도착했다. 차를 사무실 앞에 세워 두고 들어가니 예약증을 티켓으로 바꿔야 승선이 가능한 시스템이다. 사무실 안에는 지금 표를 사려는 사람, 나처럼 예약 확인서를 가지고 온 사람들로 만원이다. 그리고 계단에 줄을 길게 서 있는 걸 보면 차를 가져가지 않는 사람들은 이곳에서 승선하는 듯하다.

　　예약했더라도 시간을 바꿀 수가 있어 육지로 돌아오는 시간을 가장 이른 오전 7시로 변경했다. 처음에는 여유 있게 움직이려고 정오로 예약했으나 오늘처럼 시간이 많다고 해도 허둥대기는 마찬가지일 것 같아서였다. 이윽고 차를 싣는 곳의 문이 열리고 차들이 줄을 서서 배 안으로 들어갔다. 정확히 기억나지는 않지만 지도에 표시된 거리는 가까운데 한참을 간 것 같다. 드디어 섬이 보이고 배는 항구에 도착했다.

　　섬에 도착하자마자 차에 기름이 없어 주유소로 향했다. 주유소 옆에 커다란 슈퍼가 있는데 주차도 편리하고 영업시간도 8시까지 할 뿐 아니라 식재

료가 완벽하게 구비되어 있어, 육지에서 사서 가져올 것은 전혀 없었다. 심지어 새싹처럼 생긴 채소도 저렴하게 대량으로 포장되어 있어, 이곳에서 4박 5일간 머무르면서 채소를 항상 먹을 수 있었다. 한 접시 씻어두고 빵 한 입 먹고 채소 한 줌 집어먹고 이런 식으로 채소를 먹었다.

식재료를 대강 구입하고도 아직 체크인할 시간도 되지 않아 목적 없이 차를 몰았다. 섬에서 왼쪽으로 서서히 언덕을 올라가니 얼마 가지 않아 화산 폭발로 밀려 나온 용암들이 식은, 라바(lava)라고 부르는 기괴한 붉은 바위들 사이로 찻길이 나 있다. 계속 달리다 보니 비포장도로가 나오는데 버스가 가길래 따라가다가, 타이어가 펑크 날까 봐 얼른 돌아 나왔다. 타이어 펑크로 페로제도에서 1박 2일간 겪은 심리적, 시간적 고통이 어마어마하였기 때문에 슬쩍 겁이 났다.

돌아 나와 조금 가다 보니 라바에 꾸민 정원을 안내하는 표지가 있어 들어가 보았다. 정자도 있고 꽃도 심고 작은 집과 우물, 인형을 두고 정원을 꾸민 아기자기한 공간이었는데 화산 폭발로 많은 사람이 숨진 곳에 만든 것 같았다. 그렇게 생각하니, 아름답다기보다는 뭔가 원혼을 달래주기 위한 묘지나 사당 느낌이 들어 등골이 으스스하여 얼른 나왔다. 관람객이 나뿐인 것도 그곳을 서둘러 빠져나온 이유였다.

엘드페들 화산 등반과 전망 좋은 게스트하우스 아르니

오다가 또 다른 길이 있어, 비포장이긴 하나 평탄해서 가보니 붉은 흙으로 된 산이 있고 등반하는 사람들이 보였다. 그냥 오다 보니 엘드페들(ELdfeII) 화산으로 온 것이다. 정식 주차장은 아니었지만 주차된 차들이 있어 나도 차

엘드페들 화산 정상

를 산 아래 아무 곳에나 세워 두고 올라가기 시작했다. 흙은 푸석푸석한 모래처럼 생긴 붉은색으로 밟으면 조금씩 미끄러지는데, 지그재그로 만든 길을 올라가서 드디어 정상 부분에 도착했다.

정상에 서니 주변이 한눈에 들어온다. 할그림스키르캬 교회 전망대에서 내려다본, 수도 레이캬비크에 있는 집들의 지붕은 알락달락했는데 이 섬의 집들은 대부분 흰색이다. 그리고 오래 사용한 아궁이처럼 붉다 못해 시커먼 빛이 도는 산과 숯검정처럼 시커먼 빛깔의 언덕도 보인다. 물고기 등처럼 굽은

화산재와 용암으로 덮인, 마을이었던 아래쪽

능선을 따라 산 정상 끝까지 가보았다. 산의 정상과 가까워질수록 돌들이
비탈에 흩어져 있는데 바위처럼 생긴 분화구도 여러 곳 있다.

　용암이 바위로 굳어진 곳에 아궁이처럼 구멍이 나 있어 거기에다 손을 넣
어보니 따뜻한 온기가 확실히 느껴진다. 1973년에 폭발하여 흘러내린 용암
이 마을을 덮쳐 많은 이재민과 사상자를 낸 비극의 현장이기는 하지만, 이렇
게 유명한 장소에 내가 왔다는 사실이 감격스러워 정상에서 보이는 풍경을
스케치도 했다. 올라왔던 길과 다른 길로 차가 있는 곳으로 가고 있는데 운
동복을 입고 능선을 따라 조깅하는 사람도 있었다. 경사가 완만한 언덕이니
모래에 미끄러지는 일만 없으면 정말 조깅도 할 수 있겠구나 싶었다.

　게스트하우스 아르니에 도착하기 전에 점심을 차에서 먹고 들어가려고

게스트하우스 아르니 숙소에서의 바다와 산 전망

했으나 일정 시간이 지나면 시거잭 전원이 나가 밥이 되지 않았다. 몇 번이나 시도해서 겨우 쌀이 익은 정도가 된 것을 먹고 숙소를 찾아갔다. 빨간색 창문틀이 예쁜 집이다. 차를 주차하니 집 앞에 건장하고 잘생긴 남자분이 앉아 있다가 "Kyung Hwa Song?" 한다. 집주인이다.

일단 짐을 옮겨야 하니까 방으로 안내하는데 내 방은 2층이다. 4박을 해서인지 전망이 좋고 싱글 침대가 두 개나 있는 큰방을 주어서 정말 기분이 좋다. 앞에 넓은 공터가 있고 약간 지대가 높은 곳에 집이 자리 잡고 있어서인지 색색의 지붕들, 엘드페들 화산과 주변 산들이 한눈에 보였다.

주인 남자는 꽃과 나무를 정말 잘 가꾸는 것 같다. 부엌 옆에 만든 온실이 식당이어서 투숙객들은 거기서 식사를 하는데 포도나무에는 머루 포도가 주렁주렁 달려 있고 화분에는 딸기도 달려 있다. 마당에는 여러 가지 나무를 심어 무성하고 가지각색의 꽃들도 자태를 뽐내고 있어 오가는 길에 예쁜 꽃잎들이 떨어져 있으면 주워서 내 방의 창가에 올려두곤 했다.

헤이마에이 섬을 오고 싶었던 이유

창가에 서서 밤안개 속에 점점이 박힌 집들과 가로등의 불빛을 보면서 내가 왜 이 섬에 군이 오고 싶어 했는지를 생각해보았다. 나는 과학도도 아니고 화산 폭발이 일어난 곳이 이곳만 있는 것도 아닌데 왜 남들은 당일치기나 1박 정도로 다녀가는 곳을 4박이나 머무르려고 하는가?

무라카미 하루키를 좋아하는 사람이 너무 많아서 그를 좋아한다는 것 자체가 따분하고 식상한 일이 되어버린 요즘, 도서관에서 하루키의 수필집 『라오스에 대체 뭐가 있는데요?』라는 책을 빌려서 읽은 적이 있었다. 웬만한 하루키 수필은 대부분 읽었는데, 내가 그 수필을 읽은 2016년 겨울 무렵엔 그 책이 비교적 신간이었다.

라오스 이야기만 나올 줄 알았는데 책 내용은 예상과 달랐다. 하루키 자신이 방문했던 세계 곳곳이 등장한다. 책에는 아이슬란드 이야기도 나오는데 레이캬비크에 온 하루키는 어느 날 비행기를 타고 헤이마에이 섬으로 간다. 그곳으로 간 하루키는 처음 본 퍼핀이라는 새가 신기했던지, 퍼핀에 관한 이야기를 많이 하고 있다. 이곳에 살던 퍼핀 새들은 8월 마지막 주쯤이면 섬을 다 떠나버리는데 날지 못하는 새끼가 있어도 두고 엄마가 가버린다고 한다. 새끼는 알아서 바다로 날아가는데 바다로 날아가지 못하고 마을로 날아든, 아직 잘 날지 못하는 아기 새들을 마을 주민들이 바다로 보내준다고 하는 내용이 인상적이었다.

이 책을 읽은 후 잠시 잊고 있다가 2018년 아이슬란드 여행을 위해 자료를 찾아보면서, 다리와 부리가 알락달락한 펭귄처럼 생긴 퍼핀 새에게 다시 엄청난 관심이 생겼다. 그래서 2018년 아이슬란드 여행의 중요한 목표 중 하나가 퍼핀 만나기였다. 그런데 실제로 아이슬란드에서는 가장 외진 지역인 웨스트 피오르의 라우트라비아르그 절벽까지 일부러 찾아갔는데도 겨우 두 마리밖에 못 보았다. 그런데 하루키 수필에 헤이마에이 섬이 속해 있는 베스트만나에이야르(Vestmannaeyjar) 제도에는, 600만 마리나 되는 퍼핀이 있다고 쓰여 있으니 속으로 엄청나게 기대되었다.

이 섬에 장기간 머무르게 된 또 다른 동기는 강은경 작가의 『아이슬란드가 아니었다면』이라는 책이다. 텐트로 이 섬에서 며칠을 보낸 작가는 섬의 이곳저곳을 등반하는 쏠쏠한 재미와 긴장감 넘치는 경험을 책에서 아낌없이 표현해서, 나도 그 분화구에 있다는 캠핑장에 묵으며 따라 해보고 싶었다. 하지만 나는 이미 덴마크와 페로제도를 15일간이나 여행했다. 그래서 란드마나라우가르에서 출발해서 솔스모르크까지 가는, 4박 5일간의 내 생애 최초인, 텐트에서 비바크를 하며 등반을 하는 거사를 앞두고 있어 체력을 아껴두기로 했다. 그래서 텐트는 가져왔으나 게스트하우스에서 편하게 묵기로 했다.

✈ Heimaklettur, Storhofði ✈
헤이마크레투르 산 등반 후 퍼핀 보러 스토르회프디로
— 7월 26일 금요일. 맑음.

오늘은 선착장 맞은편에 있는 헤이마크레투르(Heimaklettur) 산을 올라가 보기로 했다. 어제 페리에서 내리면서 보니까 알락달락한 아웃도어를 입은 등산객들이 산 능선에 점점이 있었다. 차를 가져가서 공장 같은 건물 뒤에 세워 두고 산 아래로 갔다.

산 아래에 산 이름과 높이를 안내하는 표지판이 붙어 있었는데 279m 높이라는 것과 이런 내용이 있다. "This track contains steps and ladders. Please stay on visual paths. You are on your responsibility" 계단과 사다리가 많은 산이니 자신의 생명은 알아서 안전하게 지키라는 내용이다. 사고가 나는 걸 막기 위한 경고문일 수도 있고 그만큼 위험한 곳이라는 의미도 포함된 것 같다.

그런데 산을 오르려면 처음부터 사다리를 타고 올라가는 길밖에 없다. 그것도 수직 절벽을 올라가야 한다. 두려운 마음이 들었으나 진정하기 위해 "한 걸음 더 천천히 간다 해도 그리 늦는 것은 아냐~" 하고 윤상의 노래 〈한

헤이마크레투르 산

걸음 더〉를 흥얼거리며, 한 칸씩 차분하게 올라갔다.

사다리에서 내려 조금 걸어 갔는데 또 사다리를 타고 올라 가야 한다. 이번에는 더 가파르고 더 긴 사다리여서 고정이 잘되어 있는지 불안하기도 하고, 맨 위의 마지막 칸에서는 발을 땅에 딛는 것도 너무나 아찔했다. 그런데 이런 곳을 운동복을 입고 조깅을 하러 나온 여자분이 있었다. 사다리를 잽싸게 올라가고 검은 말처럼 긴 머리를 휘날리며 가파른 산을 뛰어서 시야에서 사라지는 것을 보니 너무나도 놀랍다. 한 땀 한 땀 바느질하듯이 사다리를 또박또박 오르며 공포심을 없애기 위해 노래까지 부른 나는 무엇이 되나.

헤이마크레투르 산은 그리 높지는 않지만, 시야가 탁 트여 전망이 좋았

나를 졸졸 따라오던 헤이마크레투르의 양과 주변 바닷가

다. 아이슬란드 본토 쪽으로 빙하가 보이고 섬으로 들어오고 나가는 페리와 경쾌하게 달리는 노란 보트, 하얀 집들이 한눈에 들어왔다. 조깅하던 여자 한 명을 본 것 말고는 사람이 없어 눈치 볼 필요 없이 사진도 실컷 찍고는 산에서 내려가기 시작했다. 그런데 양 한 마리가 내 뒤를 졸졸 따라오기 시작했다. "나는 먹을 것 안 가져왔다"라고 외쳐보기도 했으나 잠시 후 뒤돌아보니 양은 두 마리로 늘어나 있었다.

산을 다 내려와서 우측으로 가니 바다와 기암괴석이 가득한 멋진 해변이 있었다. 사람이 아무도 없는 해변에는 자갈이라고 하기에는 너무 큰, 회색이나 검은색의 주먹이나 머리통만 한 동글동글한 돌들이 모래 대신 깔려 있다. 해변의 바위들도 동글동글 너무 멋지다. 바다에는 여러 가지 모양의 기암괴석들이 여기저기 솟아 있어 새들의 집이 되고 있다. 무겁긴 하나 주먹만 한 돌멩이 하나를 가방에 주워 담고 숙소에 잠깐 들렀다. 창밖으로는 내가 방금 등반한 헤이마크레투르 산과 마을의 하얀 집들이 보이고, 맑은 날씨여서 주인 남자가 빨래했는지 하얀 침대 시트가 집 뒤쪽 잔디 마당에 펄럭이고 있었다.

사람을 경계하던 섬 남단 스토르회프디의 퍼핀

잠시 쉬다가 600만 마리나 있다는 퍼핀을 볼 수 있다는, 섬 남쪽에 있는 스토르회프디(Storhofði) 지역으로 갔다. 차로 길이 끝나는 곳까지 가니 건물이 나왔지만, 문이 잠겨 있어 들어갈 수가 없었다. 막다른 길이라 온 길로 돌아 나왔더니 트레킹 복장을 한 사람들이 들어가는 곳이 있어, 부근의 길가에 주차했다. 철조망이 쳐져 있지만 문 옆에 만들어둔 사다리 계단이 있어 넘어서 안으로 따라갔다. 조금 걸어가니 사람들이 서거나 앉아서 날아다니는 퍼핀들을 보고 있고, 망원경이 설치된 자그마한 퍼핀 전망대 안으로 들어가서 관찰하는 사람들도 있었다.

풀밭에 잠깐 앉아 있는 퍼핀 한 마리를 보기는 했으나 페로제도와 달리, 퍼핀이 날아다니기만 해서 실망스러웠다. 옆에 감격스러운 표정으로 앉아 있는 분에게 페로제도에서 찍은 퍼핀 영상을 자랑삼아 보여주었더니 엄청나게 부러워하며 정보를 더 얻기를 원하는 사람들도 있어 알려주었다. 퍼핀 한 마리가 앉다가 사라진, 약간 위쪽의 풀밭으로 올라가 보았더니 무성한 풀들 사이로 까만 구멍이 보여 둥지가 아닐까 추측만 될 뿐 더는 땅에 앉은 퍼핀은 보이지 않았다.

기대하고 왔는데 실망스러워 발길을 옮기기로 하고, 바닷가를 따라 걷기 시작했다. 언덕 하나를 돌았을 뿐인데 길 아래로 수많은 퍼핀이 앉아 있는 풀밭이 나왔다. 사람들이 접근하기 불가능한, 가파른 언덕 아래 퍼핀들이 이렇게나 많이 모여 있는데 저 언덕 너머 사람들 대부분은 날아다니는 퍼핀만 멀리서 보다가 돌아가는 것이 너무 안타까웠다.

어떡해서든 접근해볼 수 있는 위치에 퍼핀 3마리가 앉아 있어, 가파른 풀밭을 엉덩이를 살살 밀어서 내려가 보았으나 가까이 가기도 전에 날아가 버

섬 남쪽에 있는 스토르회프디의 퍼핀

린다. 몸통 크기도 페로제도 퍼핀보다 작고 사람을 무척 경계하니 종류가 다른 퍼핀임이 틀림없다. 아무도 없는 풀밭을 나 혼자서만, 사람이 지나간 흔적을 더듬어 바닷가를 따라 계속 걸었더니 섬 남단 한 바퀴를 거의 돌아왔다. 헤이마에이 섬의 남단을 표시하는 표지석 앞에 앉아서 바다를 보니 사람이 살 수 없을 정도로 작은 섬들이 많이 보인다.

뒤쪽에는 가정집이 있고 집 옆에는 등대도 있다. 마당이라고 할 수 있는 풀밭을 가로질러 처음에 차로 도착했던 문으로 나가려고 하니 불가능하여, 그 옆의 철조망을 넘어 차가 있는 곳으로 돌아왔다. 숙소로 돌아오면서 보이는 비행장에도 가보았다. 하루키가 이 섬에 비행기를 타고 도착한 곳으로, 경비행기만 이용할 수 있는 자그마한 공항이다. 차에서 내려 공항 주변을 걸어보며 잠시 작가에 대한 추억에 잠겨보다가 집으로 돌아왔다. 오는 길에 헬

△ 스토르회프디 퍼핀 전망대
△ 스토르회프디에 있는 헤이마에이 섬 최남단 표시

하루키가 헤이마에이를 올 때 이용한 섬 공항

가페들(Helgafell) 산으로 올라가는 안내문이 있어 올라가 볼까 하다가 바로 옆의 엘드페들 화산과 비슷할 것 같아 그냥 지나쳤다.

저녁에 숙소 부엌에 갔더니 주인 남자가 부엌에 있는 안마의자에 앉아 있어서 잠시 이야기를 나누었다. 숙소 주인에게는 도착하던 날, 태블릿에 담긴 내 그림들을 보여주었었다. 자랑하기 위해서라기보다는 중년의 동양인 여자가 남들은 하루만 방문하고 떠나는 이곳에 4박이나 하니, 주인이 신경이 쓰일 것 같아서였다. 나는 취미로 유화를 그리고 있고, 여행하면서 스케치도 하고 사진을 찍었다가 나중에 그리기도 한다고 말하니 주인 남자는 안심하는 표정이었다. 처음부터 친절했는데도 자격지심에서 한 행동이나 말일지는 몰라도 나에 대한 좋은 정보를 어느 정도 주는 것이, 장기간 투숙할 때는 관계에 도움이 된다는 게 내 생각이다. 그리고 그 정보가 그림과 관련된 것일 때 나에 대한 상대방의 호감도가 대부분 올라갔던 걸 여행 중 여러 번 경험했다. 그리고 내가 터득한 일종의 여행 기술로는 이런 것들도 있다.

여행에 지장이 없는 선에서 옷을 깔끔하게 입고 옆 가방을 메고 다니는 것도 안전에 많은 도움이 되었다. 그런 차림이면 현지에 사는 교포처럼 보일 수도 있어 범죄의 표적이 될 확률이 아주 낮아진다. 그리고 실제로 교포냐는 이야기도 여러 번 들었다. 누구나 그렇겠지만, 특히 외국인인 경우 단정하게 차려입은 사람이 길을 묻거나 도움을 요청했을 때 경계심을 확실하게 누그러뜨릴 수가 있다.

그리고 장기간 여행할 때는 옷을 몇 벌 가져가서 돌아가면서 입어야 날짜

비 개인 아이슬란드 들판. 캔버스에 유화

구분이 된다. 내 경우에는 더러워지지 않아도 이틀 연속으로 같은 옷을 입지
않았고 아침에 입은 옷은 그날 중간에 절대 바꿔 입지 않았다. 그래야 장기
여행에서는 날짜 구분이 된다. 트레킹할 때 옷을 가져가기 힘들어 매일 같은
옷을 입어야 했을 때는, 모자 두 개를 매일 번갈아 가며 썼다. 이런 것들이 사
소해 보일지 몰라도, 오랜 기간 여행을 통해 터득한 나만의 매우 소중한 여
행의 기술이다.

✄ Heimaey ✄

돌고래 수족관과 민속박물관,
비바람 속의 헤리올프스달뤼르 캠핑장
— 7월 27일 토요일. 종일 비바람.

오늘은 비가 와서 어딘가를 트레킹하기는 힘들어 섬 안의 여기저기를 가보기로 했다. 주인 남자는 화산박물관을 가보라고 추천해주었으나 수족관을 먼저 가기로 했다. 가는 길에 골동품 가게를 보았는데 문 여는 시간이 오후 1시로 너무 늦어 나중에 오기로 하고, 첫날 갔던 슈퍼 주차장에 차를 세워 둔 후 구글로 검색하여 찾아갔더니 옛날 위치를 알려줘 주변 사람에게 물어 다시 찾아갔다. 페리 터미널과 멀지 않은 곳에 있는 신축 건물로 'Sealife Trust'라고 쓰여 있는 곳이 돌고래 쇼를 하는 곳이다.

입장료는 전시관과 수족관 관람, 돌고래 쇼를 포함해서 3,500ISK(3만 5천 원)였다. 쇼를 할 때까지 시간이 남아 자그마한 수족관을 구경했다. 퍼핀새도 큰 수족관에 몇 마리 떠다니는데 실내에서만 있어서 그런지, 부리나 발색깔이 화려하지 않고 흐릿하며 몸집도 작고 이상하다. 그리고 무슨 일인지 날지도 않는다.

드디어 쇼가 시작되어 안으로 들어갔더니 큰 유리 수족관에서 흰색과 회

◁ 돌고래 쇼도 하는 수족관 건물 △민속박물관 사프나후스 베스트만나에이야르 ▷퍼핀 새 사냥

색 돌고래가 헤엄을 치고 있었다. 돌고래를 관리하는 중국인 아가씨가 사진을 못 찍게 철저히 감시해서 포기하고는 스케치만 했다. 관람석은 따로 없고 수족관을 둘러싼 좁은 통로에 서서 관람하는데 사람들이 많지 않아 돌고래가 귀엽게 헤엄치는 모습을 마음껏 볼 수 있었다. 이 수족관은 돈을 목적으로 하기보다는, 그동안 여기저기 팔려 다니며 재주를 부리고 살던 돌고래들을 편안하게 살 수 있도록 돌보고 있다는 느낌이 들었다. 관람하는 수족관에 들어오기 직전의 벽에는 이 돌고래 두 마리가 어떻게 여기저기 팔려 다녔는지, 기구한 일생을 자세히 기록해두었다.

비가 계속 부슬부슬 내리지만 헤이마크레투르 산 정상에서 본, 바위 주변을 돌던 노란 보트를 예약하러 바로 앞 선착장에 갔다. 'Ribsafari'라는 회사명이 간판에 쓰인, 자그마한 사무실 창틀이 노란 색깔이라 한눈에 알아볼 수 있었다. 여직원 1명이 근무하고 있어 내일 날짜로 보트 예약을 했는데 미리 계약금을 받지는 않았다. 바람도 없고 비라고도 할 수 없을 정도의 보슬비인데 배, 보트 모두 항구에 꼼짝하지 않고 있고 사람이 한 명도 보이지 않는 것이 너무 신기하다. 한국인이라면 비가 와도 어떻게든 관광객들을 위해 운행할 텐데.

다음으로 발걸음이 향한 곳은 민속박물관 사프나후스 베스트만나에이야르(Safnahus Vestmannaeyja)이다. 수족관에서 페리 선착장과 반대 방향으로 쭉 올라가면 나오는데 정원에 있는 나무 걸이에 명태인지 대구인지는 모

△ 생선 대가리를 걸어둔 정원
△△ 골동품 가게

퍼핀 새 모양의 거리 푯말

르지만 생선 대가리를, 퍼핀을 보러 갔던 보드가 피오르 마을에서처럼 주르
륵 걸어 놓았다. 들어가니 토요일인데도 1층 도서관은 문을 닫았고 몇몇 사
람들이 도서 출판 기념식을 하는지 사진도 찍고 로비에서 분주하다.

　2층 계단 옆에 민속박물관(Fork Museum)이라고 쓰인 걸 보고 올라가니
할머니 직원 1명만 입구에 있어 입장료 1,000ISK를 내고 들어갔다. 비가 와
서 실외가 아닌 박물관에 관광객이 올 법도 한데 들어가서 나올 때까지 나 혼
자 독차지하고, 속 편하게 사진도 찍으며 관람했다. 들어가자마자 박물관
입구의 양쪽 벽을 가득 채운 그림은 과거에 해적 때문에 이 섬 주민들이 얼마

나 고통을 당했는지를 알려주는 내용이었다. 집에 불을 지르고 그냥 목을 잘라서 막 죽이는 해적들에게, 자그마한 섬에서 도망갈 곳도 마땅찮은 순박한 섬 주민들은 속수무책으로 당할 수밖에 없었겠다는 생각이 들었다. 이방인인 나도 그 그림을 보니 그들의 고통을 뼛속 깊이 느낄 수 있었다.

싱거미싱도 전시된 걸 보니 이곳에서도 과거 우리나라처럼 미싱이 부의 상징이고 자랑거리였던 것을 알 수 있었다. 전통적인 행사라고 소개된 재미있는 풍습은, 친구들이나 가족들끼리 비슷한 콘셉트의 옷을 입고 즐기는 것인데 남녀노소 가리지 않고 우주복, 캉캉복 등 기상천외한 다양한 옷을 입은 모습이 기발했다. 헤이마에이 섬의 평범한 가정집도 있었다. 다른 나라 집과 다른 점은 집 앞 테라스에 잡은 퍼핀 새와, 퍼핀을 잡을 때 쓰는 잠자리채 같은 것을 함께 세워 둔 것이다. 잠자리채를 휘둘러 뒤뚱거리며 잘 날지도 못하는 퍼핀 새를 사냥하는 모습을 상상하니 재미있었다.

중년의 여인부터 소녀까지 생선 공장에서 일하는 단체 사진을 보면서 이 섬의 산업이 양과 관련된 것, 생선과 관련된 것이 대부분이었겠다는 생각이 들었다. 물론 지금은 관광산업이 중요한 산업이 되었지만. 엘드페들 화산이 폭발하는 장면을 초등학생들이 다양하게 표현한 그림을 전시한 곳을 마지막으로, 박물관 계단을 내려오는데 계단 벽에도 생선 대가리와 몸통이 따로 벽에 걸려 있다. 그만큼 이곳에서는 옛날부터 어업이 중요한 산업이었다는 것을 알려주듯이.

박물관을 나와 아까 봐 둔 골동품 가게를 찾아갔다. 문 앞에 붙은 영업시간을 보니 수요일부터 금요일까지는 오후 1~6시, 토요일은 4시에 문을 닫는다고 쓰여 있었다. 일, 월, 화요일은 그냥 문을 닫는다는 이야기다. 창고처럼 긴 단층 건물로 규모가 엄청나게 크고 물건도 많아서 이곳에 살게 된다면, 여기에 있는 물건으로 가재도구를 다 장만하고 싶을 정도로 도자기 그릇과 주전자 등 예쁜 것이 너무도 많다. 골동품이라기보다는 중고품을 싼값에 파는 가게인 듯하며 전자 제품까지 있다. 하지만 이미 짐이 너무 많아 아쉬웠다. 짧은 주석 손잡이가 달린 국자. 위가 벌어진 스테인리스 그릇, 다리가 달린 금색의 미니 그릇, 알이 빠진 크리스털 종을 샀는데도 합해서 700ISK(7천 원)밖에 되지 않는다. 이때 산 스테인리스 그릇은 가벼워 여행 중 여러모로 잘 사용했다. 라우가베구르 구간을 트레킹할 때도 유일하게 배낭에 넣어간 그릇으로 커피잔이나 물컵으로 사용했고 집에 돌아와서도 달걀이나 된장 찜 요리를 할 때 찜기로 이용하고 있다.

비바람 속 을씨년스러운 헤리올프스달뤼르 캠핑장

오후 5시여서 좀 늦긴 했지만 비가 멈춘 것 같아 캠핑장으로 갔다. 수족관을 관람하기 위해 티켓을 구매할 때 직원에게 물었더니, 캠핑장 옆에 있는 산에 올라가면 코끼리 절벽과 퍼핀을 볼 수 있다고 해서였다. 그러나 바람이 너무 심해 산에 올라가기는커녕 산 아래에서도 날아갈 것 같아 포기했다. 어느 정도인가 하면, 비옷을 입으니 서 있기가 힘들고 자꾸 넘어져서 걷기도 힘들었다.

강은경 작가가 분화구 속에 있어 위치가 좋다고 극찬한 캠핑장은, 겨우 두 개의 텐트와 한 대의 캠핑카만 눈에 띄는데 가늘게 내리는 비와 날아갈 듯 거센 바람 속에서 너무나 을씨년스러워 보였다. 물론 아이슬란드 전통 가옥처럼 만들어 테이블과 의자를 마련해 둔 잔디 집은 훌륭해 보였다. 이 잔디 집은 이 섬에서 최초로 살았던 사람의 집터를 발굴해 재현한 것으로 비상시에는 대피소로도 쓰인다고 한다. 하지만 이 캠핑장은 지형적인 특색인지 헤마이에이의 다른 곳과는 달리 바람이 너무나 세다.

캠핑장 안에는 글램핑을 위한 집들도 여러 채 있는데 을씨년스러워 보이기는 마찬가지였다. 숙소를 예약할 때 헤이마에이 섬에만 글램핑장이 있었고, 통나무를 절반 자른 듯한 둥근 나무집이 사진으로 보기에 너무나 자연 친화적이고 아름다울 뿐 아니라 가격도 저렴하여 예약하고 싶었다. 그런데 화장실과 물을 사용하려면 메인 건물로 가야 하는 번거로움이 있을 것 같아 포기했는데, 이곳에 와보니 정말 잘한 것 같다.

△ 거센 비바람 속의 그램핑장
△△ 노르웨이에서 지어준 스티브 교회(The Steve Church)

이런 날씨에도 캠핑장과 바다 사이의 골프장에는 사람이 많다. 각자 자신의 골프 가방을 메고 다니며 샷을 날리는데 이런 바람에 골프공이 원하는 방향으로 날아갈 수 있다는 것이 신기했다. 골프 치는 사람들이 아이슬란드에 많지 않아서인지 숙소 주인에게 골프장 이야기를 했더니, 그 사람들은 어떤 날씨에도 상관없이 늘 그렇게 광적으로 골프를 친다고 약간 냉소적으로 이야기했다.

식료품을 산 후 노르웨이에서 지어주었다는 바닷가 옆의, 지붕과 벽이 모두 까만 콜타르로 칠해진 교회를 보고 일찍 숙소로 돌아왔다. 식당에 있는 발 마사지와 안마의자로 피로를 풀고, 방에 들어가 어두워지기 시작하는 창밖에서 가로등 불이 올라오는 것을 보면서 하루를 마무리하는 것도 그리 나쁘지는 않았다.

✘ Kliff, Haha ✘

크리프 산과 하하 산 등반 후 엘드헤이마 화산박물관으로
― 7월 28일 일요일. 흐리다가 비.

아침을 먹은 후 주인 남자에게 오늘 예약한 보트가 운행되는지 전화로 확인 좀 해달라고 부탁했다. 그는 전화를 해보더니 비가 올 예정이어서 보트나 배로 하는 투어는 오늘 모두 중단된다고 알려주었다. 그래서 그에게 퍼핀을 볼 수 있는 다른 곳이 있다고 하는데 알려달라고 하자 지도를 보고 알려주었다. 그러고 말하기를, 쇠줄 잡고 가야 하는 위험한 곳도 있는데 끝까지 가지 말고 꼭 캠핑장 있는 데서 내려와야 한다고 강조했다.

선착장 주변 산 아래에 차를 세워 두고 급경사의 산길을 올라가기 시작했다. 푹푹 빠지는 화산재 모래는 미끄러져서 올라갈 수가 없는데 그래서인지 긴 밧줄이 있어 잡고 올라갔다. 그래도 한 발자국 올라가면 반 발자국은 미끄러져 올라가기가 매우 힘들었다. 뒤를 돌아보니 또 다른 팀이 저 아래서 올라오고 있었다.

모랫길을 다 올라오니 아주 좁은 바위 사이에 험한 길이 나오는데 양쪽이 급경사로 거의 절벽에 가깝고 쇠줄과 밧줄이 거의 4개, 5개가 함께 있었

크리프 산 올라가는 길　　　　　　　　　하하 산 입구 바위에 달린 줄

다. 힘들게 올라가고 있는데 아래쪽에서 따라오던 사람들이 나보고 뭐라고 외친다. 나는 그쪽 길은 괜찮으냐고 묻는 거라고 짐작하고 쇠줄이 있어 올라갈 만하다고 소리쳤다. 그런데 나중에 뒤돌아보니 그들은 다른 길로 갔는지 보이지 않았다.

정말 정신을 집중하고 밧줄과 쇠줄을 번갈아 잡으며 힘들게 정상에 도착하니 퍼핀은커녕 아무것도 없는 초원이다. 대신 안테나가 달린 통신 시설 같은 건물이 하나 있고, 바람은 태풍처럼 휘몰아친다. 양이 없어서인지 풀들이 키가 크고 무성한데 바람이 늘 심하게 불어서인지 모두 누워 있다. 올라왔으니까 조금 아래쪽으로 가보긴 했지만 날아갈까 봐 거의 기어 다녔다. 그때 나는 깨달았다. 아까 아래쪽에서 사람들이 나에게 뭐라고 외쳤는가를. 그들은 나에게 그쪽으로 가지 말라고 한 것이었다.

정확한 정보도 없이, 쇠줄이 있고 매우 위험한 길이라는 주인 남자의 말을 생각하며 바로 이 길이구나 하고 생각하며 올라간 곳이 바로 크리프(Kliff) 산이었다. 내가 가야 하는 곳은 하하(Haha) 산을 지나서 있는 블라틴두르(Blatindur) 산인데 말이다. 바위 사이로 조심해서 내려와 급경사의 모래 언덕

하하 산에서 본 풍경

을 내려올 때는 올라갈 때와는 달리 줄을 잡고 죽 미끄러지며 내려왔다. 다 내려오고 나니 신발 안에는 시커먼 화산재인 모래가 절반이었다. 다 내려와서 우측으로 난 길을 올라가면 그곳이 하하 산이다. 하하 산 올라가는 입구 절벽에는 아이슬란드의 전통놀이인 듯한, 외줄 타기를 하는 사람들이 있다. 절벽에 매달린 외줄 끝을 잡고 매달려 오래 버티는 아주 단순한 놀이인데, 의외로 많은 사람이 한 번씩은 매달려보곤 한다.

　비는 조금씩 내리다가 점점 양이 많아져 하하 산 위로 올라갈수록 바람이 너무 세게 불어, 날아갈 것 같아 비옷을 입을 수가 없었다. 그래도 정상에 올라가니 경치가 무척 좋았다. 내가 며칠 전에 올라갔던 헤이마크레투르 산이 정말 거대한 코끼리처럼 보이고, 조금 전에 잘못 올라간 크리프 산과 분화구었는지 정상이 접시처럼 동글납작한 다른 산들도 보인다. 헤이마이에이에서는 엘드페들이나 헬가페들을 제외한 산들은 여행객들이 거의 등반하지 않는지 초록색으로 보이는 주변의 산에는 나 말고는 사람이 아무도 없다. 하지만 며칠간 내가 묵고 있는 아르니 숙소가 이곳에서 또렷이 보여, 고향 뒷산을 오른 듯 마음이 따뜻해진다.

조금 더 가니 주인 남자가 산 끝까지 가지 말고 반드시 내려와야 한다고 말한, 어제 내가 다녀간 캠핑장이 가파른 절벽 아래로 보인다. 거기부터 블라틴두르 산으로 가는 길의 시작인데 평탄한 길은 끝나고 바다와 캠핑장 사이에 난, 뾰족한 산등성이밖에 다른 길이 없다. 바람이 더 심하게 불지만 비가 많이 와 비옷을 꺼내 입을 수밖에 없었다. 등산로는 공룡의 등처럼 뾰족뾰족하게 솟아오른 산등성이를 따라 나 있는데 비옷까지 입으니 바람에 날아갈 것 같다. 그리고 이 등산로가 붕괴하고 있으니 본인의 생명은 본인이 알아서 지키라고 쓰여 있었던 경고판 내용을 생각하니 저기 앞에 보이는, 캠핑장으로 내려가는 길까지도 걸어갈 자신이 없었다.

그런데 그 순간 거짓말처럼 풀밭에 퍼핀이 여러 마리 보였다. 하긴 여기가 수족관 직원과 숙소 주인을 통해 알게 된, 퍼핀이 서식하는 지역이니 산등성이 따라 더 가면 더 많은 퍼핀을 볼 수도 있을 것 같았다. 하지만 이 섬의 퍼핀은 가까이 다가가면 도망가 버린다. 페로제도에서 만난 퍼핀과는 너무 달라서 더 가고 싶다는 생각이 들지는 않았다. 그 순간, 양쪽이 가파른 길 위에서 위태롭게 더 걸어가다가는 바람에 날아가 죽을 수도 있겠다는 생각이 들었다. 그래서 경사가 심하긴 하지만 조심해서 내려가면 가능할 것 같아, 길이 아닌 곳으로 내려가기 시작했다.

그런데 캠핑장 뒷산이 굳은 땅이 아니어서 발을 디딜 때마다 돌멩이가 와

△ 산등성이를 따라 난 블라틴두르 산으로 가는 등산로
△△ 헤리올프스달뤼르 캠핑장의 잔디집

르르 굴러 여러 번 미끄러졌다. 아래쪽에
사람들이 모여서 멀리서 나를 걱정스럽게
올려다보는데 계속 내려가는 것밖에는 이
제 다른 선택의 여지가 없었다. 그렇게 조심조심 한 발자국씩 지그재그로 내
려가고 있는데 산에 올라오는 사람이 보였다. 띠처럼 초록색 풀이 산 위까지
직선으로 우거진 곳을 그냥 지나쳐왔는데, 그곳이 또 다른 등산로가 아닌가.
그는 그곳으로 편안하게 산 위로 올라가고 있었다. 그러나 내가 서 있는 곳
에서는 그곳까지도 멀어서 갈 수도 없다. 절반 정도 내려가자 구경하던 사람
들도 안심했는지 흩어지고, 정말 젖 먹던 힘까지 모아 집중하여 드디어 캠핑
장으로 내려오는 데 성공했다.

화산박물관

비 오는 헤이마에이, 여행객들은 모두 화산박물관에 있었다

차를 주차해두고 등산을 했기 때문에 주차한 곳까지 빗속을 한참 걸어간 후 이번에는 화산박물관(Eldheimar Volcano Museum)으로 향했다. 헤이마에이를 방문한 여행객이 모두 여기 와 있는지 주차장에는 대형 관광버스도 있고 사람들이 정말 많았다. 1층에는 엘드페틀 화산이 1973년에 폭발할 때 화산재에 묻혔다가 발굴된 집들이 여러 채 전시되어 그때의 참상을 알려주고, 영상 자료도 풍부했다. 박물관 규모가 크고 2층에는 카페도 있어 쉬어가기에도 좋은 곳이었다.

드디어 내일이면 이 섬을 떠난다. 이 집이 살림집이기도 한 주인 남자는 여기서 태어나 이곳에서만 살았다고 했다. 방 4개에 공실이 없을 만큼 손님이 늘 있었으나 그들은 주로 밤늦게 와 1박만 하고 가버려 실질적인 손님은 나 하나뿐인 듯했다. 매번 와플 굽기에 실패하던 나에게 제대로 된 와플을 구워주며 웃던 그의 선한 모습이 지금도 섬과 함께 눈에 선하다.

✕ Skaftafell, Reykjavik ✕

헤이마에이 섬을 떠나
스카프타펠 빙하를 보고 레이캬비크로
― 7월 29일 월요일. 맑음.

오늘은 섬에서 레이캬비크로 돌아가서 오후 6시에 차를 반납해야 한다. 그래서 아침도 먹지 않고 7시에 출발하는 첫 페리를 탔는데 사람이 많지 않았다. 차에 가서 부족한 잠을 보충하려고 했더니, 배가 출발하면 주차장으로 가는 문을 열 수가 없는 시스템이다. 페로제도에서는 갈 때만 비용을 치르면 배표를 따로 보관하지 않아도, 돌아올 때 그냥 타면 된다. 하지만 헤이마에이에서는 왕복표가 별개이기 때문에 돌아오는 배표를 잘 보관해야 한다.

처음에는 레이캬비크로 바로 갈 생각이어서 12시 배편을 예약했다가 생각을 바꿨다. 그리고 아침 7시로 변경했는데 그 이유는 스카프타펠(Skaftafell)* 빙하를 보기 위해서다. 작년 아이슬란드 스카프타펠 빙벽 투어 때 기상악화

---

*크리스토퍼 놀란 감독의 영화 〈인터스텔라〉의 촬영지로도 유명한 곳이다. 작중 만 박사(맷 데이먼 분)가 있는 행성으로 나온다. (편집자 주)

로 투어가 연기된 적이 있다. 오후가 되면 가능할 수도 있다고 하여 투어가 재개되기를 기다리는 동안, 폭포를 둘러싼 절벽이 주상절리로 유명한 주변의 스바르티스포스 폭포를 다녀왔다.

그런데 빙벽 투어에서 만난, 광주에서 오신 가족들이 말하기를 자신들은 스카프타펠 빙하를 다녀왔는데 빙벽을 타는 것보다 스카프타펠 빙하가 있는 곳에 다녀온 게 더 좋았다고 했다. 다음 날 요크살론 보트 투어 티켓을 판매하는 곳에서 만난 한국인 그룹 투어 여행자 중 한 명도 스카프타펠 빙하에 다녀온 걸 자랑했다. 남들이 못한 걸 자신은 했다고 엄청나게 흥분하는 모습을 보고 아이슬란드를 다시 오게 되면 나도 그곳을 꼭 가보리라고 다짐을 했었다. 그래서 이번에는 시간을 변경해서라도 가보기로 마음먹고 아침 일찍 섬을 떠났다.

페리에서 내려 빙하까지 걸리는 시간을 검색하니 거의 3시간이 나왔다. 셀랴란드포스 폭포, 비크, 스코가포스 폭포를 지나서 계속 레이캬비크 반대 방향으로 가야 하니 빙하를 본 후 레이캬비크로 가려면 엄청난 시간이 걸린다. 하지만 포기하고 싶지는 않아 출발했다. 스카프타펠에 도착하여 보니 주차장이 빙벽 투어 때 왔던 곳이라 익숙했는데, 작년과 달리 주차요금을 받는다.

빙하로 가는 길은 왕복 3.6㎞의 평지다. 지루하고 먼지 나는 비포장도로를 뜨거운 햇빛 속에서 걸어갔는데, 사람들 옷차림이 무스탕부터 반소매까지 정말 다양했다. 마음이 급해 빨리 걷느라 땀이 등을 타고 줄줄 흘러내려, 나는 반소매 차림으로 걸어갔다. 오가는 사람들이 정말 많고 휠체어를 타고 가시는 이들도 있었다.

목적지에 도착하니 멀리 빙하가 보이고 빙하 녹은 물이 호수처럼 고여 있다. 빙하로 갈 수 있다는 표지가 있고 징검다리도 놓여 있으나 물이 너무 거세고 돌도 위태롭게 놓여 있어 건너는 사람이 아무도 없었다. 그래서 자갈과

스카프타펠 빙하

모래가 있는 호수 주변만 거닐다가 다시 그늘 하나 없는 뜨거운 햇빛 속을
걸어, 레이캬비크로 가기 위해 주차장으로 되돌아오니 두통이 밀려왔다.

2018년 후사페들 랭요쿨들 아이스 터널 투어

결론은 실망스러웠다. 그 이유는 기대가 너무 컸기 때문이었을 수도 있
고, 렌터카 반납 시간에 대한 초조감 때문일 수도 있다. 하지만 스카프타펠

△ 2018년 후사페들 랭요쿠들 아이스터널 투어
▷ 교회 설교대
▽ 2018년 스카프타펠 빙벽 투어. 〈인터스텔라〉 촬영지

빙하를 보고 놀라기에는 나는 이미
좋은 걸 너무나도 많이 봐버렸다.
작년에 스카프타펠에서 빙벽 타기
를 하고 일주일 뒤에, 나는 '랭요쿠
들(Langjokull) 아이스 터널 투어'를
신청해서 다녀왔다. 다른 곳은 여름
이라 아이스 터널 투어가 중단되었
지만 랭요쿠들만은 계속하고 있어
10시 투어를 예약했었다.

아침 일찍 출발했건만 도중에 길도 잃어버리고 해서 2시간 이상 걸려 10
시 5분에 후사페들(Husafell) 마을에 도착하니 이미 빙하로 가는 버스는 출
발한 후였다. 직원이 회사에 전화해서 알아보았지만 다음 시간인 12시 30분

△ 랭요쿠들 아이스 터널
▷ 빙하 위를 달리는 바퀴가 큰 버스

은 불가능하고 오후 3시만 가능하다는 것이었다. 내 차가 SUV라는 것을 안 직원이 얼른 출발하면 버스를 따라잡을 수도 있다고 말했지만, 내 운전 실력을 내가 알기에 비포장의 낯선 길을 달려 버스를 따라잡을 자신이 없어 망설이다가 결국 오후 3시 투어 티켓을 예약하기로 했다.

이때 내 머릿속에 떠오른 생각이 '뭣이 중한디'였다. '아이슬란드에 왔으면 빙하 터널을 가야지 뭐가 중요해'라는 생각을 하는 순간 조급증이 사라지고 갑자기 마음에 평화가 몰려왔다. 그래서 여행자에게는 황금과 같이 소중한, 5시간이나 되는 긴 시간을 주변의 볼거리를 찾아다니는 대신 사무실 옆의 식당에서 뷔페 식사와 커피를 즐기며 그동안 미루어두었던 여행 일지를 모두 정리했다.

5분 지각했다가 5시간이나 기다려 마침내 버스를 탔다. 빙하가 보이는 산 쪽으로 한참 달려가니 도중에 "Husafell, Into the Glacier"라고 쓰여 있는 안내 표지판이 보인다. 조금 더 달리니 산 위에 진짜 투어 사무실이 있었다. 주차장을 보니 직접 운전해서 온 사람들도 많았다. 예약한 사람들의 명단을 확인한 후 방수복으로 갈아입게 하는데 나만 주지 않아 물어보니 내 패딩이 방수되어서라고 한다.

이곳에서 빙하 위로 달리는 새로운 버스로 갈아탔다. 커다란 통창으로 보이는 빙하의 모습이 환상적인 버스는 상당히 오랫동안 빙하 위를 달려갔고, 하얀 눈밭 위에서 썰매를 타는 사람들도 많았다. 차에서 내려 아이스 터널 입구로 들어가 보니 자연 동굴이 아니라, 빙하 속에 굴을 뚫은 후 하나하나 조각을 해서 터널을 만든 것이었다. 오랜 세월 쌓인 빙하의 단면은 나이테처럼 옆으로 줄이 나 있는데 갈색 줄은 주변에 화산이 폭발했을 때 만들어진 부분일 것이다. 터널을 관리하는 사무실도 얼음벽을 파서 만들었고 교회도 있었다. 아이스 터널 안에 또다시 큰 공간을 파서, 설교하는 곳과 예배 보는 의자를 나무로 만들어 설치한 교회 의사에 앉으니 경건한 마음이 들기도 했다.

터널 내부에서는 굵은 물방울이 천장에서 어찌나 많이 떨어지는지 소나기 내리는 소리처럼 울려 퍼지고 모자를 쓰지 않으면 머리카락이 다 젖을 지경이다. 아이스 터널을 걸으면서, 지구온난화로 멀지 않은 시기에 이 터널도

키르큐베야르크라우스투르 계곡

다 녹아 무너져 내리면 또 다른 터널을 파야 할 것 같아 걱정되었다. 바닥에
는 녹아내린 물들이 고인 데가 많아 조심해서 한 줄로 다녀야 했다.

　　나는 이렇게 4시간이나 걸린 랭요쿠들 투어를 통해 진짜 아이슬란드 빙
하의 민낯을 만났다. 한여름에 빙하 위의 눈밭을 뛰어다니고 진짜 빙하를 파
서 만든 아이스 터널까지 다녀왔으니, 먼 거리를 달려가 스카프타펠 빙하를
멀리서만 보는 것에 실망한 것은 나로서는 당연한 일이다.

　　레이캬비크로 돌아오는 길에 '요정의 계곡'으로 알려진 키르큐베야르크라
우스투르(Kirkjubæjarklaustur) 계곡도 잠깐 들렀으나 작년에는 그렇게 놀랍
던 풍경도 마음이 급하니 그저 시간이 아깝기만 하다. 다만 계곡 아래 흐르
는 물길 따라 걷는 사람들이 보여 그것은 신기했다. 비크를 지나고 스코가
포스 폭포와 셀랴란드포스 폭포를 지나 미친 듯이 속도를 내어 달렸다. 2018

년에는 제한 속도가 시속 80㎞였는데 1년 만에 90㎞로 바뀌었지만, 그 속도로 달리는 차는 하나도 없었다. 수도 레이캬비크 인근에나 가야 감시 카메라가 있어서, 차들 대부분이 가드레일도 없고 중앙분리대도 설치되어 있지 않은 길을 100㎞ 이상으로 달린다. 그렇지만 레이캬비크에 도착했을 때는 숙소에서 만나서 차를 반납하기로 한 오후 6시가 지나버려서 차를 반납할 수가 없었다.

✕ Laugavegur ✕
라우가베구르 트레킹 전날 밤 모든 짐을 맡기다
─ 7월 30일 화요일. 맑음.

내일은 드디어 이번 여행의 하이라이트이면서 가장 걱정스러운 라우가베구르 구간 트레킹을 시작하는 날이다. 그래서 오늘 중으로 짐을 맡길 곳을 정하기로 했다. 작년에 왔을 때 항구 가까이에 있는 숙소에 머물면서, 오가는 길에 짐을 맡아준다는 문구를 읽은 적이 있다. 그것만 믿고 따로 알아보지는 않았다. 왜냐하면 그곳이 큰 병원이었으니까 믿음이 갔기 때문이었다.

걸어서 15분 정도 걸리는, 짐 맡기는 곳으로 가는 도중에 숙소와 가까운 라우가베구르 거리에 있는 안내소에 잠시 들렀다. 짐을 맡길 수 있는 더 가까운 곳이 혹시 있는지 물어보았더니 직원이 바로 여기서 짐을 보관해준다고 했다. 그 말을 듣고 정말 기뻤다. 왜냐하면 숙소 바로 앞이라 짐을 옮기기가 아주 편리하기 때문이다. 그리고 더 좋은 것은 영업시간이 밤 10시까지라 그전에만 짐을 맡기면 된다는 점이다.

상담원은 처음에는, 가방의 크기에 상관없이 가방 수대로 가격을 매기며 할인을 해줄 수는 없다고 했다. 즉 가방 한 개에 1,000ISK(우리 돈 만 원)로

12Tonar에서 음악 감상하는 곳 　　　　　　짐을 맡긴 숙소 앞 라우가베구르 안내소

가방 3개를 7일간 보관하면 우리 돈으로 무려 21만 원이나 된다. 가방 두 개는 아주 작다고 할인을 해 달라고 조르고 있는데 상담원이 갑자기 내게 일본인이냐고 물었다. 한국인이라고 했더니 미안하다고 했는데 뉴스를 통해 정신대, 독도 문제로 두 나라 사이가 안 좋은 것을 아는 눈치였다. 그다음부터는 이상하게 친절해졌는데, 가방 3개 맡기는 비용을 8,500ISK(8만 5천 원)로 대폭 할인해주겠다는 게 아닌가? 그리고 내가 짐을 맡기는 밤에는 자신이 근무가 아니니 다음 근무자에게 보여주라며, 협상한 금액을 자신의 명함에 적어 주었다. "7days 3bags 8,500ISK"라고 쓰인 그 명함을 받으니 큰 고민이 해결되어서인지 너무나 홀가분해져 즐겁게 안내소를 나섰다.

　　남는 시간에는 시내를 잠깐 거닐며 레코드 가게 12Tonar에도 다시 갔다. 단발머리를 한 주인 남자는 나를 보더니 큰 눈이 더욱 커지며 깜짝 놀란다. 물어보니 작년에 온 나를 기억한다고 했다. 작년과 똑같이 한국에서는 사용하는 사람이 거의 없는 카세트 플레이어에, 골라온 CD를 넣고 소파에 앉아 음악을 들었다. 직접 내려서 배달해주는, 자그마한 잔에 담겨 나온 쓴 에스프레소 커피를 마시며 작년과 똑같은 포즈로 사진도 찍었다. 그리고 시규어로스 음반 CD를 사서 가게를 나왔다.

한국어를 배우는 아저씨와 라우가베구르 트레킹 전날 밤

어제 렌터카를 반납하지 못했더니 오후 5시까지 직원이 숙소로 오겠다고 하여 기다렸으나 오지 않았다. 계속 문자를 확인하면서 비바크에 필요한 물건을 사러 갔다. 내일은 아침 일찍 버스로 트레킹 출발 지점인 란드마나라우가르에 가서 그곳에 텐트를 치고 주변을 돌아본 후 노천 온천만 할 계획이라서, 이틀 후 먹을 아침까지 샀다. 트레킹용으로 물에 타서 먹을 수 있는 가루와 육포 등 무게가 나가지 않는 것은 한국에서 미리 준비해서 갔기 때문에 초콜릿과 치즈, 빵 등을 샀다.

계속 문자를 확인하던 중 6시가 다 되어서야, 6시까지 차를 직접 사무실로 가져와 반납하라고 렌터카 회사에서 문자로 주소를 보내주었다. 사무실로 가져오라면 주소를 미리 알려줄 것이지, 너무 늦게 알려줘 6시가 다 된 시간에 부랴부랴 차를 끌고 찾아갔다. 레이캬비크 외곽의 공장 지대에 있는 사무실에 도착하니 이미 사무실 문이 닫혀, 사무실 문의 뚫어진 곳에 차 키를 넣었다. 6시 전에 차 키를 반납하면 숙소로 픽업을 해주는 시스템인 것 같은데 지금은 알아서 숙소로 돌아가야 한다.

거리에서 택시를 잡아보려고 하였으나 불가능해서 같은 방향으로 가던 사람에게 도움을 청하니 칠레에서 왔다고 했다. 택시를 어떻게 부르는지 모르겠다면서 구글로 검색해보더니 걸어서 20분이면 갈 수 있다고 알려주었다. 하지만 내일 새벽 일찍 트레킹을 떠나려면 짐도 정리해서 맡겨야 해서 마음이 급했다. 그때 개를 끌고 산책하는 중년의 아저씨가 길 건너편 먼 곳에서 오

레이캬비크의 상징인 할그림스키르캬 교회

는 것이 보였다.

　개를 끌고 산책한다면 분명히 현지인일 것 같아 횡단보도를 건너 기다렸다. 드디어 아저씨가 내 앞을 지나갈 때 숙소 주소가 적힌 수첩을 보여주며 택시 호출을 부탁하자, 그 아저씨는 환한 미소를 지으며 "Are you korean?" 하는 게 아닌가? 어떻게 알았느냐고 물어보니 지금 스터디 그룹을 만들어 한글 공부를 하고 있는데 내 수첩에 쓰인 한글을 보고 알았다고 했다. 그리고 핸드폰을 달라고 하더니 내 핸드폰으로 택시를 불러줘 무사히 숙소로 돌아올 수 있었다.

　이렇게 아이슬란드에서 만난 현지인 중에는 한국에 관심을 갖는 사람들이 많았다. 2018년도에 일주일을 묵은, 레이캬비크 숙소 주인아저씨도 나에

시청 앞에서 버스를 기다리며, 배낭과 잠바 외의 모든 짐을 맡겼다

게 먼저 한글 이야기를 꺼내며 특히 'ㅎ' 글자가 독특하다고 말했다. 그래서 한글을 만든 원리를 설명해주면서 하늘, 땅, 사람을 형상화한 3가지 모음만으로 모든 모음을 만들었다고 하니 진지하게 들으면서 놀라워했다. 레이캬비크 항구 옆의 미술관에서 전시회를 하던 화가도 18살인 아들이 한국에 가보는 것이 로망이라며, 수줍어하는 아들을 데리고 와 소개해주었다. 한국을 왜 좋아하는지 물어보았더니 게임과 케이팝 때문에 좋아하게 됐다며, 꼭 가고 싶다고 눈을 반짝이며 말했다.

레이캬비크에서 유명한, 생선 가시를 형상화한 조형물 '선 보야저(Sun Voyager)'가 보이자 이제 아는 길이라서, 택시 기사님께 내려달라고 하여 사진도 몇 장 찍고 숙소로 돌아왔다. 이제는 정말 배낭에 가져갈 짐과 맡길 짐을 정리해야 할 시간이다. 애써 가져온 것 중에서 빙하 녹은 강을 건널 때 신으려고 새로 산 샌들은 부피를 너무 많이 차지해서 숙소에 그냥 두기로 하고, 최소한의 화장품과 등산 도구, 식료품 들을 배낭에 넣었다. 그리고 겉옷은 한 벌로 버틸 생각으로 속옷만 몇 장 챙겨 넣었다. 대신 부피를 조금 차지하는 니트 모자를 두 개 넣어가, 매일 바꿔 써서 날짜를 구분하기로 했다.

밤 8시가 넘어서야 정리가 끝나 배낭을 뺀 나머지 짐을 모두 맡길 수 있었다. 인포 사무실로 가서 낮에 받은 명함을 보여주고 계산을 하고 나니 사무실 옆의 빈방에 보관하라고 했다. 빈방에는 늦은 시간인데도 짐이 그렇게 많지는 않았다. 안내소가 숙소와 가깝고 밤 10시까지 운영해서 천만다행이다. 이제는 물러설 수 없는 트레킹이 내일로 다가와서인지 목을 죄는 듯한, 그간의 걱정과 불안은 어디론가 사라졌다. 그리고 될 대로 되라지 하는 다소 자포자기한 심정과 의연한 기분이 교차하면서, 입고 갈 옷과 배낭만 있는 방에서 편안하게 잠이 들었다.

✗ Landmannalaugar ✗

란드마나라우가르 주변 트레킹과 노천 온천
— 7월 31일 수요일. 맑음. 연두색 모자. 1박.

드디어 대망의 트레킹을 시작하는 날이 밝았다. 아침 7시 30분 호수 옆 시청 앞에서 출발하는 버스를 타기 위해 설레는 마음으로 서둘러 숙소에서 나왔다. 가져온 버스 예약서를 보여주면 버스 안내원이 아이패드로 확인을 하는데 내 이름이 안 뜨는지 한참을 확인해보더니 그냥 타라고 한다. 처음에는 몇 명 안 탔는데 여기저기 들러 나중에는 빈자리가 없을 정도였다. 버스는 작년과 똑같은 길과 물길 2개를 건너 란드마나라우가르에 오전 11시에 도착했다.

주변을 둘러보기 전에 텐트를 먼저 설치해야 할 것 같아 적당한 자리를 찾았다. 일찍 도착해서인지 캠핑장에는 빈자리가 많아, 화장실이나 세면장에서 멀지 않은 곳에 텐트를 치기로 했다. 그리고 텐트를 치기 전에 미리 비용을 지불해야 하기에 사무실에 가서 사용료 2,500ISK를 냈더니 텐트에 붙여야 하는 종이를 준다.

캠핑장으로 돌아와 드디어 텐트를 배낭에서 꺼냈다. 그런데 바람이 심하

△ 란드마나라우가르 야영장
▷ 나의 카키색 텐트와 뒤에 보이는 프랑스 남자의 작
은 텐트
▷ 야영장 인근 산의 빙하

게 불어 텐트가 너풀거리며 날아다녔다. 사실 거실에서 한 번 설치해본 이후로 처음 해보는 거지만, 차분한 마음으로 텐트가 날아가지 않게 배낭을 텐트 속에 집어넣고 폴대를 끼우기 시작했다. 그때 갑자기 두 사람이 나를 도와주기 위해 나타났다.

네덜란드인 여자와 프랑스 남자인

데, 내가 할 것도 없이 그들이 텐트를 다 설치해주었다. 텐트 모서리 네 곳을 땅에 고정하는 못을, 돌멩이로 쳐서 땅에 박아주고 심한 바람에 혹시나 못이 빠져서 텐트가 날아가는 것을 막기 위해 커다란 돌멩이를 여러 개 들고 와 못 주변 네 곳에 쌓아주기까지 했다. 부산도 다녀 갔다는 프랑스 남자는 자신의 텐트를 가리키며, 저게 내 텐트이니 필요하면 언제든 도움을 요청하라고 말하고 떠났다.

조금 있다가 내 텐트 옆에 중국인 아가씨 두 명이 텐트를 치기 시작했다. 바람이 아까보다 더 세게 불어 폴대를 끼우는 걸 힘들어해서 나도 누군가의 도움을 받았기에, 텐트를 땅에 고정할 때까지 끝까지 텐트를 잡아주었다. 경험이 없어 몰랐는데 캠핑장은 이렇게 작은 도움들이 오가는 곳인 것 같았다. 중국인 아가씨들도 내가 많은 도움이 되었다며 고마워했다.

란드마나라우가르 주변 트레킹과 노천 온천의 즐거움

텐트를 설치한 후 주변 트레킹을 시작했다. 가장 먼저 간 곳은 작년에 지프 투어로 이곳에 왔을 때 자유 시간을 두 시간만 주어 가지 못한, 산 너머로 연기가 자욱하게 올라오던 곳이다. 사무실에서 얻은 안내 책자에 따르면 이곳은 '브라뉴크르 마운틴(Blahnjukur Mountain) 볼케노'다. 작년에 걸어갔던 곳을 지나 산을 넘으니 유황 냄새가 진동하는 자욱한 연기 속에 많은 사람이 보인다. 당일치기로 자차로 이곳을 방문하거나, 텐트를 치고 이곳에서 하룻밤 자고 돌아가는 사람들도 많다고 하니 사람이 많은 건 당연한 것 같다.

브라뉴크르 마운틴 볼케노를 기점으로 길이 갈라지는데 우측은 솔스모르크로 가는, 내일 내가 걷기 시작할 트레일 길의 시작이다. 왼쪽으로 걸어가

란드마나라우가르 캠핑장 주변 그레나길 가는 길 　　　 그레나길 계곡 옆 초록빛 산

니 '라우가링구르 라바 산책길(Laugahringur lava walk)'이 나온다. 용암이 굳어져 만들어진, 야트막하고 연두색 이끼로 덮인 바위가 끝없이 이어진 멋진 길인데 이곳만 와도 사람들이 거의 없다. 산책로를 살짝 벗어나 우측으로 가니 바위 위에 이끼가 더욱 멋지고 탐스럽게 소복소복 돋아 있다.

　조금 아까 다녀온 산 중턱의 브라뉴크르 마운틴 볼케노를 뒤로하고 라바 지대를 내려가다가 길을 살짝 벗어나 우측으로 빠지면, 아래로 맑은 물이 흐르고 멀리 산봉우리들이 겹쳐서 보이는 멋진 계곡이 나타난다. 그곳에는 사람이 한 명도 보이지 않았다. 정확하게 말하면 두 사람을 만났는데 그들이 가버리자 나 혼자서만 이 넓은 곳을 독차지했다. 앞에는 삼각형의 뾰족한 산들이 평지에 솟아 있고 산 표면에는 화산재가 덮여 있는지, 코뿔소나 코끼리 가죽 같은 진회색 빛깔을 띠고 있다. 신발과 양말을 벗고 시원한 물속에도 들어가 보았다. 물은 맑은데 철분이 많은지 돌들이 모두 검붉은색이었다.

　이곳에서 캠핑장으로 바로 가는 길은 없어, 왔던 라바 길로 다시 돌아왔다. 조금 걸어가다가 곧장 아래로 내려오니 캠핑장까지, 아까 본 그 계곡을 따라 흐르던 물길 옆으로 길이 나 있다. 이곳이 그레나길(Grænagil)이다. 계

브라뉴크르 마운틴 볼케노

곡을 걸어 내려오면서 가까이서 보이는, 길 반대편 산의 색채가 너무나 신비롭다. 청록색, 보라색, 황금색 등 색색의 가루로 덮여 있고 청록색 틈 사이로 빙하도 여러 곳 보인다. 아까 출발했던 반대편으로 캠핑장에 돌아온 셈인데 내가 걸어온 계곡이 그레나길라는 것도 도착해서 푯말을 보고 알았다. 내가 아까 발을 담갔던 계곡은 안내표지대로 내려왔으면 못 볼 뻔했으니, 여행에서는 길이 아닌 곳도 가볼 필요가 있는 것 같다.

이렇게 서둘러 텐트로 돌아온 이유는 노천 온천 때문이다. 작년에 수영복까지 준비해왔건만 못 들어간 노천 온천을 꼭 가기 위해 이번에는 만반의 준비를 해왔다. 그리고 오늘은 날씨도 엄청 좋다. 흐리고 비까지 내려 두꺼운 패딩을 입고도 으스스했던 작년에 비해, 오늘은 쾌청하고 맑은 날씨에

△ 라우가링구르 라바 산책길
▷ 라바 산책길 우측에서 만난 계곡과 산들

바람도 없다. 바로 온천탕에 몸을 담글
수 있게 텐트에서 수영복을 갈아입고,
그 위에 패딩을 걸친 뒤 노천탕으로 향
했다.

　좁은 널빤지 몇 개를 가로세로로 연결해서 만든 탈의실 한쪽에 패딩을 걸
쳐두고 물에 들어갔다. 산꼭대기의 눈들이 아직 녹지 않은 주변의, 분홍색,
회색 등이 섞인 컬러풀한 산들과 푸른 하늘과 흰 구름이 노천 온천 부근의 풀
들과 어울려 한 폭의 그림 같았다. 갑자기 마음이 너무 편안해지고 풍경과
소리가 마음에 들어오기 시작했다.

란드마나라우가르 노천 온천

아이들은 어디서나 똑같아서 지루함을 못 참고, 온천 주변의 풀을 뽑아 서로에게 던지면서 논다. 물에 흙이 섞이기도 하겠지만 온천이 타원형으로 길쭉해서 아이들은 저쪽 끝에서 노니까 문제없다. 더구나 어디에서 솟아나는지는 알 수 없지만 내가 앉은 곳 뒤쪽 산에서 뜨거운 개울물이 물보라를 내며 계속 흘러들어오고, 반대쪽에서는 물이 빠져나가서 물이 깨끗하다.

어른들은 맥주를 많이 마신다. 모두 지인과 맥주를 마시고 담소를 나누느라 사방이 시끌벅적하다. 어떤 분들은 양주를 가죽 병에 담아와 돌아가면서 마시기도 한다. 온천물이 흘러들어오는 곳으로 갈수록 물이 따뜻해 2시

노천 온천으로 흘러드는 뜨거운 물

간 가까이 그곳에 머물렀다. 덴마크, 페로제도, 헤이마에이를 거쳐 이곳까지
오느라 20일 넘게 쌓인 피로가 풀리고 기분이 너무나 좋아져서 일어나기 싫
었지만, 내일부터 본격적인 트레킹을 시작해야 해서 어쩔 수 없이 밖으로 나
왔다. 그리고 입었던 수영복은 탈의실에 두고 왔다. 짐이 많아 젖은 수영복
까지 배낭에 넣기가 불가능해 아까웠지만 어쩔 수 없었다.

텐트로 돌아와 레이캬비크에서 사서 온 것으로 저녁을 먹은 후 특별히 할
일이 없어 빨리 자기로 했다. 침낭 아래 까는 매트는 20만 원 가까운 고가여
서인지 걱정과 달리 아침까지 바람이 조금도 새지 않았다. 그래서인지 울퉁
불퉁한 돌바닥이 전혀 느껴지지 않아 잠자리가 편안하고, 오리털 침낭도 너
무 따뜻해 금방 잠이 들었다.

빙하와 물이 끓는 곳을 지나 도착한
흐란핀티무스커 산장
— 8월 1일 목요일. 맑음. 무지개색 모자. 2박.

아침에 약간의 물로 고양이세수를 한 뒤 텐트를 정리했다. 그리고 산더미만 한 침낭 때문에 있는 대로 부풀어 오른 배낭을 멘 채 트레킹 두 번째 날을 재촉했다. 다음 캠핑장이 있는 흐란핀티무스커(Hranfintimusker)까지는 '470m elevation up(오르락내리락하지만 결국은 란드마나라우가르보다 470m 더 높은 곳으로 가야 한다.)' 한다고 되어 있지만 처음에는 올라가기만 했다. 어제 갔던, 연기가 자욱한 브라뉴크르 마운틴 볼케노를 지나면서는 계속 뒤를 돌아보게 된다. 왜냐하면 높이 올라갈수록 란드마나라우가르에 솟아오른 산들의 컬러풀한 아름다움이 한눈에 들어와 눈을 뗄 수가 없기 때문이다.

드디어 오르막길을 다 올라가 고갯길을 넘으면 이제는 빙하가 곳곳에 보이는, 앞으로 걸어야 할 길이 눈앞에 쫙 펼쳐진다. 그 고갯마루에서 내 사진을 찍어준 노부부는 스틱만 가지고 있고 가방을 메고 있지 않은 걸 볼 때, 당일치기 여행객으로 이곳까지 둘러보고 다시 란드마나라우가르로 돌아가는 것 같았다. 인터넷 블로그 설명에 따르면 투어로 트래킹하는 사람들은 아이

높은 곳에서 내려다본 란드마나라우가르

슬란드에 있는 여행사의 도움으로 캠핑장에 있는 산장에 묵으며, 짐을 날라다 주는 서비스를 이용하기 때문에 가벼운 가방만 메고 트레킹하면 된다고한다. 식사도 산장에서 주기 때문에 따로 준비할 필요도 없다고 했다. 사실나도 비바크 경험이 없어서 캠핑장에 있는 산장을 개인적으로 예약하려고 했었다. 하지만 모든 곳이 마감되어 그 어떤 곳도 예약할 수 없었고 공식적인라우가베구르 구간 트레킹이 끝나는 지점인 솔스모르크에 있는 산장만 하루 예약할 수 있었다.

길은 폭이 넓지 않은 빙하 위를 지나거나 검게 그을린 것 같은, 멀리서 보면 커피색 찐빵 더미처럼 생긴 민둥산 위로 나 있었다. 길이라고 해봤자 만든

빙하와 물이 끓는 곳을 지나 도착한 흐란핀티무스커 산장

혹미 전빵 같은 야산 위로 난, 흐란핀티무스커 산장으로 가는 길

길이 아니라, 사람들이 걸어가서 발자국이 나 있는 것이 전부다. 풀이라도 있
으면 걸어간 길이 표가 나겠지만 그렇지 않기 때문에, 안개가 끼거나 비가 오
는 날 혼자 걷다가는 길을 잃기가 십상일 것 같았다. 50m마다 가느다란 길
표시 막대가 있지만 안개가 심하면 한 치 앞도 안 보이니, 이 막대도 무용지
물일 것 같다. 트레킹하는 사람들이 많은 여름인데도 여기가 길인 것 같고 저
기도 길인 것 같은 곳이 한두 군데가 아니다. 그러나 오늘은 날씨가 맑으니
걸어가는 사람들이 멀리서도 다 보여 길 찾기가 정말 좋다.

　걷다가 경사가 심한 언덕을 올라가면 쉬어가는 사람들이 꼭 있었다. 힘
들어서이기도 하지만 그런 곳은 대부분 전망이 좋기 때문이다. 나도 그런 데
서 쉬면서 점심과 육포를 먹었다. 점심이라고 해봤자 치즈 한 장 넣은 식빵과

스틱에 건 천 주머니에 달걀을 담아 끓어오르는 물에 삶는 하이커들

물이 전부지만 배가 고프다고 느낀 적은 한 번도 없었다. 그건 그만큼 긴장해 있었다는 의미도 된다. 무척 높이 올라왔는지 저 멀리 란드마나라우가르 풍경이 한눈에 들어온다.

멀리 눈 쌓인 설산을 보며 넓은 빙하 두 곳을 지나갔는데 표면의 색깔이 정말 신기했다. 빙하 표면은 세 종류의 색깔이 있는 것 같다. 완전히 흰색이거나, 눈과 회색 재가 불규칙하게 섞여 있는 경우가 대부분인데 지금 건넌 빙하는 눈 위에 회색 재가 한옥의 기와지붕처럼 규칙적으로 물결무늬를 이루고 있었다. 언덕을 또 하나 넘으니 사람들이 모여서 뭔가를 하고 있어 그곳으로 가보니 곳곳에 흰 연기가 땅에서 뿜어져 나오고 있었다.

더 가까이 가보니 단체로 온 하이커들이 달걀을 삶고 있다. 천 가방에 달

할다라는 푯말을 보고 찾은, 유황 냄새를 풍기며 끓던 큰 웅덩이

걀을 담아 등산용 스틱에 걸어, 땅에서 퐁퐁 뜨거운 물이 솟아오르는 구덩이
에 넣었다 빼기를 반복하고 있다. 옹달샘같이 구멍이 뚫어진 곳에서 하얗게
연기를 내며 끓는 물이 간헐적으로 솟구쳐 오르는데 솟구쳐 오를 때는 위험
하니까 스틱을 빼서 살짝 뒤로 갔다가, 다시 집어넣기를 반복한다. 땅 곳곳
에 보글보글 물이 끓어오르는 자그마한 곳이 정말 많다. 그곳에는 땅 위에
달걀을 그냥 올려두기도 하고, 냄비에 넣어 올려두기도 했다. 나중에 달걀을
까서 먹는데 정말 잘 익었다. 주변에는 다른 곳과는 달리, 예쁜 연두색 이끼
도 있는데, 솟구쳐 오르는 물과 지열 때문인 것 같다.

  거기서 언덕을 또 하나 넘으니 '할다(Haalda)'라는 푯말이 있었다. 그곳을
지나쳐 가파른 언덕을 올라가다 뒤돌아보니, 양쪽에 보이는 풍경이 장난이
아니다. 주변의 모든 사람이 언덕을 넘어가 버렸지만 이런 풍경을 다시 보기
힘들 것으로 생각한 나는 배낭을 언덕 위에 그냥 던져놓고 왔던 길을 되돌아
갔다. 왼쪽으로 먼저 가보았더니 지름이 5m가 넘는 큰 웅덩이에 커피믹스 같

할다 부근에서 본, 아래서부터 녹고 있는 빙하 덩어리

은 갈색의 물이 부글부글 끓고 있었다. 그뿐만 아니라 주변 곳곳에도 물이
보글보글 끓고 있는 웅덩이가 수도 없이 많았다.

　이번에는 반대편으로 가보았다. 유황 냄새가 진동하는 이곳에는, 좀 전
보다 두 배는 더 큰 웅덩이에 연한 하늘색 빛깔의 뿌연 액체가 담겨 김을 내
뿜고 있었다. 그리고 주변 곳곳의 붉은 땅에는 물이 끓고 있는 작은 웅덩이
들이 더 많았다. 아궁이처럼 회색 재가 앞에 쌓여 있고 구멍이 뚫어진 곳은 분
명 자그마한 분화구임에 틀림이 없으리라. 주변에 물소리가 들려 가보니 동
굴처럼 아래가 뚫려 있는 빙하가 있었다. 빙하가 어떻게 녹아내리는지 알 수
있는 곳으로, 빙하 아래쪽부터 녹은 물이 굵은 소낙비처럼 떨어지고, 그 물들
이 모여서 개울이 되어 흐르고 있다. 지금까지 빙하를 건너올 때 시냇물 흐르
는 소리가 요란했던 곳은 이미 아래쪽이 많이 녹아 빙하가 얇아진 경우일 확
률이 높다.

　예상치 못한 멋진 풍경을 나 혼자 보고 흐뭇한 마음으로 배낭이 있는 곳

흐란핀타무스커 산장에 도착하기 직전의 빙하 위의 길　　아름다운 물결 무늬의 빙하

으로 돌아왔는데 마침 혼자 지나가는 아주머니가 있어서, 한번 가보라고 얘기했더니 눈으로 주변을 한번 휙 보고는 단호하게 거부하고 그냥 가버린다. 내가 방금 간 두 곳은 언덕 위로 한참 올라가서 뒤를 돌아봐야만 보이는 곳이니, 모르고 지나간 하이커도 많을 것 같다.

　다시 언덕으로 돌아와 한참을 걸어가니 평지 한가운데 트레킹 중 사망한 사람인 'IDO KEINAN'을 기리는 돌무덤이 있었다. 2004년 6월 27일이라고 쓰여 있는 기념비는 영어로 쓰여 있어 무슨 내용인지 이해가 갔다. 내용은 이러하다. "그는 눈보라가 심한 날 안전한 산장을 눈앞에 두고 사망했다. 안타깝게도 겨우 25세의 나이였다." 그 청년이 사망한 날짜는 정확하게 알 수 없지만, 라우가베구르 구간의 트레킹 오픈이 6월 중순부터니까 그 무렵 이곳을 걷다가 갑작스러운 기상 악화로 인한 심한 눈보라에 길을 잃고 저체온으로 쓰러져 사망한 듯하다. 보통은 길을 잃어도 인가가 나오기도 하고 다른 길이 있기도 한데, 이곳은 그렇지 않다. 길도 하나고 집이라곤 캠핑장에 있는 산장이 전부다. 높은 지대에 있는 평지여서 바람이 심한지, 길을 알려주는 가느다란 막대기는 주변에 돌을 쌓아 날아가지 않게 해두었다.

흐란핀티무스커로 가는 도중에 있는, 사망한 트래커 추모비   흐란핀티무스커 캠핑장

평지를 지나자 갑자기 엄청나게 큰 빙하로 뒤덮인 산이 나타났다. 가도 가도 끝이 없는 눈길을 한참 걸어서 모퉁이를 돌아선 후 조금만 더 가니 흐란핀티무스커 캠핑장이 눈 아래로 확 펼쳐진다. 오른쪽에 산장이 있고, 완만하게 경사진 아래쪽에 캠핑장이 들어서 있는 모습이 그렇게 반가울 수 없다. 캠핑장에 도착하고 보니 사람들이 왜 그렇게 서둘러 갔는지 조금은 이해가 되었다. 평소 바람이 센 곳인지 곳곳에 돌담을 쌓아두었고, 일찍 도착한 사람들은 이미 돌담을 차지하고 그 안에 텐트를 예쁘게 쳤다. 여기저기 찾아보았으나 마땅한 자리가 없어 아무 곳이나 빈자리에 텐트를 설치하면서 주변을 보니 지금 텐트를 설치하는 사람은 나밖에 없다. 아까 웅덩이의 물이 끓고 있었던 할다의 멋진 풍경을 보고 가라고 권했을 때 거부하고 미리 가셨던 아주머니도 나보나 훨씬 좋은 곳에 자리 잡고 텐트를 쳤다.

산장을 비롯한 편의 시설은 비탈진 곳의 가장 위에 자리 잡고 있어 오가기가 좀 불편하지만, 캠핑장 이용료 2,000ISK를 내려고 갔다. 직원은 텐트에 붙이는 스티커를 주면서 이 캠핑장은 쓰레기를 버릴 수 없으니 싸 가서, 다음 캠핑장에 버려야 한다고 알려주었다. 직원에게 얼음 동굴 가는 길을 물어보

흐란핀티무스커 캠핑장의 라트비아에서 온 하이커　　　바람이 많은지 돌담을 쌓아둔 흐란핀티무스커 캠핑장

니까 붕괴되었다고 한다. 그래서 쇠두들(Sodull) 산의 위치만 확인한 후 사무실을 나와 화장실로 갔다.

이곳의 화장실은 재래식으로 소변만 볼 수 있으며, 냄새가 심해서 좌변기를 쓴 다음에는 얼른 뚜껑을 닫아야 한다. 그리고 식수대는 따로 없고 이 화장실 안에 있는 수도꼭지 3개가 유일한 식수원이다. 그러니 세안이나 양치도 냄새가 심한 이곳에 와서 해야 한다. 큰 볼일은 어디서 보는가 살펴보았다. 산장과 캠핑장 사이에 조그마한 건물이 있는데 사람들이 휴지를 들고 줄을 섰다가 계단을 올라 한 명씩 들어간다. 그래서 거기는 큰 것 전용 화장실이라는 것도 알게 되었다.

구경할 거 다 하고 사진 찍을 거 다 찍고 오느라 남들보다 두 배나 걸려 도착했기 때문에 시간이 늦어, 서둘러 쇠두들 산을 다녀오기로 했다. 캠핑장에서 빙하를 지나 조금만 올라가면 나오는 산인데 전망이 좋다. 정상에 올라가니 내가 걸어왔던 눈길과 캠핑장이 동시에 보여 감회가 새롭다. 반대편으로는 군데군데 눈 쌓인 산들이, 저물어가는 햇빛을 받아 붉게 물든 모습이 장엄하다. 빨강 잠바를 입은 옆의 젊은 남자는 멋지다고 감탄사를 남발한다.

캠핑장 옆 쇠두들 산 전망

내가 사진을 찍어주겠다고 했더니 좋아하며 포즈를 잡는다. 나는 그의 사진
을 다시 찍어주고 산에서 내려왔다.

맨발로 물을 건너 도착한 알프타바튼 캠핑장
─ 8월 2일 금요일. 맑음. 연두색 모자. 3박.

물이 차가워서 도저히 머리를 감을 수 없어, 어제처럼 니트 모자를 뒤집어 쓰기로 하고 페트병 물로 고양이세수를 한 뒤 텐트를 정리했다. 저 멀리 앞쪽에서 신나는 음악을 크게 틀어놓고, 배낭을 메고 스틱까지 든 하이커들이 춤추고 있는 걸 보니 나도 덩달아 즐거워졌다. 아이슬란드에서 매일같이 맑은 날씨라니 그 얼마나 행운인가. 안개도 없고 미세먼지도 없으니 걷는 내내 먼 곳의 풍경까지 전부 눈에 담을 수 있다.

오늘은 490m 내려간다고 해서 마음이 가벼웠는데 예상과 달리 어제보다 더 오르락내리락한 길들이 이어졌다. 남들보다 훨씬 크고 무거운 침낭과 1~2인용이라지만 너무 크고 무거워 왠지 잘못 샀다는 느낌이 자꾸 드는 텐트를 넣어가니 배낭 무게를 감당하기 어려웠다. 그래서 중간에 여러 번 쉬어 갔는데 한 번 쉬어가려고 앉았다가는 스틱이 아니면 일어서기도 힘들었다.

하얀색의 순결한 눈길도 건너고 여기저기 팬 빙하도 건넜다. 어떤 곳은 아래쪽이 녹아 하중을 이기지 못해 무너져 내린 빙하도 있는데 하이커들은 그곳을 피해 건너간다. 그렇게 걷는 도중에 이곳에서 목숨을 잃은 사람을 추모하는 탑이 또 나왔다. 글씨가 흐릿해 잘 알아보긴 힘들지만 2014년에 있었던 일인 것 같다.

언덕을 오르락내리락하며 걷는데 저 아래로 빙하가 또 보였다. 앞쪽에 보이는 빙하는 군데군데 눈 덮인 산들의 능선과 곳곳의 연두색 이끼의 조화가 너무 멋져서, 내려가지 않고 사진을 찍고 놀고 있었다. 그때 지나가던 아저씨가 내 인생 샷을 찍어주었다. 사진을 확인하고 너무 좋아서 아저씨께 보여주고 있는데 그때 아들이 올라왔다. 외국에서 만나면 보통은 어디에서 왔는지를 먼저 질문하는데 영국 왕자와 이름이 같은 이 앤드류 아저씨는 내 이름을 먼저 물어보았다. 이름을 말한 후 한국에서 왔다고 하자 자신은 텍사스에 사는데 한국 나이로 9세인 아들과 여행 중이라고 했다.

언덕을 내려가 산꼭대기까지 눈이 쌓인 멋진 빙하를 건넌 후 약간 가파른 언덕을 넘어가니, 건너편 산에 빙하를 칼로 자른 듯한 단면이 보이고 어떤 곳은 동굴 같은 곳도 있다. 그리고 산 아래 골짜기로 빙하 녹은 물이 흙물과 섞여 주황색 시냇물을 이루어 흘러가는데, 너무 멋진 풍경에 배낭을 내려놓고 한참 놀다가 다시 걷기 시작했다. 걸어가는 도중에 땅에서 연기가 나오고 자그마한 웅덩이에서 물이 끓고 있는 곳이 또 나오는데 여기만 지나 조금만 걸어가면 내리막길이 시작되어 걷기가 편하다.

드디어 네모난 호수와 평지에 우뚝우뚝 삼각형 모양으로 솟은 산들이 멀리 보이기 시작하고 그 너머에는 끝이 보이지 않는, 거대한 빙하 지대가 펼쳐져 있다. 한눈에도 저 호수가 오늘의 목적지인, 야영장이 있는 알프타바튼(Alftavatn) 호수라는 걸 알 수 있다. 그리고 무슨 일인지 내가 지금 걷고 있는 곳의 흙과 바위는 붉은색이 감도는 갈색인데 시야가 멀어질수록 점점 더 짙어져, 저 멀리 보이는 산들은 모두 검푸른색이다. 내리막길을 내려갈수록

알프타바튼 가는 길의 풍경. 미국인 앤드류 아저씨가 찍어준 사진

Ⅲ ｜ 2019년 페로제도를 떠나 다시 아이슬란드로

멀리 보이는 호수 옆에 있는 알프타바튼 캠핑장

급하게 경사가 진 언덕에는 풀도 나 있고 목화솜 같기도 하고 솜사탕 같기
도 한 흰 꽃들이 군락을 이루어 피어 있어, 조금 전의 산 정상까지의 풍경과는
완전히 다르다.

드디어 평지까지 다 내려왔는데 갑자기 처음으로 시냇물이 나타났다. 물
이 아주 깊어 보이지는 않으나 색깔이 흐려서 깊이를 알 수 없고, 물살이 상
당히 거칠어 보인다. 등산화를 벗었으나 배낭 안에는 들어갈 자리가 없어 신
발 끈을 배낭에 잘 묶었다. 만약에 물을 건너다가 신발 한쪽이 물에 떨어져
떠내려가 버린다면 게임 끝이다. 트레킹이고 뭐고 다 끝나는 것이기 때문에
조심조심 묶고 양말도 벗고 맨발로 건넜다. 샌들은 무거울 것 같아 짐 무게
를 줄이기 위해 레이캬비크 게스트하우스 방에 두고 왔기 때문에 다른 선택

지는 없었다.

그런데 밟고 지나가는 물속의 돌덩이들이 어쩌나 차가운지 불로 생살을 지지는 듯했다. 그 와중에 건너편에서 신발까지 다 신은 아저씨가 나보고 "Are you OK?" 하고 묻는다. "This is my roman!"이라고 웃으며 말하니, 엄지손가락을 추켜올리고는 자리를 떠난다. 큰소리를 빵빵 쳤지만 실상은 칼로 생살을 도려내는 듯한 고통에 몸서리쳤다. 그리고 물살은 어쩌나 세게 지친 나를 떠미는지 힘을 내기 위해 속으로 외쳤다. 'Are you strong? I am more stronger.' 다 건너고 나니 큰일을 끝낸 것처럼 쾌감이 밀려와 너무 즐거워져 주위 사람에게 부탁하여 시냇가에 서서 사진도 찍었다.

그다음부터 3㎞ 정도의 길은 평지로, 아무리 걸어도 길이 줄어드는 것처럼 느껴지지 않아 너무 지루해진 나머지 캐럴을 되풀이해서 부르며 갔다. 내 평생 부른 캐럴보다 더 많이 불렀을 때쯤, 드디어 알프타바튼 호수 옆 캠핑장에 도착했다. 이곳은 여러 편의 시설이 있고 차도 들어올 수 있는 캠핑장인 것 같았다. 주차된 차들은 보지 못했으나 캠핑장 안내를 보니 주차장 시설은 있었다.

알프타바튼 캠핑장의 좋은 점

나는 이 캠핑장이 좋았다. 레스토랑이 있고 돈을 주면 배터리 충전을 할 수도 있어서다. 이번 트레킹에서 내가 가장 실수한 것은 휴대용 충전기를 충분히 가지고 오지 않은 것이다. 계속 날씨가 맑아 야외에서 화면이 잘 보이지 않아, 찍은 사진을 그때그때 확인하려고 화면을 밝게 해두었더니 전원이 금방 닳아버렸다. 벌써 흐란핀티무스커 산장부터 배터리가 걱정돼, 핸드폰 전

알프타바튼 호수 쪽은 검은색,
그 앞쪽은 갈색으로 색깔이 다르다

호수 옆 광활한 알프타바튼 캠핑장

원을 아끼기 위해 사진이나 영상도 최소한으로 찍고 태블릿을 사용하기도 했다. 그렇게 아꼈건만 알프타바튼 캠핑장에 올 때쯤에는 충전기는 물론 핸드폰 전원도 거의 바닥이었다.

처음에는 이곳에 충전해주는 곳이 있는 줄 몰랐다. 캠핑장 사용료를 내러 안내소에 갔는데 옆에 레스토랑도 있어 식사하러 들어갔더니 1시간에 1,000ISK 요금으로 휴대폰을 충전해준다고 쓰여 있었다. 그런데 문제는 있었다. 여기서도 발전기를 돌려 겨우 전기를 얻기 때문에 핸드폰만 충전할 수 있고 충전기나 태블릿은 충전할 수 없다고 했다. 핸드폰만이라도 충전할 수 있다는 것이 기뻐 충전시켜 두고 오랜만에 제대로 된 식사를 했다.

오늘은 금요일로 수요일 아침부터 나는 제대로 된 식사는 한 끼도 하지 못했다. 짐을 싸서 그 전날 맡기는 바람에 수요일 아침에는 슈퍼에서 사 온 간편식으로 식사를 해결하고 버스를 타러 갔다. 트레킹을 시작한 목요일부터는 짐을 더 줄이기 위해 최소한의 음식만 넣어 갔기 때문에 더욱더 간편하게 식사를 했다. 선식에 물을 타서 육포와 함께 먹거나, 식빵에 치즈를 끼워서 그것만 먹었다. 그래서 핸드폰이 충전될 동안 여기 레스토랑에서 제대로 된 식사를 하기로 한 것이다. 그래야만 앞으로 남은 일정을 무사히 마칠 수 있으니까.

이곳은 간소하나마 매점도 있었다. 양고기 수프에 맥주를 곁들여 빵이랑 든든하게 저녁을 먹고 아침으로 먹을 바나나도 샀다. 말이 레스토랑이지 탁자 4개 정도의 간소한 매점 겸 간이식당이지만 나로서는 최고의 만찬을 한 셈이다. 나오면서 보니 이곳에서는 몇 대 안 되긴 하지만 트레일러처럼 생긴 차량이, 아이슬란드 자연을 일박하면서 체험하고 싶어 하는 사람들에게 객실로 대여도 되고 있었다.

흐란핀티무스커 산장에서 가져온 쓰레기를 버린 후 화장실이 있는 세면장으로 가려고 치약을 찾았는데 없다. 혹시나 치약을 팔지 않을까 해서 매점도 가봤으나 품절이어서 사지 못했다. 다행히 다음 날 아침에 찾았으나 이때는 앞으로 이틀간은 산속 캠핑장에서 자야 하는데 양치를 못 할 생각에 눈앞이 캄캄했다. 그리고 가까운 곳에 있는 텐트 아저씨도 신경 쓰였다. 걷기도 어려운 길을 상의를 탈의한 채 산악용 자전거로 등반하는 분이 있어 신기해서 멀리서 찍었다가 어떻게 알았는지 지우라고 험상궂게 말해서 지운 적이 있다. 하필 그분이 이 드넓은 캠핑장에서 내 텐트 가까운 곳에 친구랑 텐트를 설치한 것이다. 대충 양치를 하고 돌아오다가 그 아저씨를 보고 정말 놀랐다. 그 순간 해코지하려고 하는 건 아니겠지 하는 생각이 들 정도로. 충전도 하고 맛있는 저녁도 먹고 해서 기분이 좋았는데 다시 기분이 가라앉아 바로 옆의 호수도 안 가보고 그냥 취침해버렸다.

신발을 신은 채 물길을 건너 도착한 엠스트루르 캠핑장
— 8월 3일 토요일. 맑음. 무지개 모자. 4박.

아침에 배낭을 정리하다가 다행히 치약을 발견했다. 어제 매점에서 사 온 바나나와 선식으로 아침을 먹고 양치를 하러 갔다가 안내소에 다시 가보았더니 그곳에 걸린 보드에는, 다른 야영장과는 달리 오늘 날씨와 트레킹에 필요한 정보와 재미있는 내용이 기록되어 있었다. 보드에 적힌 내용을 자세하게 풀어보면 다음과 같은데 많은 도움이 되었다.

"오늘 날씨는 비가 오지 않고 약간의 바람이 있다. 우리는 최상의 날씨를 기대하지만 최악의 날씨를 대비해야 한다. 그리고 태양을 발견할 수 없다면 당신 자신이 태양이 돼라. 강을 건널 때는 항상 가장 강폭이 넓은 곳을 찾아 스틱을 들고 샌들을 신고 건너야 한다. 그리고 배낭은 절대 풀어서 들지 말고 반드시 몸에 메고 있어야 한다. 엠스트루르(Emstrur) 캠핑장까지 두 개의 강을 건너야 하는데 첫 번째 강은 종아리까지 온다. 두 번째 강은 허벅지까지 오는데 차가 건너는 곳으로는 절대로 건너지 말아야 한다."

알프타바튼 캠핑장 사무실 안내문 　　　　　　　차도 건너고 사람도 건너는 물길

등산화를 신은 채로 물길을 건너다

　배낭을 메고 캠핑장을 나와 산 하나를 넘자 강물이라기보다는 넓은 시내라는 명칭이 더 적합한, 물살이 세지 않은 하천이 바로 나왔다. 어제 맨발로 건넜다가 물속 차가운 돌들 때문에 살을 에는 고통을 겪었기에 오늘은 결심했다. 양말만 벗고 그냥 신발을 신은 채로 건너기로 하고 신발 속 물기는 행주용 두툼한 크리넥스 타올로 닦아내기로 했다. 신발을 신고 건너니, 맨발로 건널 때와는 달리 고통스럽지 않아서 좋았다. 하지만 물을 짜내면서 계속 닦아내도 물기가 많아 양말을 신어도 신발 안이 축축하여 기분이 별로였다. 그리고 물기가 계속 배어나니 신발 바깥에 온갖 흙먼지가 다 달라붙어 지저분하기 짝이 없었다. 그러나 맨발의 고통을 알기에 이런 선택을 후회하지는 않았다.

　알프타바튼에서 3㎞ 정도 가니 피반직(Fivanngic)이라는 지명이 나오는데 이곳을 지나면서부터는 길이 거의 평지로, 걷기에 오히려 지루하고 빙하 위를 지나가는 길은 없다. 드디어 두 번째 큰 물길을 만나게 되는데 보기에도 물살이 세고 깊어 보인다. 내가 도착했을 때는 건너는 사람은 없고 물길 반대편에서 신발과 옷들을 정리하는 젊은 아가씨들이 보였다. 큰 목소리로 방금 건너간 곳은 괜찮으냐고 물어보니 "Best"라고 했지만, 키가 큰 아가씨들도 허벅지 위쪽까지 젖은 것처럼 보여서 다른 곳을 찾아보기로 하고 조금 위쪽으로 올라갔다. 이 와중에 어제 산장에서 수다를 떤 라트비아 아저씨가 내 사진을 찍고 싶어해서 포즈를 취해주기도 했다.

양쪽에 서 있는 사람들이 서로 눈치만 보고 있을 때 건너편에서 한 부부가 더 위쪽으로 가더니 무사히 건너왔다. 그걸 보고 사람들이 따라 건너기 시작하고 나도 무사히 건너갔다. 바닥이 미끈거리는 곳이 있어 스틱으로 탐색하며 건너는데, 물살이 정말 세서 다리를 엄청나게 강한 힘으로 떠민다. 어제처럼 'Are you strong? I am more stronger.' 하고 주문을 걸며 건넜는데 스틱이 없었으면 길을 걷기도, 물길을 건너기도 힘들었을 것 같다. 왜냐하면 스틱으로 바닥을 꽉 짚었기 때문에 물살에 떠밀려 넘어지지 않을 수 있었기 때문이다.

강을 건너면 모두 앉아서 발에 물기를 닦아내고 신발을 갈아 신는데 발에 물집이 생겨 밴드를 붙이는 사람들이 많다. 나는 평소에 운동으로 생긴 군은살을 소중히 여기며 절대로 제거하지 않아서인지, 다행히 아무리 걸어도 물집이 생기는 일은 없다. 이번에도 양말만 벗고 신발을 신고 건너서 물기를 일회용 타올을 여러 번 짜며 열심히 닦아냈다. 하지만 신발에 물기가 얼마나 많은지 양말을 신어도, 걸을 때 철벅철벅했다.

아래쪽으로는 차들이 물길을 건너가는 곳이 있어 내려가서 구경했다. 사륜구동차만 진입하는데 바퀴가 너무 깊이 빠져, 공회전하다가 후진한 후 다시 가는 차들도 있었다. 조금 가다가 새로운 물길이 나타났는데 철교가 설치되어 있어 차와 사람들이 이곳으로 건넜다. 철교 아래로 콸콸 거세게 흘러

달 표면처럼 황량한, 알프타바튼에서 엠스트루르 가는 길. 길도 없이 발자취를 따라 걷는다

가는 흙탕물이 무섭기까지 하다.

　이후로도 평지가 계속되어 걷기가 몹시 지루하고 어제 커다란 스카프를 분실하여 얼굴을 검은 마스크로 가리고 있으니 마주오는 사람들을 만나면 민망했다. 주변에 보이는 산들도 산맥이 아니라 평지에 삼각형 모형을 여기 저기 세워놓은 것 같았다. 마치 다른 행성에 온 것 같아, 여기에서 SF 영화를 찍으면 좋겠다는 생각이 들 정도였다. 시커먼 흙으로 덮인 넓은 평지와 이끼만 살짝 덮인, 역시 시커먼 산들의 생김새를 보니 전날 알프타바튼 산장이 보이는 언덕에서 바라보았던, 호수 멀리 평지에 오뚝오뚝 시커멓게 솟은 산들이 바로 이곳이었다.

　길고 지루한 평지를 힘들게 지나면 언덕이 나오고 그곳을 넘으면 또 풍경이 달라진다. 갈대들이 군락을 이룬 곳도 보이고 아까보다는 덜 지루한, 걷기 좋은 길이 이어진다. 마지막 언덕 위에 서니 엠스트루르 산장과 캠핑장이

엠스트루르 캠핑장

멀리 거대한 빙하를 배경으로 석양에 빛나고 있고, 고지대인데도 산악용 지프가 다니는지 찻길도 나 있다.

알프타바튼 산장까지만 걷고 레이캬비크로 돌아가는 사람이 많은지 도중에 마주치는 사람들도 많지 않았고 캠핑장도 좁다. 오늘도 너무 늦게 도착해서인지 좋은 자리는 이미 다 차버려, 언덕에서 캠핑장으로 내려오는 길옆에 자리를 잡았다. 텐트를 치려는데 바람이 불어 펄럭이면서 먼지가 자꾸 나, 보다 못한 옆 텐트의 남자가 도와주겠다고 하였다. 나 혼자 치겠다고 말하니 텐트가 날아가지 않게, 배낭을 텐트 안에 먼저 넣고 설치하라고 한다. 아뿔싸, 첫날 텐트를 칠 때 그렇게 하고 폴대를 끼웠는데 까먹고 있었다. 그 남자는 자기 텐트를 가리키며, 여기에 있으니 도움이 필요하면 말하라고 하고 텐트 안으로 들어갔다.

사람들은 여자 혼자 캠핑장에서 비바크하면 위험할 것 같다고 말하지만

밤이 되어 인적이 끊긴 캠핑장과 밀려드는 안개 속의 아이슬란드 국기

이번 여행을 통해, 사람들은 서로 돕고 사는구나 하는 가슴 따뜻해지는 경험을 많이 했다. 그리고 텐트가 얇아서인지 멀리서 코 고는 소리도 다 들리는데 그 소리가 좋았다. 마치 집에서 가족과 함께 있는 느낌이 들었고, 혼자라서 무섭다거나 외롭다는 생각은 전혀 들지 않았다. 매일매일 모든 일정이 끝나면 침낭에 들어가 그날 있었던 일들을 간단하게 정리했다. 갑자기 안개가 밀려와 캠핑장이 솜이불처럼 안개에 싸여서, 펄럭이는 아이슬란드 깃발만 보이는데, 솜처럼 피곤한 몸을 침낭에 뉘고 옆 텐트에서 들리는 코 고는 소리와 소곤대는 소리를 들으며 나는 깊은 잠에 빠져들었다.

한 커플을 필사적으로 따라가 도착한 솔스모르크
― 8월 4일 일요일. 맑음. 연두색 모자. 5박.

일찍 잠이 들어서인지 이른 아침에 기상했다. 주변에 협곡이 있다는 걸 알고 왔기 때문에 다녀오려고 하는데, 캠핑장에는 안내 표지판이 보이지 않았다. 그래서 어제 왔던 큰길을 따라 무작정 언덕 끝까지 올라가니 다른 길과 만나는 곳에, 조지캐니언(Gorge Canyon)이라고 쓰인 표지판이 서 있다.

길을 따라 조금 걸어가다가 산책로가 있어서 내려가니 미국의 그랜드캐니언만은 못하지만, 수직으로 깊고 높게 팬 계곡의 검고 붉은 바위가 보였다. 연두색 이끼가 바위 곳곳을 덮고 있었고, 까마득한 절벽 아래로는 급류가 흐른다. 아찔하기는 했지만, 최대한 절벽 가까이 다가가 경치를 감상했다. 아이슬란드의 다른 곳과 마찬가지로 안전장치라고는 전혀 없는 곳이지만, 최대한 가까이 가서 본 협곡의 모습은 정말 멋있고 장엄했다. 이른 시간이어서인지 아무도 없는 멋진 협곡 풍경을 오롯이 나 혼자서만 즐겁게 감상하다가 다시 캠핑장으로 돌아왔다.

텐트로 돌아와서, 짐을 싸고 출발할 때쯤에는 벌써 다른 사람들은 대부

△ 엠스트루르 캠핑장 옆 조지캐니언 ◁ 너무 좁아 위태로운 계곡의 다리 ▷ 야생 블루베리도 많고 오아시스 같았던 계곡

분 출발하고 5팀 정도밖에 남지 않았다. 이제 한 구간만 걸으면 되니, 눈앞의 거대한 미르달스외쿠들(Myrdalsjokull) 빙하를 보며 걸음을 재촉했다.

빙하가 가까이 보이는 곳에 있는 깊은 협곡에는 빙하 녹은 거무튀튀한 흙탕물이 거세게 흘러가서인지, 좁은 다리가 설치되어 있다. 다리라기보다는 좁고 긴 널빤지 하나를 이쪽과 저쪽에 걸쳐놓은 것 같았고, 난간도 거의 1m 이상의 간격으로 엉성하게 쳐져 있어 바람이라도 많이 분다면 정말 위험할 것 같았다. 다리를 지나 또 평지를 한참 걸어가는데 나 혼자밖에 없고 어쩌다 지나가는 사람들이 손꼽을 정도다. 그때 길가에서 자생하는 야생 블루베리를 발견했다. 나무가 어찌나 작은지 내 등산화 높이밖에 안 되어 나무라고 부르기도 무색하다.

황량한 길을 한참 걷다가 갑자기 맑은 물이 흐르고 온갖 꽃들이 피어 있는 아담한 계곡이 나타났다. 조금 내려가서 볼일도 보고 점심을 먹은 후 쉬면서, 이 계곡에 지천으로 있는 블루베리를 실컷 따 먹었다. 그리고 조금 올라가 보니 이 계곡이 아름다운 이유를 알 수 있었다. 바위가 산 능선을 따라 꼭 성벽같이 길게 늘어서서 바람을 막아줘, 이곳에 지금까지 오면서는 볼 수 없었던 풀밭이 사방에 넓게 펼쳐져 있고 꽃들도 지천으로 피어 있었다. 마치 트레킹 길의 무릉도원이나 오아시스 같았다.

산을 넘으니 다시 황량한 들판이 이어지지만 이젠 길도 제법 넓다. 길이 넓은 분지 가운데로 이어지면서 이끼 말고 다른 식물들도 보인다. 레이캬비크를 떠난 후 거의 처음으로 길가에 서 있는 나무도 몇 그루 보았는데, 꼭 느티나무처럼 생겼다. 환경이 척박하고 바람이 많아서인지 땅에 붙어서 자라는 조그마한 꽃도, 뿌리가 드러난 부분을 보니 나뭇가지처럼 두껍고 긴 뿌리가 땅에 뿌리내리고 있었다. 또 어떤 풀은 잎이 없이 아스파라거스처럼 줄기만 한 뼘 정도로 길게 자라 바람을 이겨내고 있었는데 삶에 대한 식물들의 의지가 눈물겨웠다.

길 왼쪽 산이 숲처럼 나무로 덮인 곳을 지나니 갈대로 뒤덮인, 넓은 들판이 나왔다. 가까이 가보니 갈대는 아니었다. 들판을 덮고 있는 붉은 풀들 사이사이로 갈대처럼 생긴 풀들이 곳곳에 무리 지어 자라나 들판은 온통 가을의 갈대밭처럼 보였다. 바람이 심해서인지 기껏해야 30㎝ 정도로 자란 풀들은, 가느다란 어린 줄기가 바람에 맞서지 않고 어여쁘게 하늘거린다. 여기서 배낭을 내려놓고 또 한참을 놀았다.

다시 길을 나섰다. 멀리 빙하로 덮인 산들과 뭉게구름, 산들로 둘러싸인 핑크빛 분지와 넓은 길이 한동안 이어지다가 이번에는 핑크빛 꽃으로 뒤덮인 들판이 나타난다. 까마득하게 멀리 보이는 들판의 끝에 나무들이 한 줄로 줄지어 서 있고, 들판은 핑크빛 꽃들과 연두색 풀이 섞여 낙원에 온 듯한 느낌을 주었다.

저 커플을 놓치면 나는 죽는다

이렇게 넋을 잃고 놀다가 주변을 살펴보니 이제는 오가는 사람이 아무도 없어 슬슬 걱정되기 시작했다. 하늘에 지금까지 본 적이 없던 헬리콥터가 계속 소리를 내며 날아다녀 불안감이 더 심해졌다. 하늘을 나는 헬리콥터가 꼭 트레킹에 지쳐서 포기하거나, 나처럼 낙오한 사람들을 구출하기 위해 날고 있는 것 같았다.

그때 키가 큰 한 커플이 멀리서 걸어가고 있는 것이 보였다. 그것도 나와 같은 방향으로. 얼마 전까지는 정말 행복했었는데 이제 그런 마음은 다 사라지고, 저 커플을 놓치면 죽는다는 본능 같은 것이 솟구쳤다. 그래서 그들을 따라가기로 결심하고 이미 꼬리를 감춘 그들을 죽어라 따라갔다. 다행히도 그들이 계곡 아래로 넓은 물길이 보이는 바위 위에서 쉬고 있어, 그들 있는 곳까지 따라갈 수 있었다. 그런데 그냥 서 있기가 무안해서 아까 그 핑크빛

솔스모르크로 가는 길　　　　　커플을 따라가다가 만난 강

야생화가 핀 들판과 언덕을 찍고 있는 사이에 그들이 또 사라졌다. 워낙 키
가 크고 젊은 친구들이라 걸음이 무지하게 빠른 듯하다.

　저 두 명을 놓치면 죽는다는 공포감이 다시 엄습했다. 고개를 넘고 산을
넘어 죽어라고 따라갔더니, 시커먼 급류가 흐르는 넓은 강이 떡하니 나타났
다. 떠나왔던 캠핑장에서는 강에 대한 안내가 전혀 없었는데 하며 일순간 원
망스러운 마음도 생겼지만, 젊은 커플이 강을 건너기 위해 신발을 갈아 신고
있는 걸 보고 큰 안도감을 느꼈다. 언덕 위에서 멀리 보이던, 강을 건너던 사
람들은 이미 강을 다 건너버렸으니 안전하게 건너가려면 저 커플을 따라 건
너야 한다.

　지난번에 신발을 신고 건넜다가 고생을 해서, 이번에는 신발만 벗고 양말
을 신은 채 건너기로 했다. 물길은 중간중간 모래톱이 쌓여 여러 갈래로 갈
라져 흐르는데, 그들도 얕아 보이는 곳을 찾아 위로 한참 올라가더니 건너기
시작했다. 나도 그곳까지 올라가, 그들이 건너간 곳을 따라서 건넜다. 그다
음에 그들이 건너가는 곳을 보니 너무 깊어 보여, 도저히 자신이 없었다. 그
래서 건너지 못하고 모래 쌓인 곳을 따라 위아래로 왔다 갔다 하기만 했다.

사진 오른쪽 아래의 젊은 커플을 죽어라 따라가서 솔스모르크에 무사히 도착할 수 있었다

내가 안절부절못하며 왔다 갔다 하는 동안 이미 그들은 물을 다 건너갔다. 그런데 남자분이 내가 위쪽으로 가면 위쪽으로 따라오고, 아래쪽으로 가면 아래쪽으로 따라오는 게 아닌가. 만약 내가 물에 떠밀려 넘어지기라도 하면 나를 구하기 위해서이다. 그 두려운 와중에도 그것을 보고 어찌나 마음이 놓이는지, 나는 할 수 있다는 자신감이 솟아올랐고 드디어 물살이 덜 세어 보이는 곳을 찾아 무사히 강을 건넜다. 시커멓게 흐르는 흙탕물이 내 다리를 사정없이 밀어댔지만 스틱으로 바닥을 강하게 디디며 거센 물살을 이겨내고 강을 건너면서 내가 한 말은, 지난번처럼 오직 두 문장이었다. "You are strong. But I am more stronger."

물을 다 건넌 순간 살아났다는 안도
감과 기쁨과 감사의 마음이 가슴 깊은
곳에서 물밀듯이 솟아올랐다. 강가에서
젖은 양말을 갈아 신고 언덕을 올라가
자 처음으로 키가 3m 이상 되는 나무가
빽빽하게 있는 숲속으로 좁은 길이 나
있었다. 이번에도 무서워서 아까 그 커

솔스모르크 도착을 알리는 표지판

플을 악착같이 따라가서, 불편감을 못 느낄 정도의 거리를 유지하며 걸었다.
두려운 감정이 나를 사로잡은 후부터는 배낭의 무게를 한 번도 느껴본 적이
없다. 강을 건너기 전에도 강을 건넌 후에도 '젊은 커플을 놓치면 나는 죽는
다'라는 생각 이외에 그 어떤 생각도 들지 않았다.

그렇게 해서 나는 드디어 'Welcome to þorsmork(솔스모르크에 오신 것을
환영합니다.)'라고 쓰인 큰 안내판 앞에 도착했다. 오랜 고생 끝에 종착점에
도착하니 만감이 교차했다. 안내판을 보니 다른 캠핑장과는 달리 솔스모르
크에 도착한 트래커들이 갈 수 있는 데는 3곳이었다. 랑기달루르(Langidalur),
볼케이노 헛츠(Volcano Huts)가 있는 후사달루르(Husadalur), 고다란드
(Goðaland-Basar)로 3곳 모두 레이캬비크로 가는 버스가 다닌다고 안내판에
쓰여 있었다.

낙원 같았던 볼케이노 헛츠의 레스토랑 식사

볼케이노 헛츠로 가는 안내표지를 보며 계곡을 왼쪽에 끼고 혼자 계속 내
려가니 드디어 평지에 여러 동의 건물과 글램핑장, 그리고 캠핑장도 있는 볼

볼케이노 헛츠 산장

케이노 헛츠가 보였다. 식당 겸 매점의 계산대가 안내 데스크여서 그곳에서 숙소를 확인하고 표찰 같은 것을 받아 2층으로 된 여러 동의 숙소를 기웃거렸다.

도착해서 보니 숙소는 2층에 있는 8인실의 남녀 혼성 방으로, 알아서 마음에 드는 침대를 골라 짐을 풀면 된다. 이미 젊은 캐나다인 커플이 입실해 있었는데 반갑게 맞아준다. 그들은 아이슬란드에 여행을 왔다가 자연을 가까이서 경험해보기 위해 이곳에서 1박을 결심했다고 한다. 나는 구석의 경사진 지붕 아래쪽에 있는 침대가 마음에 들어 짐을 풀고, 저녁을 먹으러 밖으로 나갔다. 산속에서의 마지막 밤은 텐트가 아니라 산장에서 맛있는 음식을 먹는 호사를 누리고 싶었다.

레스토랑의 식사 메뉴는 내 기대를 저버리지 않았다. 저녁 뷔페가 4,500ISK, 아침 뷔페는 2,300ISK로 두 끼 모두 지불하고 식사를 시작했다. 도착한 때가 벌써 오후 8시가 넘은 늦은 시간이었지만, 마감 시간인 9시가

볼케이노 헛츠 산장의 레스토랑. 당일치기 관광객이나 하루 묵어가는 손님이 많아서 활기차다

넘어도 남은 음식은 먹을 수 있다고 안내해줘서 편안하게 식사했다. 오랜만에 고기와 채소가 듬뿍 들어간 식사를 하니 이곳이 낙원이 아닌가 싶을 만큼 행복했다. 사람들 대부분은 식사를 끝내고도 가지 않고 일행끼리 카드놀이를 하여 매점을 겸하는 레스토랑은 여름 휴가철답게 시끌벅적했다.

숙소로 돌아오면서 오늘은 드디어 4일간이나 못 감은 머리도 감고 샤워도 할 꿈에 부풀었다. 그러나 샤워실은커녕 조그마한 세면대 하나만 벽에 달랑 높이 달려 있어, 세수만 하는데도 옷이 팔꿈치까지 다 젖었다. 이럴 거면 산장에 묵지 말고 텐트를 치고 잘 걸 하고 후회가 밀려왔다. 숙소에는 이미 투숙객이 다 잠들어 있어 살금살금 들어가서 침낭을 꺼내어 누웠다. 그런데 지금 생각해도 신기한 것은 남녀 혼숙인 방이라 남자 투숙객이 많은데도 코고는 소리는커녕 숨소리 하나 들리지 않았다는 점이다.

셀랴란드포스 폭포를 거쳐 레이캬비크로 돌아오다
— 8월 5일 월요일. 맑음. 무지개 모자.

주변 관광지를 가보기 위해 아침 일찍 일어났다. 산장 앞쪽으로 가니 뒤쪽 산으로 난 길이 있다. 발라뉴크르(Valahnukur)라고 안내판에 쓰여 있는 걸 보고 숲 사이로 난 길을 한참 올라가니 이제 큰 나무는 더 없고 전망이 좋았다. 이번 트레킹 내내 운이 좋아서 날씨가 맑았는데 오늘은 더욱 청명하여, 푸른 하늘 아래로 눈이 닿는 곳은 어디나 선명하게 볼 수 있었다.

앞쪽으로는 멀리 강이 흐르고 바로 옆에는 빙하에 덮인 큰 산이 높게 솟아 있어 나무와 풀로 덮인, 내가 있는 산과 대조적이다. 여기서 보니 어제 건넜던 강은 앞에 보이는 넓은 물길과 이어지며, 강을 건너와서 걸었던 숲은 내가 지금 서 있는 산과 이어진 산자락이다. 어쨌든 눈 닿는 곳 어디를 봐도 솔스모르크 지역만 푸른 숲이 있다. 등산로에서 약간만 벗어나면, 아무도 건드리지 않은 야생 블루베리 나무가 지천이어서 한 움큼씩 따 먹었다.

발라뉴크르는 끝이 뾰족한 바위산인 것 같은데 보기에도 경사가 심해 올라가기 힘들고 시간도 오래 걸릴 것 같아 포기하고, 아침 8시부터 시작되는

볼케이노 헛츠 뒷산에 지천인 야생 블루베리　　　　　다리가 없어 떠내려갈 듯 강을 건너는 버스

조식 뷔페를 먹기 위해 내려왔다. 아침 식사를 하고 숙소에 갔더니 체크아웃 시간인 10시가 아직 안 되었는데도, 1층의 단체실까지 텅 비어 있다. 버스가 13시에 레스토랑 앞에서 출발해서 시간이 많이 남아 사진을 정리하면서 숙소 앞에 앉아 있다가 버스를 타러 갔다.

버스는 좌측에 바위산이 솟아 있는 벌판을 달리더니 물길을 건너기 시작했다. 맨 처음 건넌 물길은 너무 깊어서 버스가 떠내려갈 것 같았고, 배처럼 흔들거려서 놀이동산에서 놀이기구를 탄 느낌이었다. 버스가 물길을 다 건너가자 사람들이 기사에게 손뼉을 쳐주었다. 이런 식으로 물길을 일곱 번 정도 건넜다. 그런데 그 어디에도 다리가 없으니 비가 며칠간 계속되어 물이 엄청나게 불어나는 악천후에는 버스가 이곳을 어떻게 건너는지 상상이 안 되었다. 사고가 나는 차들이 많기에 레이캬비크 한 박물관에는 물길을 건너다 떠내려가거나 넘어진 자동차만 모아서 전시하는 코너도 있었다.

차가 도착한 곳은 예상치 못한 장소로, 아이슬란드 남부에 있는 셀랴란드포스(Seljalandsfoss) 폭포였다. 남부에서 솔스모르크로 들어오는 길은 물길이 많아서 힘들다고 하더니, 레이캬비크에서 오가는 버스와는 완전히 다른 노선으로 내가 탄 이 버스가 달린 것이다. 내리기 전에 기사가 이런 내용의 안내 방송을 했다. 스코가포스 폭포로 가는 사람은 버스에 그대로 앉아 있고 레이캬비크로 가는 사람은 다른 버스로 갈아타야 하는데 그 버스는 30분 후에 출발한다고.

레이캬비크로 가는 버스는 이미 주차장에 대기하고 있어, 타고 왔던 버스에서 짐을 꺼내 새로운 버스로 얼른 옮겼다. 그리고 30분간 기다리는 동안에는 작년에 폭포 뒤를 걸어본, 바로 눈앞에 보이는 셀랴란드포스 폭포도 얼른 다녀올 수 있다. 이 폭포는 폭포 뒤에도 길이 있어 폭포 앞과 뒤를 다 볼 수 있는, 아이슬란드 남부에서 유명한 명소이다. 그래서 폭포 주변이나 주차장에는 링로드를 돌면서 여행하는 여행객들이 바글바글하다. 어차피 여기까지 왔으니 다시 한번 폭포 뒤까지 다녀오려고 했으나 어떤 동양인 아가씨가 이런저런 말을 걸어와 수다 삼매경에 빠져 그러지 못했다.

버스가 출발한 뒤 창밖으로 보이는 링로드 1번 국도 주변 풍경은, 여러 번 오가서인지 익숙하다 못해 따분하기까지 해서 잠이 들었다. 드디어 버스가 레이캬비크에 도착해 오페라하우스 근처에 1차 정차를 했다. 내 예약표에는 버스 터미널이 목적지나 짐을 맡긴 곳이 이곳과 더 가까워서 나도 내렸다. 그리고 맡겨둔 짐을 찾으러 안내소로 갔다.

불친절한 안내소에 맡긴 짐을 찾고 휴식 대신 세탁으로 지샌 밤

꾀죄죄한 몰골로 배낭을 메고 맡긴 짐을 찾으러, 아이슬란드 대통령이 사는 집 앞을 지나 왼쪽으로 꺾어져 있는 라우가베구르 거리로 접어들었다. 그런데 나를 바라보는 사람들의 시선이 달갑지 않다. 안내소에 도착하여 맡긴

짐을 찾을 때도 직원들의 시선이 굳어 있다. 짐을 꺼내 준 남자 직원에게 택시를 좀 불러줄 수 없냐고 요청했더니 택시 회사 전화번호를 몰라 사이트만 알려주겠다고 한다. 트레킹을 떠나기 전 렌터카를 반납하러 갔을 때, 거리에서 만난 평범한 사람에게 부탁했을 때도 택시를 불러주었는데 안내소 직원이 모를 리가 없다는 생각이 들며 기분이 엄청 불쾌해졌다.

옆의 여직원이 조금만 걸어 내려가면 큰길이 나오는데 거기에서 택시를 잡을 수 있을 거라고 말해주어, 배낭을 포함하여 짐 4개를 가지고, 오가는 행인들을 피해 조심스럽게 경사진 길을 걸어 내려갔다. 구글 맵으로 확인하니 그 큰길이라는 게 대통령 사저 앞이고, 횡단보도만 건너 조금만 가면 숙소가 나온다. 그러나 나는 숙소 이름을 잘못 알았다. 작년에 오가면서 본 '시티호텔'에 예약했다고 생각했는데, 내가 묵을 곳은 '시티센터호텔'이어서 지나쳐 간 숙소로 다시 무거운 짐을 끌고 돌아와야 했다.

드디어 시티센터호텔에 도착했다. 그런데 로비에서 나를 맞는 직원의 눈초리도 친절하지 않았다. 하지만 숙소에 올라가, 트레킹을 떠난 후 한 번도 감지 못했던 머리를 감고 샤워까지 한 후 깔끔한 복장과 외모를 하고 그 직원을 다시 만나니 엄청 친절하게 대해주었다. 그에게 내일 오전에 떠나는 비행기 시간을 알려주며 지금 공항버스를 예매할 수 있느냐고 물어보니 안내소에서 공항버스표도 살 수 있다고 알려주었다.

다시 안내소에 갔더니 근무하던 아까 그 두 명의 직원들이 친절한 눈초리로 아는 척을 한다. 아까 그 남자 직원에게 시청에서 출발하는, 공항 가는 버스가 있다고 하던데 버스표를 살 수 있느냐고 물어보니까 버스가 없다고 했다. 옆의 여직원에게 다시 물어보았더니 버스표를 살 수 있다고 하여 속으로 남자 직원에게 욕을 하며, 내일 화요일 아침 일찍 시청 앞에서 출발하는 표를 예매했다.

트레킹을 무사히 마치고 도착한 레이캬비크　　할그림스키르캬 교회 전망대에서 본 레이캬비크.
　　　　　　　　　　　　　　　　　　　좌측 상단의 호수 옆에 시청이 있다

　　밖으로 나가 안내소 앞 벤치에 앉아 버스표를 확인해보니 놀랍게도 거기
에는 이틀 후인 수요일 날짜가 적혀 있었다. 안내소로 다시 돌아가 잘못 발
권된 버스표를 내밀었다. 그러자 남자 직원이 어딘가로 전화를 하더니, 조금
있다가 내 이메일로 버스표를 보내준다고 했다. 그를 믿을 수 없어서 아까처
럼 종이 발권을 해달라고 말해봤으나 안 된다고만 해, 할 수 없이 그냥 나왔
는데 그때 시간이 밤 9시 45분이었다. 밤 10시에 안내소가 문을 닫으니 조금
만 늦게 버스표를 확인했더라면 큰일 날 뻔했다.

　　그런데 화가 나는 것은 안내소 직원 두 명 모두 나에게 사과한 사람이 없
었다는 점이다. 하지만 이번 여행에서 좋은 사람들이 나쁜 사람들보다 훨씬
많았고, 또 오늘은 나로서는 위대한 과업인, 생애 최초로 텐트에서 여러 날 비
바크를 하며 라우가베구르 트레킹을 완수하고 돌아온 기쁜 날이라고 생각
하니 금방 그들이 용서되며 다시 기분이 좋아졌다. 호텔로 돌아오는 길에 숙
소에서 시청까지 최단 거리이면서, 많은 짐을 끌고 편하게 갈 수 있는 길을 찾
아서 미리 걸어보고 숙소로 돌아왔다.

　　오늘 묵을 호텔은 트레킹을 마치고 피곤한 몸을 쾌적한 곳에서 편하게 쉬

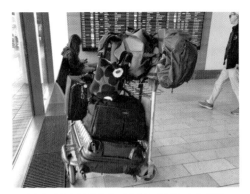

40일간의 여행과 동행한 네 덩어리의 짐들(옆 가방 제외)

려고 예약했는데 결과적으로 아주 잘한 일이었다. 왜냐하면 아이슬란드와 페로제도는 여름에도 선선하거나 안개로 습한데 난방을 해주지 않아서 빨래가 쉽게 마르지 않는다. 그래서 양말이나 속옷이 아닌 다른 옷은 세탁하기가 힘들다. 하지만 호텔은 다르다. 히터를 틀어주기 때문에 토르스하운에서도 그때 하루 동안 필요한 옷들을 다 세탁했다.

이번에는 며칠간 비바크까지 했으니 세탁물이 어마어마하다. 그리고 내일부터 2주간 덴마크 여행을 계속해서 당장 유스호스텔에 묵어야 하기 때문에, 쉬기는커녕 새벽 3시까지 세탁을 했다. 1인실이라 욕조가 있는 것도 아니어서 세면대에서 하나씩 세탁했다. 세탁한 옷을 꼭 짠 후 히터에 널어 말리다가 반 건조되면 침대 위나 위자 위, 가리지 않고 이동시킨 후 또 새로 옷을 세탁하여 히터에 말렸다. 이렇게 나는 아이슬란드에서의 마지막 밤을 자축하는 파티 대신 세탁으로 밤을 지새웠다. 아침이 밝아올때까지.

비 내리는 날 아이슬란드를 떠나다
— 8월 6일 화요일. 흐리고 비.

밤새 세탁을 하느라 잠을 1시간 정도밖에 못 자고 숙소에서 나왔다. 시청 앞에서 오전 6시에 처음 출발하는 버스를 타기 위해 기다리면서 보니까 야외 온천인 블루라군 가는 버스도 이 시간대에 출발한다. 작년에 블루라군에 갔을 때는 동양인과 서양인을 따로 분류하여, 똑같은 구조의 탈의실 두 곳에 배정하여 사방에 중국말만 들리니 북경에 있는 목욕탕에 온 것 같았다. 탈의실이 두 개 있다는 것도 야외에서 온천을 마치고 잘못 들어가 알았지만. 이런저런 추억에 잠겨 버스를 기다리고 있는데, 출발 시각이 10분이 지나도 버스가 오지 않고 택시도 한 대도 보이지 않아 마음이 몹시 불안했다.

사실 택시를 탈 생각은 처음부터 없었다. 작년에 아이슬란드를 떠나 귀국할 때 아무 생각 없이 택시를 탔다가, 교통 체증도 없었는데도 택시 요금이 22만 원이나 나왔다. 그리고 출발 전 2시간 전에 공항에 도착했더니 중국인 단체 관광객들로 공항이 인산인해여서 비행기를 못 탈 뻔한, 악몽 같은 일이 있었다. 짐이 많아 창구에서 체크인하려고 했는데 줄이 너무나 길어, 도움을 주는 직원이 셀프 체크인을 해야 한다고 했다. 직원이 짐을 하나만 등록하고 티케팅하는 바람에, 하나 더 보내려면 다시 창구로 가야 하는 상황이 되었다. 비행기는 타야 하고 가지고 들어갈 수 있는 짐은 한정되어 있어, 공항 안 구석에 짐을 다 꺼내놓고 웬만한 건 다 쓰레기통 옆에 쌓아두고 왔다. 15만 원 가까이나 주고 사서 가져갔으나 한 번도 안 입은 캐쥬얼 티셔츠 등도 그 때 다 버리고 왔다.

그래서 이번에는 오전 11시 15분 비행기이지만 공항에 7시 15분에 도착하는 버스로 여유 있게 가게 되어 마음에 여유가 있었는데, 갑자기 불안감이 밀려왔다. 시청 앞에서 기다린 지 30분이 다 되어갈 때쯤, 택시 한 대가 지나갔다. 버스 시간은 15분 정도밖에 지나지 않았지만 저 택시를 놓치면 또 다른 택시가 언제 올지 몰라, 그냥 택시를 타기로 마음먹고 기사와 함께 트렁크에 짐을 모두 실었다. 그리고 탑승하려는 찰나 버스가 왔다. 택시 기사에게 너무 죄송하다고 말씀드리고 여러 개의 짐을 다시 내려 버스로 옮겨 실었다. 버스는 이곳저곳 돌며 손님을 싣고 6시 30분에 버스 터미널에 도착하였는데, 내가 타고 온 버스는 셔틀버스였고 공항으로 가는 버스는 따로 있었다. 승객들은 모두 내려서 공항버스로 갈아타고 공항으로 출발했다. 그제야 마음이 놓인 내 눈에 창밖의 풍경과 날씨가 들어오는데 온통 잿빛 하늘로 나중에는 빗방울까지 떨어졌다.

아시아 국가로 가는 작년의 비행기 노선과는 달리, 덴마크 코펜하겐으로 가는 비행기여서인지 수하물 접수창구는 한산하다. 아이슬란드 공항만 화물을 부칠 때 배낭은 계산한 다음 다른 장소로 가져가서 따로 맡기고, 찾을 때도 그렇다. 트레킹을 하러 아이슬란드에 배낭을 메고 오는 사람이 얼마나 많으면 그럴까 하고 이해가 안 되는 건 아니지만, 페로제도에서 이곳으로 올

아이슬란드를 떠날 때 날씨

때 배낭을 분실한 줄 알고 놀란 걸 생각하면 썩 좋은 제도는 아닌 것 같다.

짐까지 다 맡기고 나니 이제 정말 아이슬란드를 떠날 시간이다. 하지만 아쉬움보다는 기쁨과 환희의 감정에 가슴이 벅차올랐다. 유튜브에서 시규어 로스의 〈올슨 올슨〉과 〈헤이마〉를 듣고 그곳에 나오는 아이슬란드의 대자연을 보고 놀라움을 금치 못했는데, 2년 연속으로 여름에 이곳을 찾아와 아름다운 자연을 속속들이 맛보았다. 처음으로 혼자 차를 렌트해서 내비게이션을 쳐도 나오지 않는 시골 마을의 숙소를 찾느라, 백야의 빙하보다 더 파랗게 질린 얼굴로 한밤중까지 차를 운전하며 헤맨 적도 있었다. 웨스트 피오르의 황량한, 끝도 없는 비포장도로를 달리면서 외로움과 절대 고독에 대해서도 생각해보았다.

생애 최초로 혼자서 배낭에 텐트를 넣어 아이슬란드의 라우가베구르 구간을 5일간 비바크하며 여행하는 계획을 세워 두고는, 트레킹용 텐트와 물품, 버스표를 구매하면서 기쁨보다는 두려움이 앞섰다. 한밤중 잠을 깰 때마다 문득문득 두려움이 솟아올라 가슴 떨리던 때도 많았다. 그런 복잡한 감정은 여행을 떠나야 할 날이 다가올수록 점점 심해졌는데, 막상 여행을 떠나 좋은 사람들을 만나기 시작하면서부터는 그런 두려움 따위는 까맣게 잊혀갔다. 매 순간 선량한 사람들과 자연의 아름다움에 숨이 멎을 것 같던 때가 더 많았기 때문이다. 트레킹을 시작하기 전, 그리고 떠나서도 두려운 순간은 많았으나 돌아보면 나의 여행은 내가 만난 사람들과 자연으로 인해, 다시는 오지 않을 빛나고 아름답고 좋은 날들이었다.

에필로그

이렇게 페로제도와 아이슬란드 여행을 마친 나는 덴마크로 가서 2주 정도 여행을 계속했다. 예전과 비슷하게 도시에서 박물관을 보고 쇼핑을 하거나 축제가 있으면 참여도 했다. 그러나 숨 막히게 아름다운 대자연 속에서 지내다가 도시로 오니 나는 자유롭지 못했다. 나는 무엇을 하던 혼자서 떠도는 여행객이라는 생각을 떨쳐버릴 수가 없었다.

이번 여행을 계획하면서 일부로 숙소 선택을 다양하게 해보았다. 호텔이나 게스트하우스의 방을 늘 혼자서 쓰던 데서 벗어나 4인용 유스호스텔도 있어 보았고 에어비엔비에 가입하여 자그마한 아파트에 1주일간도 살아보았다. 그 결과 나는 이번 여행을 통해 나에게 가장 적합한 숙소가 무엇인지는 확실하게 알게 되었다. 시골에서는 주인이 직접 운영하는 홈스테이이고, 도시에서는 다인용 유스호스텔이 바로 그것이다.

주인이 같은 집에 살면서 운영하는 숙소는 대도시에는 잘 없고 대부분 시골에 있는데 다소 불편은 하나 주인이랑 식사를 같이하기도 하고 다른 투숙객들과 대화도 나눌 수 있어서 참으로 아름다운 추억을 많이 만들 수 있었다. 여러 명이 같은 방을 쓰는 유스호스텔은 이번에 처음 이용해 보았는데 투

자전거를 타고 다니는 사람은 많지만, 이것을 타려는 사람은 물론 걸어 다니는 사람을 만나기 힘들었던 코펜하겐 외곽 주거지역

숙객끼리 어느 정도 맞기만 하면 재미있었다. 4인용 숙소에서 3일간 같이 지낸 나탈리 아줌마와 친구분은 파리에서 오셨는데 틈만 나면 말을 걸어와 이야기도 많이 했다. 연극을 가르치는 교사라는 나탈리는 나에게 궁금한 게 많은지 질문도 많이 했는데 외국인에게 내 사생활을 털어놓는 것은 소문이 날 염려가 없어서인지 생각보다 스트레스 해소에 많은 도움이 되었다.

이번에 에어비엔비 아파트는 처음 이용해보았다. 약간 변두리라 동네 주민들과 어느 정도 소통이 있을 것 같았고 덴마크 특유의 동네 분위기도 느끼고 싶어서였다. 물론 아파트 안에서의 생활은 쾌적했다. 하지만 8일간 그곳에 묵는 동안 계단에서라도 그 누구와도 마주친 적이 없고 거리에서도 동네 주민과 말할 기회가 전혀 없었다. 왜냐하면 덴마크에서는 나만 걸어 다니고 모두 자전거를 타고 다니니까. 서민 아파트가 밀집한 지역인데도 아이들은 피리 부는 아저씨가 데리고 갔는지 유모차나 유아 좌석이 달린 자전거가 세워져 있는 건 봤지만 끌고 지나가는 사람을 본 적은 없었다. 그래서 역시 투명 인간처럼 매일 거리를 오갔다. 변두리 동네에서 걸어 다니는 사람들을 본 것은 마트 안과 버스 정류장뿐이었다. 심지어 전철을 타러 가는 길에 단독주

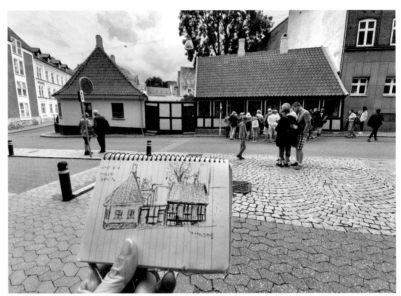

△ 덴마크 오덴세 안데르센 생가 스케치
△△ 노르웨이 베르겐 코드미술관의 뭉크. 캔버스에 유화

혼자이고 싶어서, 북유럽

택 단지가 길옆에 늘어서 있었는데도 마당에 서 있는 사람도 일주일간 본 적이 없다. 그래서 나는 차라리 도심의 게스트하우스가 그리웠다.

이런 이유로 바로 귀국하지 않고 덴마크에서 머물다 오는 바람에 페로제도와 아이슬란드에 대한 나의 그리움은 오히려 커져만 갔다. 그래서 돌아와서는 계속 페로제도에 대한 그리움을 그림으로 표현하다 보니 다섯 개의 유화 작품이 그려졌다.

여행지에서 사람들끼리 가슴을 열고 얼굴을 맞대고 이야기하는 것은 내가 여행한 2019년으로 일단 끝이 났다. 언젠가는 또다시 그런 여행을 할 수 있는 날이 오겠지만, 5년간이나 북유럽에서 자유롭게 보낸 여름과 그곳 사람들이 나는 너무나도 그리웠다. 그래서 초라한 여행기지만 이 글을 쓰지 않을 수 없었고, 쓰는 매 순간 그것들은 손에 잡힐 듯 생생한 기억으로 다시금 내게 다가왔다.

혼자이고 싶어서, 북유럽

핀란드, 노르웨이, 페로제도, 아이슬란드 여행기

ⓒ 송경화

초판 1쇄 발행 2022년 5월 20일

지은이 송경화

편집 이현호

펴낸이 조동욱

펴낸곳 와이겔리

등록 제2003-000094호

주소 03057 서울시 종로구 계동2길 17-13(계동)

전화 (02) 744-8846

팩스 (02) 744-8847

이메일 aurmi@hanmail.net

블로그 http://blog.naver.com/ybooks

인스타그램 @domabaembooks

ISBN 978-89-94140-44-5 03810